重点怀疑对象

杨 袭

济南出版社

W | 文学新势力
WENXUEXINSHILI

学术筹划：中国作家协会鲁迅文学院

北京师范大学国际写作中心

顾　　问．莫言　铁凝

编委会

主　　任：吉狄马加

主　　编：张清华　邱华栋

编　　委：（以姓氏笔画为序）

过常宝　西　川　苏　童　邱华栋　余　华　张　柠

张清华　欧阳江河　徐　可　康　震

"文学新势力"文丛·序

2012 年 10 月，莫言荣膺诺贝尔文学奖，再度激发了国人的文学激情，也唤醒了各界在文学教育方面的旧梦。这其中就包括北师大。因为一段至关重要的学缘，莫言曾于 1991 年获得了北师大授予的文学硕士学位，而此刻，作为母校的师大自然倍感荣耀，遂立刻决定成立北京师范大学国际写作中心，并邀请莫言前来担任主任。中心成立之初，其核心职能便被提到了议事日程，这就是文学教育和创作人才的培养。

需要稍加追溯前缘，才能说明这套文丛的来历。1988 年，由当时在研究生院任职的童庆炳教授牵头，由北京师范大学提供学制条件，牵手中国作家协会所属的鲁迅文学院，共同招收了首届作家研究生班。那时的学位制度还相对处于比较早期的阶段，各种规章还没有现在这样严苛和完善，所以运作相对容易，招生考试环节也相对宽松。因此，一批在当时的文坛已崭露头角的青年作家，便被不拘一格，悉数收罗。之前，他们中的很多人并未受过太正规的教育，刘震云几乎是唯一一个，他是北京大学中文系 77 级的本科毕业生，系出正宗名门。余华便只是在浙江海盐上过中学；莫言之前虽有在解放军艺术学院文学系学习两年的经历，但更早先却是连中学教育也不完整；严歌苓、迟子建等差不多都只是受过中等专业教

1

育；其他人我们未做过严格的统计，但可以肯定，其中多数未曾上过大学。然而不容置疑的是，这些人是那时中国最具希望的一批，是青年作家中的翘楚，未来文坛的半壁江山。从这里出发，二十年过后，他们的确未负众望，为中国文学争得了至高荣誉，也几乎成为一代作家的代言人。

很显然，这一传统成为北师大和鲁迅文学院共同的一个记忆，一笔不可多得的财富，无论从哪个角度看，这都是两所学校引以为豪的历史。在这样一个背景下，再续昔日文学教育的前缘，找回这一无双的荣耀，也就是很自然的事情了。

因了以上的缘由，2016年，北师大校方经过认真研究，参考过去的合作模式，从全校不多的单招单考的硕士名额中拿出了20个，交由文学院和国际写作中心，来寻求与鲁迅文学院合作，并于2017年秋季正式招收了"非全日制"学术型文学创作硕士研究生。为了省却过于烦琐的制度性限制，我们特地在中国现当代文学专业二级学科下，设立了"文学创作方向"，并采用了学术导师加创作导师相结合的培养模式，以给学员创造更为合适和充分的学习条件。鲁迅文学院则为他们提供居住和学习的物质条件，提供尽可能好的一切形式的支持，并拟在培养方案中结合鲁院的讲座制培养模式，两相结合，尽显特色互补的优势。

同时还必须指出，有几位至关重要的人物支持了这项事业。时任北师大党委书记的刘川生教授、校长董奇教授，他们在推助写作中心的文学教育工作方面给予了大力支持，在制定相关体制机制方面也给予了诸多方便；晚年在病中的童庆炳教授，多次勉励我们传承好过去的经验，大胆探索，争取把工作尽早落到实处。中国作协这一方面，作协党组、特别是铁凝主席也同样给予了积极支持和热诚关怀；分管鲁迅文学院工作的吉狄马加书记，则在工作中给予了非常具体的关心和指导。

参与该项工作，制定合作规划、培养方案、课程体系，以及日常服务管理等诸项事务的，便是本文的两位作者，时任鲁迅文学院常务副院长的邱华栋，和北师大文学院负责研究生教育的副院长兼国际写作中心执行主任张清华。整个过程中，要想实现两个职能完全不同的单位之间的密切合作，在所有培养工作的环节上都无缝对接，是一个至为琐细的工作，难以尽述。好在这不是一个"工作汇报"，我们在此也就从略了。主要想说明的是，两校之间目前的合作进行得非常顺利，一切都在愿景之中。

迄今为止，该方向的研究生已经招收了三届，共56人。从总体情况看，达到了预期的要求。在学员中，有鲁迅文学奖获得者乔叶、鲁敏，有多位全国少数民族文学奖获得者，有"70后""80后"广有影响的青年作家，像东紫、杨遥、朱山坡、林森、马笑泉、高满航、闫文盛、曹谁、曾剑、王小王，等等，他们在文学创作上都已经有了相当出众的成绩，或是十分丰富的经验，然而他们共同的诉求，又是都有"充电"的渴望，有成大家的梦想，所以因了冥冥中某种命运的感召，汇聚到了一起。

关于文学教育，历来也是分歧明显众说不一的，有人坚称"大学不培养作家"。这话一定程度上是对的，大学的使命很多，成败胜负的确不在乎是否出产了一两个作家。但这话的"潜台词"值得商榷——其意思是有轻蔑的，是说"你培养不了作家"，"作家不是谁培养出来的"。这当然也对，没有哪个大学敢说自己"培养"了几个作家，而只能说，那儿"走出了"哪些个作家和诗人。但这么说是否意味着文学教育是无必要的呢？似乎也不能。因为照某些人的逻辑，我们就可以反问，大学不能培养作家，难道就可以"培养"经济学家、政治家、科学家和法学家吗？谁又敢于说，他们"培养"了那些伟大和杰出的人物呢？很显然，各行各业的杰出人才都是很难通过"定制"来培养的。但从另一方面说，大学又必须要提供人才成长和受教育的条件，从这个角度看，宣称大学不培养作家又是不负责任的。回顾当代文学的历史，文学的变革和作家的成长与大学教育的恢复和发展密切相关。"文革"及"文革"前大学教育的草创和荒芜时期，也出现过许多作家，但他们要么是从战争年代的洗礼中锻炼出来的，要么是在长期的自学中成长起来的，因为没有条件受到良好的教育，他们的文学道路多有延宕，艺术成长和成就也都受到了限制，这是人所共知的常识。正是"文革"后教育的全面恢复与发展，才让文学事业出现了人才辈出蓬勃兴旺的局面。

所以，正确的理解应该是，作家是无法培养的，但文学教育是必需的。当然，文学教育对于高校而言，其目标确乎主要不是"培养作家"，而是为所有学生提供一个素质养成的环境条件，这才是成立"国际写作中心"、引进著名作家执教的核心意义所在。换句话说，能不能出产一两个作家或许不是最重要的，其培养的人才是否具备写作的能力，成为文学的内行才是重要的。传统的文学教育虽然有各种各样的问题，但是所培养的读书人大都是既能够研究，又可以写作的双料人才。新文学的早期，大学的教授也有许许多多是学者和作家集于一身者，之后才逐渐文脉不彰，大师不存，大学教育渐趋沦为工具化和技术化的知识教育，名实不符的学术教育。

但无论如何，北师大与鲁院联办的这一培养模式，其目标还是直接而干脆的，就是"培养作家"。当然，这培养不是从根上栽植开始的，而是"选苗"和"移栽"的过程，甚至有的就属于"摘果子"。即便是后者也不是无意义的，当年莫言、余华、刘震云、迟子建、严歌苓等这批人，在进来之前早就是声名鹊起的青年作家了，录取他们无疑也是"摘果子"，但系统的阅读与学习，大学综合环境下的熏陶成长，谁敢说对于他们后来的写作没有助益？所以，我们坚信这一工作是有意义的。

最后再来说说这批作为"文学新势力"的新人。显然，他们都属于"70后"或"80后"的一代，较之他们的前辈，这批新人的主要差异在于代际经验。前代作家的成长期大都经历过历史的大波大澜，童年也大都有原初和完整的乡村生活经验，所以某种程度上还是受到"总体性经验"支配和支持的一代作家。莫言笔下的"高密东北乡"，可以说寄寓了他对于农业社会生存的全部感受和想象，也寄寓了他对近现代中国历史巨变的全部记忆与理解，读之如读一部血火相生、正邪相伴、生死轮替、魔道互换的史诗。这种具有总体性和原生性的经验与美学，在下一代作家这里早已变得不可能，他们都命定地处在某种"晚生"和"后辈"的自我想象之中，不得不在碎片化、个体化的历史经验与记忆中探索前行。

这些都并非新鲜的话题，我们也只是重复了前人既成的说法。但这也是所谓"新势力"的根基与合法条件，"新"在哪里，又何以成为"势力"，这是需要我们想清楚的。在我们看来，所谓"新势力"其实就是指：一是有新的文化特质的，他们在文化上所拥有的"新人"特色或许很难用一两句话说清，但一定是更具有个性、自主性和独立思考的一代，是拥有新知和新的经验方式的一代，是用新的思维与视角看取人生与世界的一代，是在网络信息时代生存和写作的一代；二是有新的美学属性的，这些属性自然更难以总体性的概括来描述，但毫无疑问他们是具有陌生感的一族，是难以用传统范型所涵盖和统摄的一族，是游走和不确定的一族，是空间化和个体性得以充分彰显的一族，当然，也是相对琐屑和相对真实，相对平和和相对日常性的一族。有时我们觉得是这样的不满足，但有时我们又会觉得，他们离着理想的文学，离所谓普世性的"世界文学"的距离越来越近了。

旁观者说一千句，不及读者自己去观照、去体味其中的丰富和微妙，"总体性"之不存，我们的概括也自然显得苍白无力，不如读者们自己去一一打量和细细辨识。

看，这就是"文学新势力"，他们来了。

2019 年 7 月，北京西山暑热中

目　录

目 录

夜风习习

我再次到达泥河镇时，日已西斜，懒洋洋地挑在镇西面粉厂上方。我从北边来，方口袢带鞋上沾满稀泥，肩上背着装满咸梭鱼的布袋，手里攥着一把紫红色的水蓼。我长长的影子一直拉过小路和路边的野草，跌到路东边荡漾着绿色藻类的水沟里。

等我站上镇西小石桥，将已经蔫软的水蓼扔到桥下时，确定上了那个瘦高挑儿的当。

其实，和瘦高挑儿分手不久，我心里就开始打起鼓，不祥之感在心里慢慢扎下根，很快钻入五脏六腑，脚下也踉踉跄跄起来，一连摔了几个跟头，弄得满身泥水。但我强撑着，心想没准儿真是他说的那样，明天或者后天，我出海的父亲就回到家了。在我很小的时候，也许是刚开始上小学，也许还要早，我就再也没见过父亲。母亲说父亲出海打鱼了，说他回来时，会给我带红色盖子的小螃蟹和各种形状的海螺。我盼望他带回一只闪着银光的马蹄螺，我最好的伙伴片片就有一只。但片片几次告诉我，我父亲不是出海打鱼了，是同邻村的刘家寡妇小焕私奔了。有人在一个叫衡水的地方见到过他们。我生了片片的气，她每说一次，我就好几天不跟她说话。我不相信父亲会和那个叫小焕的私奔，那女人吊着眼角，穿着翻领褂子，一看就不是个正经人。

我记得父亲离家的前一天，他坐在我们家院墙南边的麦秸垛上，眯着眼望着很远的地方，也许是看着天边突起在地平线上的防洪坝，也许是看着天上一只盘旋的苍鹭。我问父亲在看什么，父亲转头看了看我，又看了看远方，把我揽在怀里，说："看我自己的心。"我不明白父亲的话，不明白看心为什么不低头看而看那么远的地方。我说："不要看心，看的话还得扒出来，你就死了。"父亲说："是，所以，人永远不可能明白自己的心。"我听着无趣，就从他怀里挣出来，找片片去村北掐苘麻果儿去了。

第二天，第三天，此后的很多天，母亲带着我在村里、去邻村，见人就问见没见到我父亲。母亲一连找了很多天。最后确定再也找不到父亲后，从大门口将我抱进屋里，趴在炕上嘤嘤地哭起来。母亲一会儿哭得像一只绿头苍蝇，一会儿哭得像一只老蝉，边哭边揪着一条布单。我坐在炕沿上，手里摆弄着一只沙包，母亲的悲伤感染了我，我哭了一小会儿，肚子就咕噜咕噜叫起来。母亲擦了把脸，擤了把鼻涕去做饭。母亲把柴草利落地折断扔进灶洞，用衣袖擦着脸，堪称欣喜地对我说："你爸到海上打鱼去了，出海一次要好多天，到时候给你带红盖的小螃蟹和海螺。"说完回头继续往灶里添柴，肩膀一耸一耸的。

母亲从此更加忙碌了，天一亮就扛着锄头、攥着镰刀下地干活，晚上回来吃过饭后洗净手，在炕边支起小桌，舞动着小小的棒槌织花边。母亲说："织一张，赚两毛钱。"母亲还说："要一天能织十张该多好啊，那我们就过上好日子了。"但根本织不了十张，十来天，才能织一张。所以，慢慢地，母亲就不给我吃鸡蛋了，我看着母亲捧着鸡蛋往一只草编的筐箩里放，母亲小心翼翼地放好，盖上盖子，对我说："鸡蛋拿到街上就能卖钱，卖了后，过年就给你扯件花褂子。"我在母亲欢快的声调中憧憬着快快过年。

我在愉快的憧憬和悲伤的失望中上着学，长高了，长壮了，能跟着母亲一起下地拔草了，能为母亲做饭了，能在母亲卖鸡蛋时快速算好价钱了。冬天，母亲将炕烧得热烘烘的，我们早早爬进被窝，母亲拿棉被裹住腿脚纳鞋底，我趴在被窝里写作业。母亲说："好好学，考高分，考个大学生，进城工作，等妈老了跟着俺闺女去享福。"我看着母亲笑得细弯弯的眉眼，写得更有劲儿了。

我一直是全班第一，母亲每次捧着我的奖状都不停地亲。班主任吴老师在村口碰上我和母亲，说："明年五年级了，平平和和学着，也稳稳地考个县一中。"吴老师说完蹁上洋车子去教育局开会了。母亲却将脸转向一边。我知道，是吴老师说开学后要交三十二块五毛钱的学费，把母亲吓住了。

我站在小石桥上，想着那天清早，母亲边给我梳辫子，边对我说："你见了你老姑父，对他说钱用到年前就还，你说咱们家里有鸡有鹅，到那时吃不完的粮食也粜一些，就能还他。"

我问母亲为什么不和我一起去，我说怕找不到地方。母亲低下头好大一会儿，红着脸，揉了揉鼻子，说："你老姑父最喜欢你了。"说着，母亲将一网兜腌萝卜挂在我肩上，说："你老姑父就爱吃咱家的咸菜，你老姑不会腌，每年都腌烂了。可惜，你爸出海这么多年，我忙得没工夫给他送了。"

　　我反过手，摸着背上被咸菜水渍湿又风干的褂子放声大哭。过往行人的劝勉声不断响起来："小姑娘，哭什么，快回家吧。"或者："哟，看这一身泥，快回家吧，你妈妈不会打你的。"也有人说："别哭了，一哭鼻子就哭丑了，长大了找不到婆家。"我扶着桥栏杆，不敢回头，边哭边往下缩，一直坐到石板上。我伤心极了，我不知道该怎么办。

　　那天，母亲送我到村口，朝北指着那条通向老姑父家的小路，再三叮嘱我先过了泥河镇的小石桥，一直往北走，看到两棵并生的老柳树后向东转，朝东走啊走啊，前面看到一片荷塘时再往北，穿过一大片苇荡，会看到一个土地庙，顺着庙东边的路一直朝北走，门口种满鸡冠花的那一家就是。

　　我挥别母亲，沿着两旁长满了苍耳棵、青青菜和羊角蔓，还有说不上名字的杂花野草的小路向北走。走出一段路后，我回头看，看到母亲还站在村口，一轮毛毛的红太阳压在我们小小的村庄顶上。天很高，路很长，我感觉自己很小。我趟着露水淋淋的草菜往前赶，走一会儿，心里就默念一遍母亲指给我的路。露水很快将我的裤脚和鞋面打湿，但我不在乎，我大步向前走，不怕沾在鞋上的土很快变成泥。

当我赶到泥河镇西的小石桥时，太阳已经老高了。我往桥上站了站，不敢低头细看它腰身上的讲究花纹，我母亲说让我早去早回，不然，她会担心。我走下桥，一直向北走，走过一方又一方已经抽出穗子的高粱和黑绿黑绿的大豆，走过一片又一片缀着疏落有致的尖桃儿的棉田，走过一畦又一畦秧蔓蓬勃缠绕的红薯，我已经走得热汗满头满脸，却一直没有看到母亲所说的并生的老柳树。疑惑中远远看到前面一道高高的堤坝，我回身看看已经走过的沃野，踢踢踏踏地朝前加快步伐，很快攀上了大坝，一条宽阔浑浊的大河在我脚下汩汩东流，河面上飞着一群群水鸟。

　　我一下子慌了。

　　我站在河边想了会儿，想我是不是贪恋路边的景色，忽略了那两棵老柳树。我转身顺着来路往回走，边走边瞪大眼仔细观察着路两边，连一棵长得高一些的草也不放过。终于，在一条不易发现的向东的小路口看到两个四周长满了细枝条的大树墩。我蹚着杂草走过去，看到树墩的截面上又湿又黑，根部长着几簇细长的小蘑菇，我想，这应该就是母亲说的老柳树，看树墩的样子和四周分生的新枝条，可能已经被砍了好久好久了。

　　我踏上向东的小路，路南边是望不到边的树林，北边是漫天遍野的紫花苜蓿。我抬头看看晒得我背上像着了火样的太阳，急急朝前赶去。我走啊走，路南边还是望不到边的树林，路北边还是漫天遍野的紫花苜蓿，我走过一个又一个朝北的小路口，但没有一个铺在荷塘前面。我硬着头皮往前走，终于看到苜蓿地上有一方小小的水塘，却并不见荷叶荷花，只有东南角支棱着一小片芦苇和稀稀落落的菖蒲。我爬上路南边的一棵树，举头向东、西、北方望，远远近近，苍苍茫茫，并不见哪里有荷塘。于是，我跳下树来，顺着水塘东边的小路向北走。

我走过几片庄稼，走进一片低洼的野草地，草地上长满了苦菜、茅草、芦苇和红荆条，我猜测这就是母亲所说的芦苇荡。有人在放羊，甩得鞭子脆响，蜂蝇嗡嗡地围在我头上，我想跑，但跑了几步便腿脚发软，气喘吁吁。

我边走边抬起胳膊擦汗，不一会儿就看到路边有个小小的房子。土地庙！土地庙！我心里欣喜地叫起来。我走到它前面，站在小小的门口向里看，里面很黑，没有窗户，也没有神像，一股臊臭气味泛出来。我退后几步，看到它顶上飞起的檐角，心想这一定就是土地庙。我一边往前走一边回身望，当小缕小缕的疑惑升上心头时，看到前面有户人家，门口开着紫红紫红的鸡冠花。

老姑父裸着上身，肩上搭着块白毛巾，坐在丝瓜架下午睡。可能是听到门响，他拿手抓了抓脖子抬起头，我看到他的脸又松弛又黄，比我印象里老了许多。在我叫了一声老姑父后，他很快认出了我。他回身朝屋里喊："哎哟，哎哟，你快来看，扣儿来了。"

我又胖又矮的老姑踮着小脚，踉跄着从屋里奔出来，一把将我搂在怀里，带着哭腔说："我的孩儿啊，长大啦！"

我将咸菜递给老姑父，说是我母亲送给他的。他将网兜掂在手里，笑着说："好啊，好啊，你妈妈好手艺。"而后让我老姑去给我做饭。

老姑父让我自己搬个小板凳坐在他对面，问我考了多少分，有没有得奖状，问我母亲在家干什么，问下学后帮不帮我母亲干活，还说不简单哪，这是四十多里地呀！我将路上的情形对他说了，他"唉"了一声，说："你妈说的倒也不差，但那是多少年前的光景了。"我说好在他们家门口还有鸡冠花，老姑父开心地笑起来，说："是啊，是啊，总还有不变的。"我坐在那里，开始忐忑不安，我开不了口跟他说借钱的事儿，这时，我才好像想起，老姑父，其实是个很远很远的，远到我根本说不清楚的亲戚。我曾经听我母亲说起过，他是因为同我父亲"说得上话"才和我家走得近些。想起这一层，我的脸，开始变得比在太阳地儿里还要热，感觉头皮一阵又一阵发痒，我一面抓着头皮，一面窘迫得汗水淋漓，笑的时候，脸上的肌肉开始不受自己控制。老姑父回屋拿出块湿毛巾，让我擦把脸，我擦着脸的时候，他说："孩儿呀，是不是快交学费啦？"

我将毛巾捂在脸上，哭起来。

小院子里寂静下来，风吹得丝瓜叶嚓嚓响，老姑父吭地清着嗓子站起来朝屋里走。老姑端出饭，让我到门口的脸盆里洗把脸快吃。

我饿了，狼吞虎咽，不一会儿就将两个高粱面馒头和一大盘炒鸡蛋吃得精光。

我又喝了碗水，老姑将两只熟鸡蛋塞我口袋里，嘱咐我路上吃。我将鸡蛋掏出来放到桌子上，说："不用，天黑之前，我一定能赶回去。"老姑说："那你就带给你妈妈吃。"熟鸡蛋还很热，我的汗很快沿着下巴和颔角流到脖子上。我抬手擦着汗，看到老姑父从屋里抓着一把钱出来。

"这是二十七块六毛三,我一共就这些钱了。如果还不够的话,让你妈妈想办法再借上点儿。"

一大把钱,花花绿绿,有纸票,也有硬币,老姑父将钱用一块手绢包住塞在我口袋里,让我老姑回屋拿了针线翻开衣摆在里面缝住。老姑父说:"坐下歇口气,喝碗水,赶紧回去,别让你妈等急了。"

我松了一口气,虽然没借够,但我想我们家应该还有几块钱,再不够,和老姑父说的一样,再借借,也就好啦。我摸摸硬邦邦的口袋,看看门里门外的鸡冠花,一阵风吹来,凉快得很。待老姑父给我讲了邻村一个菜贩子的笑话后,老姑从屋里提溜出一网袋咸鱼,说:"让你妈妈拿水泡上一天去去盐,给你煎煎吃。"沉甸甸的一大袋,搭在我肩头,我掂得出,比咸菜沉好多。老姑父催我赶紧回家,说回去晚了,我妈妈会担心。

我辞别老姑父和老姑往回赶,过了土地庙后才想起来忘了把母亲叮嘱我的说家里有鸡有鹅还钱不愁的话说给老姑父。我回身望,老姑父和老姑站在那片开得正艳的鸡冠花前向我抬起手摆着,我知道那是示意我快走,我踌躇片刻,开步往回赶,很快进入了芦苇荡。

我哭够了,背上咸鱼爬起来,站在石桥上引颈北望,不见大坝,也不见黄河,薄蓝色的天空上荡着几缕细云,我想起初春时节水湾里飘飘摇摇的狐尾藻。天底下是一望无际的嘉禾。桥边长满褐色枝干的罗布麻,苍耳和苘麻长得像小树一样高,苘麻长着白色的小花,麻果像一只小小的圆盘,一簇簇躲在枝叶间。我知道那里面盛满甜滋滋的白色粒子。一辆绿色带篷的"鳖盖子车"突突地从泥河大街上开过来,在小石桥前向北转,摆晃着,屁股里冒着薄烟,越开越远。我想,如果它在那条两边是芝麻地的路口向东拐,说不定能追上那个瘦高挑儿,车里的人,会看到瘦高挑儿的口袋鼓鼓的,里面装着我老姑给我缝在口袋里的手绢和二十七块六毛三分钱。

瘦高挑儿是在我走错的路口走出来的。我从老柳树墩的"丁"字路口转向南,听到身后有欻喊欻喊的脚步声后回过头,看到一个又瘦又高、穿着白蓝相间横条背心和古铜色裤子、脚上穿着黑胶雨鞋的男人正向我走来。

待他走近,我看到他头发和胡子都很长,手里拈着一支香烟,走几步吸一口。我待他走过,不近不远地走在他身后,听着欻喊欻喊的声音,判断他雨鞋里有水,并且很快就感觉自己的脚也像泡在水里一样不舒服起来。我也看到我的方口布鞋和裸露的一块脚背上有一圈圈灰色的纹络,那是泥水在上面洇染湿透又干透的渍迹。我将咸鱼袋换了个肩。心想天黑之前一定能赶回去。

这样走了很长一段路,我看到瘦高挑儿突然停下来,坐在地上脱掉雨鞋,倒着两只鞋朝下控了控,然后卷了卷裤脚,提着雨鞋站起来。我在离他几步远的地方停住,我不想和他并行。

瘦高挑儿好像看透了我心思,吐出一口烟气,朝前摆了下头示意我跟上,说:"小孩儿,你要到哪去?"

"你是海军吗?"我小声问他。

"海军?"

他一怔，随即哈哈笑起来：

"我要是海军就好啦！"

他转头看了看远方，扔掉烟蒂，说：

"不过，我倒是常年在海上干活儿。"

"在海上干活？"我心里一喜。

"是啊。"他说，"你眼睛瞪那么大干什么，我又不是妖怪。"

"不是，不是——"我急忙摆着手说，"我爸爸也在海上干活，你认识他吗？"

"你爸爸？哦——"

瘦高挑儿很认真地看了我一眼，说：

"在海上干活的人太多太多啦，哦——你爸爸叫什么？"

"我爸爸叫王志国。"我期待地看着他。

瘦高挑儿边走边小声重复着我爸爸的名字，嘀咕了一声后说：

"好像见过。"

他看了我一眼说：

"你爸爸是不是方脸？"

我顿时高兴起来，不住点着头说：

"对，是是是，我爸爸就是方脸。这么说，你们真是认识咯？"

他抹了把脸，说：

"真热，嗯，我们认识，你爸爸是个好人。"

听他说我父亲是好人，我心里别提有多高兴了，我想，我回家要告诉母亲，告诉片片，我父亲真是在海上，并且，人家说他是好人。

他也笑了，露出发黄的牙齿："你是去走亲戚了？"

他看着我身后的咸鱼说。

我说："嗯，我去老姑父家借钱。"

"借钱？"他瞪大眼，"为什么要借钱，你爸不是在赚钱吗？"

我告诉他我要交学费，我说：

"其实我爸很长很长时间没回家了，也许，他是想一下子带着好多好多钱回家，给我妈妈一个惊喜吧。"

他听后嘴里小声"哦哦"着，说：

"是啊，也许是。"

又说：

"那你借到钱了没有？这年头，借钱不容易呢。"

"借到了。"

我心里一下子被骄傲充满，拍着口袋向他炫耀。

"唔——"他看了看我的口袋，扭过头去，好长一段时间不再说话。

我站在小石桥上想，要是在这个时候，我慢慢落到后面，再不和他说一句话，就好啦。可是，我太想知道我父亲的消息了，我舍不得被他落下半步，即使在他好长时间不说话，又点上了一根烟，我呛得咳嗽起来后，也紧紧跟着他，问他些关于我父亲的话。

我问他我父亲都在打一些什么样的鱼，是鲇鱼，还是草鱼，还是一种又扁又圆、长着一条小尾巴的鱼。还问他我父亲现在都穿什么样的衣裳，问他同我父亲聊天时，说起过我没有，我还托他告诉我父亲，村里有人在说他闲话，让他抽出时间回来转一趟再回海上。

瘦高挑儿很简短地回答我，后来干脆用点头代替。我看到他蹙起眉头，接连将烟放在嘴里。我心里焦急起来，感觉他好像不太愿意给我捎话。

在我又叮嘱他一遍让我爸爸抽出时间回来一趟时，他用拇指和食指捻烂烟头，纸屑和烟叶忽地被风吹到他蓝条条的背心上，他说：

"你爸爸，志国大哥，最近，遇到了点麻烦——"

麻烦！

我心里一惊。

"什么麻烦，你快说！"

瘦高挑儿说：

"麻烦不大，你知道，收鱼比自己去打鱼，更省力气，更赚钱，你爸爸从去年也开始收鱼卖了，但是，有一回，他收的鱼全被人骗走了，到现在，他还欠着打鱼户一些钱，大家，都不愿意再把鱼卖给他了，所以，他本来想回家一趟，也——"

天哪！

我终于明白父亲为什么这么长时间不回家了。

我不禁伤心起来，为我父亲，也为自己不能帮助他摆脱困境。我好像看到父亲一个人孤独地站在灰蒙蒙的海边黯然神伤，大家都远远地躲着他，指责他，没有一个人愿意和他做朋友。

瘦高挑儿咳了一声，问：

"你愿不愿意帮助你爸爸？"

我想也没想说：

"当然愿意了！"

我说着，手下意识地捂在口袋上，硬邦邦的钱包让我有足够的底气问瘦高挑儿：

"我爸爸一共欠着人家多少钱？"

瘦高挑斜了我一眼，说：

"你借了多少钱？"

我说：

"二十七块六毛三。"

瘦高挑儿停下脚步，捏着下巴，好像盘算了一下。说：

"不到三十块钱哪，不过，也差不多了，你爸爸自己打鱼卖，还上了一部分，应该差不多了吧。你要信得过我，我正好赶往渔铺，可以帮你带给你爸。"

我说：

"好啊，那太好啦！"

我说着，往外掏着手绢包，一下子把下衣摆也翻着掏出来了，我才想起手绢包已经缝住了。我说：

"我老姑怕我丢了，给我缝在口袋里了，你等着，我拆下来。"

我翻过口袋，努力弯下脖子，将缝住的地方送到嘴边，拿牙齿撕咬那些粗粗的黑色麻线。

瘦高挑儿问："好了吗？"

我咬住线头，撕下一段，说：

"快了，快了。"

我唯恐他等得不耐烦再走了。

瘦高挑儿说："哎呀，太麻烦了，我干脆帮人帮到底吧。"

说着走过来，一只手抓住手绢包，一只手拉住口袋底部，嗤一声把手绢包撕下来了。

我翻过口袋，看到口袋贴身的一面被撕了个大口子，但一想到能帮父亲解围，我想我母亲知道了，也不会说什么的，说不定，还会夸我，她也盼着父亲早回来哪。

我说：

"你数数。"

瘦高挑儿将钱揣进裤袋，说：

"不用数，我连包都不会开，一齐交给志国大哥。"

我点着头，连声说：

"嗯、嗯，你真是个好人。"

瘦高挑儿看了看四周，说：

"我得同你分路了，我得向东走了，东边才是海呀。"

我说：

"好啊，好啊，你快走，别让我爸爸等太久，你别忘了对他说，让他早回来。"

瘦高挑儿让我放心，说话他一定带到，说着，向东拐上了两边是芝麻地的路口。

看着瘦高挑儿越走越远，我开始继续往回返。我一边走，一边想象着父亲回到家的情形，带着各式各样的海螺和红盖子的小螃蟹，大把的钱，也许还有送给母亲做褂子的花布。我越想越开心，脚步也轻快起来，一次次溜到路边水洼旁折取一枝又一枝开着长穗紫花的水蓼。

最初，是我的手下意识地伸进口袋，试探已经不存在的手绢包时，口袋里布的长口子让我心里扑腾了一下，母亲的脸在我脑海里飞快地闪过。但很快，我想，父亲很快就会回来了，他一回来，一切都会好起来的。

后来，我琢磨起回到家，母亲问我具体的经过，我该怎么对她说时，我才慢慢心慌了。我想，我母亲会问，那个瘦高挑儿多大年纪呀，姓什么，叫什么，是什么村的。是啊，她如果这样问我，我该怎么说呢，我什么也不知道。我感觉后背和后脑勺都疼凄凄的，像堆满了一块块大石头，要带着我坠到地里去。我回身望着，瘦高挑儿拐向东边的小路口，早就被成片的高粱地挡上，看不见了。我甚至怎么也想不起瘦高挑儿长什么模样。我在刚才那场关于早一天见到父亲的梦里慢慢浮出来，才发现，记忆中，父亲的模样，也是模糊的。

我紧紧地攥着那把水蓼，深一脚浅一脚前行。肩上的咸鱼似有千钧，累得我气喘吁吁。当远远地看到趴在稼禾与槐柳之间的泥河镇高低错落的房屋时，我心里更加沉重了，我几乎是硬着头皮往前走，每走一步，都费很大力气。

怎么办？

怎么办？

我并不担心母亲会打我骂我，母亲从来没有打骂过我。但我最害怕母亲失望和伤心地看着我。我要两手空空回家见母亲了。怎么办？

我扭头看一眼在树梢上摇摇欲坠的日头，再转身看一眼人来人往的泥河大街，摸摸口袋里的大口子，恨不得一头扎到桥下去。

我仿佛已经听见母亲在村头焦急地喊我的名字，一阵又一阵心悸催我跨下石桥，一步步朝泥河大街走去。

小燕理发店、悦来客栈、贵祥百货店、徐三麻纸草铺、劳保用品商行、薛记包子铺、大同鞋店、吕记面酱铺、大波书报厅、王家肉铺、太平洋网具店——

每家店铺都有名字，每个人都欢天喜地。

只有我，丧家之犬一样有家不敢回，将要在潮水一样淹过来的黑夜里无处藏身。我踽踽前行，感觉街上每一个人都知道我被人骗了钱去，他们不动声色，其实心里都在看我该怎么向母亲交代。我低着头，躲避着张千斤铁匠铺雪花一样飞溅出来的火星，站到了一家店铺前。

"咦，小辉？"

我一抬头，看到朝向街边开着的柜台后面露出一张胖胖的脸。我抬头看了看柜台顶上挂着的一块老旧的木质烫字门匾：武老三黄鱼店。

胖脸就是武老三了。我想着，朝他看了看。他大概一下看清了我。说：

"不是小辉啊，哎，你是哪家的孩子？"

我低下头，拿脚踢着突出在路面上的一块三角石头。

"哎，你不是镇上的孩子吧，你进来！进来！"

武老三敲着柜台指着旁边大敞着的门。

我抬头看了看他，一眼看到他身后用来盛放钱币的那只小木箱子。

我看看四周，转了进去。

嘎巴一声响，鱼店里亮如白昼，武老三扔掉灯绳，弯腰仔细看了看我，说：

"对，你不是镇上的孩子，哪个村的？谁带你来的？天这么晚了，怎么还不回家？"

我不说话，斜眼打量这个满满当当的鱼店。不大的店面中堆满了筐篓、大缸和纸箱子，靠近开向街边的窗口挤挤靠靠地摆着各种鲜咸海产，一只瓦盆中盛着虾酱，窗口上方挂着各种干鱼，后边紧贴着墙壁放着一张桌子，堆满各种杂物。仅有我们站立的地方这一小块空地儿。我的目光慢慢向他身后爬去，爬进那只盛钱的木箱子，花花绿绿的毛票中，露出两块、一块面值钱币的一角，箱子一角上还有五块的，用橡皮筋儿捆着。我想，底下，应该还有十块的大票儿。

我努力冲他笑了笑，说：

"我想喝碗水。"

"喝碗水？"

武老三歪头想了会儿，好像一时半会儿不明白这句话的意思。

"喝碗水？"

他拿胖胖的手在紧靠在他腿侧的一筐篓小干鱼中搅了一下。

"嗯，好吧！"

他将手从小干鱼中抽出来，走到桌边抓起一只海碗和那把竹丝皮的暖瓶。我迅速靠过去，将手伸进钱箱，我的指尖已经触到了那捆五块的纸币，一阵灼烫让我头晕目眩，我想起隔壁门外炉膛中通红通红的铁胚。

"好了，喝吧。"

他边走边倒了一碗水放在柜台上，我侧了下身，让身体挡住我的手臂，一动不动地看着他。

他顿了一下，歪头调起眉梢，眼睛转了几转，忽然从身后提出两条大黄鱼：

"我想起你是谁了，你是陈德贵的闺女，我和你爸爸在武装部民兵集训时撸过跟头。给，拿着，回家对你爸爸说，让他小心点，下次再碰上他，我可不会输啦，会摔他个狗啃泥，哈哈哈！"

我只好放下已经攥到手里的那捆钱，迷迷糊糊地把鱼拎在手里。

走出黄鱼店，我才发现夜幕已四合，大街上行人寥落。我左肩上背一网兜咸梭鱼，右手提着两条大黄鱼，在心脏咚咚地狂跳中仿佛听到母亲在西街口呼喊我的名字——

我立即扭头向西，在泥河大街上疾驰。夜风习习，我不断加快着脚步，我想不出别的办法了，只有到海上去，只有去把父亲找回来，母亲才不至于为我丢失的二十七块六毛三分钱悲伤过度。

办挺韩寒

夜深了，街口已浮起白雾。

王小哨说死也不回去。他抓起啤酒瓶竖在嘴上咕嘟咕嘟猛灌一气，一扬手，酒瓶落在街对面清洁桶脚下堆积的垃圾袋上，哐当一声。

我说："我不是劝你，也不是感觉你没有这个能力，更不是怀疑你的勇气，我只是——"

我将一根冷透了的肉串扔在塑料桌上说："我只是感觉，咱们没必要和他置这个气，是不是？他有什么呀？会写俩字儿，赛车手，是不是？除了在博客上拽拽，他有什么呀，连他都不如。"

我指着背对着我们、剃着刺猬头的半大点孩子说。

那个孩子听见我说他，回过头，恶狠狠地瞪了我一眼。王小哨猛地站起来，指着那男孩说："瞅什么，他妈的，不，绝不，老子这双新鞋，还就非他妈踩一踩这坨臭狗屎不可！我非得办挺他！办得挺挺的！"王小哨举起右手往天上指着，好像仇人正站在半空里。

"办挺"这个词，在我们这里，意义广泛。白刀子进红刀子出是一种，打断腿挑断筋是一种，打翻在地掉几颗牙也是一种，至于像我们这样，我没醉，王小哨醉了，也算一种：我把他办挺了。王小哨同我讲过："操，这妞儿，朝我撩了半眼，我他妈就被她办挺了。"——这是浪漫的一种。

——这是去年的事情了，这妞儿指的是林曼儿。我曾经发誓一定要将他从林曼儿手里夺回来。夺不回来就泼硫酸、拿手挠、用扫把抽，千方百计要毁了她那张让人恶心的脸。现在，我放弃了。因为我太喜欢王小哨了，我对他还抱着幻想，我得给他留面子，给自己留点优雅，给我们的未来留条后路。我盼他早一天弃暗投明，扔了林曼儿再来找我。我愿意等。对我来说，这也许是个将恐龙埋在深坑等着出石油的实验。时间也许会长点，但又能怎样呢，我喜欢王小哨，喜欢死了。那天我又对他说了一次，王小哨故作惊讶地跳到一边大喊："南南，我求求你正经点好不好，我已经把你甩了呀。"说完我们都哈哈大笑。自从王小哨认识我第一天起，就口口声声要甩我，但也是从那天起，我认定他甩不了我。我打定主意放弃清纯、妖娆、温婉、贤良等主流非主流的各种路线，只要我等，等下去，没心没肺地等下去，总有一天，王小哨会回头的。我不用他非摆出痛哭流涕、悔肠子悔肚子的样子，也不要他发毒誓跪天跪地说那些肉麻的话。什么都不用，我要他在我身边，我就开心。就够了。

王小哨说办挺韩寒时，我们穿着十五块钱一件的圆领老头衫，套着各自的妈从夜市地摊上买来的十块钱一条的工装布大裤衩子，坐在我们小区门口一个烧烤摊的塑料椅子上。自从王小哨有了林曼儿，已经很久不请我吃喝了，也不大去我家了。虽然，我们只隔着一道矮墙——我们都住一楼，一楼有院子，他家爱种丝瓜，我家爱种扁豆，他家的丝瓜秧十之八九爬在了我家，我家的扁豆蔓儿十之八九爬到了他家，所以，他家吃我们家扁豆便宜，我们家只好吃他家的丝瓜。后来，他们家爱上吃扁豆，我们家也吃顺了丝瓜，又改过来种，两三年这样返腾一次。不管怎样，从很小起，我俩就在丝瓜扁豆这件事上撕扯不清。他爸一直是纺织厂的车间主任，我妈一直是纺织厂的纺纱女工，所以，一到夏天，我们像义务广告一样齐齐穿上印着"奥特丽纺织集团"字样的大背心，不知道的人以为我们是"兄弟俩"。所以，王小哨常常指着我说："南南，你不要再跟着我，你连男女都分不出来，给我丢份儿。"见我嬉皮笑脸不搭话，他又说："哼，早晚，早晚有一天，我会甩掉你。"我说："你甩呀，你甩呗，好像我多怕似的。"他说完转过头去继续走他的路，去找他那些狐朋狗友，我听完继续踩着他的脚印，继续给他丢份儿。

　　从很小起王小哨就喜欢滑旱冰，他爸爸每天都因为我腿上青一块紫一块的揍哭他，然后到我家装模作样地瞅两眼我涂满高锰酸钾的腿。王小哨还喜欢去黄河里洗澡，我妈也常常因为王小哨等黑了天光腚往家跑揍我，然后从我家杂物篓的最底层掏出他的衣服。那时候他不懂女孩，我也不懂男孩，那时候他不曾被任何一个女孩"办挺"过，我也不曾"办挺"过任何一个男孩。那时候我留着寸头，最花哨的衣服是一件方格短外套。那时候王小哨还穿着用他妈的紫花秋衣改成的内裤，公鸭嗓子尖得他不敢当众嚷嚷。想起这些，我突然忘了王小哨什么时候长出了喉结，什么时候长了胡子，什么时候竟然被别的女的"办挺"了。我们好不容易考上高中，好不容易考了个稍像点样的大学，而后又好不容易成了待业青年。人哪，真他妈不容易，王小哨经常这样说。一边"为赋新词"，一边"为求新姿"，用右手往后抹着抹不平的寸头，拿眼望一眼望不穿的电厂浓烟。

再后来，一夜之间，我们就长大了。他妈已经四处打听给他张罗媳妇了，我妈也经常偷偷地与阿姨们聚在一起叽叽喳喳了。可我们，还没有工作，王小哨没有养家糊口的本钱，我没有让好小伙子们狂追不舍的砝码。这样张罗好久没有动静，于是他们商量，要不，我们共同出资，开家书店吧，算是对孩子们有个交代，比到酒店端盘子当门童强。于是，我们两家的"蓝色理想"书屋就开张了。起初，王小哨的爸爸要取名光明，要不就是阳光，我爸则说思源好，或者求知。我们认为，应该叫蜘蛛人，或者叫杜拉拉。这都什么呀，乱七八糟的，他们否定了。于是，折中一下。蓝色理想就这样一天天渐好了。后来，王小哨在林曼儿的影响下，非要改成"独唱团"，团就团吧，独唱就独唱吧。我也在等着韩寒的二期出来，看他会不会再改成"合唱团"。

本来，我们用着旧电脑，用着原来的销售软件，已经比较顺手了。谁知王小哨有一天对我说，说林曼儿说了，弄这么个大头放在这儿，实在土得掉渣，得换新的。我坚决不同意，王小哨没办法，只好回家让他爸掏了五千块钱买了台新的，又上了网。于是，林曼儿就可以大模大样地搬个烧烤摊的塑料椅子悠闲地看韩寒的博客了。起初，王小哨也是很喜欢看的，后来，慢慢就变味了。因为不知从什么时候开始，林曼儿一打开电脑，他就气愤地说："什么土裤土裤的（two cold），干脆叫尿布得了。"林曼儿扭着脸看了看他，没说话。我心里喜得开了花，呀，终于，他们要吵了，要闹翻了。谢天谢地谢韩寒，这段时间，瞧林曼儿嗲声嗲气的劲儿实在看够了。那段时间，往往我们一开门她就到了，完全不把我当事儿，进门就与王小哨勾肩搭背，拉拉扯扯，有一天竟然过分到贴在书架前接吻。

我回家对我妈说我不想干了，我得出去找份工作。我妈说："你安生些吧，我和你爸商量了，你先好好干着吧，多干净的一份活儿，我们还庆幸选对了。有时间你好好看看书准备考公务员，万一考上就赚了，考不上呢，就还开咱的店，是不是？那么多书，就算不赚钱，自己看着还便宜呢。听妈妈的，啊，南南。"

老人有老人的难处，他们知道自己是干什么的，根本没有能力为子女谋份体面的工作。当然，这主要是怨我，怨我们自己不争气。我们力气不够大、脑袋不够尖、实力不够厚、运气不够好，中国人这么多，哪能每人都有份"像样"的工作呢。我们的店，赚得不多，但算起来，糊口已经有余了。想到这一层，我更是没什么好说的了。第二天，硬着头皮，再去看他们的甜蜜表演。我知道，总有一天，他们会表演不下去的。看林曼儿那范儿，根本不像过日子的主儿——比我妖娆一些罢了。切，这算什么，我一天鄙视她一千遍，还在心里安慰自己：姑奶奶我不是不妖娆，我是怕我妖起来堵路。一个眼神，迷倒一大片，上吊的喝药的裸奔的，满街都是。

我安慰完自己，一睁眼，发现林曼儿在盯着屏幕傻笑，坐着我的带帆布靠背的椅子。噢，对了，她现在一来，她一来，不由分说就把屁股搁上边，看都不看我一眼，完全把我当成给她家打工的小伙计。我听我爸说黄世仁还得亲自收租呢，你为啥就不干活呢？我真想挖苦她，想想还是算了，让她这样下去吧，更容易让王小哨早一天揭下她妖女的画皮，看到她寄生虫的模样。但没等到那一天，我的心就碎碎的了。

那天早饭后，我在家门口看见王小哨搂着林曼儿的腰从他家门口走出来。王小哨紧张地看了我一眼。我笑着同他们打招呼后往"独唱团"走。一进门我装着打扫卫生，整理书架，忙这忙那。一天都装着和他们大声说话大声笑，很夸张地在书架间来回扭着自己的屁股。晚上他们出去吃饭很久不回来，我和着门口那个二手音箱传出的《菊花台》——你的泪光，柔弱中带伤，惨白的月弯弯，勾住过往，夜太漫长，凝结成了霜，是谁在阁楼上冰冷地绝望——摇头晃脑，一会儿，一滴又一滴眼泪从我眼里流出来，擦都擦不完。

我决定早关门。我从里面锁了门，坐在通往二楼的楼梯上看着楼后面淡蓝色的月光。我们租的是一楼，二楼租给了隔壁百货店，他们打通后在上面的楼梯口装了防盗门，这样，我们就在这段楼梯上放些存货。我坐在防盗门后的一捆书上，心如刀绞。一个多月了，我从未正视过王小哨和林曼儿的恋情，就像一个死了丈夫的妇女开始几天适应不了爱人的死亡，不懂悲伤一样，感觉他还在，他不可能不在，他没有理由不在。

但这晚上，我坐在书捆上想，王小哨再也不会回来了。一直，都是我一厢情愿，好吧，好吧。我心说。再后来，我就想，我得回家了，要不，一会儿，我爸妈就该来找我了。

我站起来，还未等走下楼梯，听到门锁响了。我跳上一阶，侧着耳朵听着外面。果然，是王小哨，还有林曼儿。

他们一进门就迫不及待地拥吻，我听到平生最不该听到的既陌生又新奇又让我无地自容的喘息声，我缩在墙角，屏住呼吸，一动不敢动。

"曼儿！曼儿！"王小哨好像在撕扯林曼儿的衣服。

"讨厌。"林曼儿含混不清地骂他。

很长很长时间，终于，他们好像终于放开对方，坐下来说点人话了。

"你怎么了，曼儿，我爱你，你爱我，反正我们要在一起的。"

"当然，"林曼儿轻佻地说，"可是，我怕，怀孕。"

"怀就怀吧，怕什么，我明天就娶你。"王小哨说。

"切，你就吹吧，你以为你是谁？"林曼儿准是像往常那样，不屑的嘴又撇耳根子上了，王小哨就吃这一套。

"我是王小哨，不是谁。"

"切，你以为你是韩寒哪？"

沉默了很长时间后，又听到林曼儿说："韩寒博客上说了，他特别喜欢孩子，等将来结了婚，他才不允许他的女人给别人打工呢，他要移民到香港，想生多少生多少！你行吗？你就靠这个小店？还是同别人合伙的。你连房子都没有，还娶我？"

后来门又响了几下，他们走了。

第二天一上班，王小哨问我："南南，你也喜欢韩寒吗？"

他妈的，我在心里骂道，为什么说"也"？

"不喜欢。杂种。"我说，前者指的是韩寒，后一句指的是他。

"嗯，就是，杂种。"王小哨说，"早晚有一天，我要办挺他。"

"办挺他？好啊。"我也学着林曼儿那样不屑地瞥了他一眼。我就想惹恼他，去他妈的吧。果然，王小哨恼了，他直起原本窝在地上擦书架底层的身子，站得笔挺，他说："南南，我知道你不信，但你瞧着吧，早晚，嗯，迟早有一天，我非办挺他。"

"你已经办挺了，他现在说不定在哪海边儿上晒太阳呢。不过，你放心，林曼儿找不到他。再说啦——"

王小哨已经猜到了接下来我要说什么，他站在那儿，抬着手，像是突然忘了自己正在做的事儿，几秒钟的工夫，他抄起我们清理屋顶的长把扫帚，发疯似的跑到门口轰隆一声把"独唱团"的牌子戳下来了。

他把牌子竖在门边，平静地走进店，把扫帚放好，拍拍手说："南南，换上你的蓝色理想吧。这店是你自己的了。"

说得好像他能做得了主一样。

这就是事情的全部经过。

现在，我们在这里喝啤酒，吃羊肉串之前事情的全部经过。

"可是，你想怎么办挺他呢？"

在王小哨说了一万遍办挺韩寒后，我拉着塑料椅子往他边上靠了靠。我们头顶横着根竹竿，竹竿尽头挑着一只灯泡，灯泡上舞着一大团蚊蚋。我尽量做出天真的神情，瞪大无辜的眼睛，虚心地问。

"怎么办挺他？嗯，我还没想好，但是，很快就会想好的。你放心，南南！我，王小哨，王小哨！你小哨哥哥，绝对把这件事儿办好。放心。"

王小哨抓起我刚才咬了一口后扔在桌上的肉串儿叽叽叽叽吃着说。

"他有啥，不就留的头发比哥哥长点？裤脚子比哥哥撒拉点？博客点击量比哥哥大点？赛车玩得比哥哥好点——"

"嗯，是呢，我说，"我不停地点头，"是啊，是啊，有什么了不起的。"

"他有什么呀，忒把自己当根菜了，大事一出，他先跳出来，吆五喝六，他当他是谁呀，外交发言人哪？国际维和警察呀？还是安南哪？哟，安南，不，安南退了，接他的是谁来？谁来？你看我这记性，都是给气的。"

王小哨拍着脑袋，腮帮子撑得一鼓一鼓的。

不过，我递给他一串新送来的肉串问他："你为什么非得办挺韩寒呢，他怎么惹着你了？头发长？裤脚子撒拉？还是博客人气高？你该不会是嫉妒他玩赛车吧？"

"嗯？"王小哨歪着头说，"他怎么惹我了？他就是惹我了！"

王小哨环顾四周："什么叫惹我，就是看他不顺眼。怎么着吧，哥哥我，就看他不顺眼！"

王小哨借着酒劲，又骂起来。

我们吃羊肉串的那天应该是 7 月 9 号，周五，也就是说，离 7 月 15 号，王小哨出事的这天，隔着六天。这六天里王小哨只来过蓝色理想一次，那是 7 月 11 号，周日晚，人很多，我手忙脚乱。打电话给他说："再不来，不是丢钱就是丢书，你看着办吧。"打完电话半个多点钟，他才懒洋洋地过来。他穿着迷彩马夹背心，抱着双胳膊倚在门框上，看样了，又喝醉了。

吃完羊肉串的第二天，于姨（王小哨他妈）问我王小哨是不是谈恋爱了，说前几天早上，一个女孩，很早就到家里找他。于姨眨着眼睛讨好我说："南南，监视着你小哨哥哥，一有情况，抓紧向我汇报。"我没跟她说林曼儿，我很自私，我不想让于姨留下关于林曼儿的任何印象。但我得到一个信息，也就是说，那次我遇见王小哨，不是像我误会的那样林曼儿住他们家了。但后来我又想，有什么区别呢，他喜欢的是林曼儿，不是我。于姨问我："怎么啦，南南？你看起来不开心哪，是不是你小哨哥哥欺负你了？他敢欺负你就跟我说，我饶不了他。"末了又说："你们可要好好干哪，劝着小哨点，他最近是不是心情不好？好工作哪里那么好找的；再说，自己干，干好了，比给别人干强，你有机会就这样给小哨叨絮叨絮。你们是先遣部队，等我和你妈退了休，我们都去帮忙，扩大店面，搞成图书城，哈哈哈哈——"

我说："你妈还指望我们能做大做强呢，瞧你这副样子吧，我看快关门了还差不多。"王小哨在门框上蹭了几下，抬起下巴，朝我翻了翻眼，很不情愿地过来帮我收银。

那天，快打烊的时候，王小哨打开了新电脑，盯着屏幕出神儿。我又叉开五指在他脸前晃晃，他一动不动。我扭头一看，屏幕上是韩寒的博客首页。我决定跟他好好聊聊，我关上门后，给他倒了杯水。

"王小哨，我替你想出办法了。"我装出一副要让他惊喜的模样。

他抬起眼皮看了看我，没说话。

"不相信？"我又说，"你不是要办挺韩寒么？我有办法了。"

"切，小毛孩儿。"王小哨吊着嘴角笑了笑。

我往他跟前凑了凑，说："真的，你不是 IT 专业么？你可以黑掉他的博客，他那帮什么粉丝啊粉皮啊粉子什么的，还不得抓狂死，好玩吧？"

王小哨又吊了吊嘴角，说："切，这算什么本事？很麻烦的，再说，万一弄不好，连新浪都会告我的。"

"唔，这么严重，那——"

"我说，你可以写啊，使劲写，比他写得好，比他厉害，气死他再说。你也把你的文章放博客上，你博客名就叫 three cold。"说到这里，我想起那次王小哨管韩寒叫土裤土裤，那这样想下去，他就得叫撕裤撕裤。哈哈哈哈，我禁不住大笑起来。我说："他写《他的国》，你可以写我的国，他办杂志叫'独唱团'，你可以叫独角戏，哈哈哈——"

也许我的笑感染了他，王小哨端起杯子喝了口水，脸色好像明快了些。

"南南，我问你个问题，你得保证认真回答我。"王小哨将茶杯端停在嘴边，眼里开始有光。

我如果知道后来这些，那天晚上我就会对他说很多很多，我一定要对他说我爱他，除了他，我谁也看不上眼。我要嫁给他，什么时候都行，不计较移不移民，不计较生多少小孩，不计较他干什么，赚多少钱，有没有名气，什么都不在乎，只要和他在一起。我要跟他说让韩寒见鬼丢吧，我只要他，只在乎他。在我心里，韩寒连他一根头发丝儿都不如。我还要跟他说很多很多，多得我自己也不知道多么多。当然，他要抱我就抱吧，要吻我就吻吧，要——要什么，我都毫不吝啬，我爱他。

但这些我都没说。

王小哨端着杯子，很认真地问我："南南，如果让你在我和韩寒中选一个，你选谁？"

"我当然选你。"

我说。

"嘿嘿"，他干笑了两声，"连你也骗我。"

"我没骗你，"我说，"我就是喜欢你，选你。"

"你在安慰我。南南，我不需要！你是不是看我傻？你认为我说要办挺韩寒是个玩笑？你以为我在吹牛在空想在意淫？"

王小哨生气了。

"你是不是……"王小哨歪着头瞅着我问，"是不是看林曼儿把我甩了，怕打击到我？"

"林曼儿，什么玩意儿？把你甩了？贱骨头，你早就应该——"

"闭嘴！"我还想接着说下去，王小哨一声暴喝把我吓住了。

"你等着。"王小哨指着我说。

　　然后，义无反顾拉开门走了，到 7 月 15 日出事之前，再没有回过店里。

　　后来，新电脑前面空了，不忙时，我就打开，顺手点开林曼儿收藏的韩寒的博客浏览一下。看着这些博文，我突然很冲动：我也要建自己的博客，要把这件事情写下来。我的博客名称就叫 three cold——想好后我就申请了博客，填好个人资料选了喜欢的模板。接着，我就开始写第一篇博文，我把它命名为：办挺韩寒，感觉这个名字还算满意。

　　我想我得从王小哨请我吃肉串开始写，我努力回忆那天晚上的细节，写下第一句：夜深了。当写完这个故事再看这句话时，我看出了另外的意思。看出了谶语似的悲凉和双关句意。我写我们小时候的琐事，写不知道他怎么认识了一个叫林曼儿的姑娘，写我们开书店取店名改店名然后失恋，点点滴滴。但有一点我写完后又修改了：那天晚上，我由于看到王小哨与林曼儿打得火热伤心至极关上门躲到楼梯间哭，哭我如实写了；但没有如实写他们回来后在地板上滚作一团，林曼儿的尖叫，王小哨的喘息——我只是写他们拥吻，我怎么躲在角落伤心。写到这里时，天已经有些晚了，我简单收拾了下卫生，就回家休息了。

　　第二天，也就是 7 月 15 日，我吃完饭去叫王小哨一起到店里，于姨告诉我说他早走了。我打开店门，打扫卫生，整理昨天被翻得歪斜错乱的书册，又补些货。收拾完，已经八点半多了，我打开电脑，看了会儿新闻，打开文档，想接着写已经写了两天的故事。

故事越写越不精彩，心情越写越感沮丧，从理顺的这些思路和王小哨的表现来看，即使他遇不上林曼儿，也不会喜欢我。我们已经认识了那么多年，他以前没爱上我，以后也不会了。但是，我还要等，毕竟，王小哨与林曼儿分了，毕竟，我除了他，谁也喜欢不起来。我在键盘上敲敲打打，写成了一个皆大欢喜的爱情故事。

　　7月16日上午8：16，当我把这个故事按照事实修改后贴在博客上，顺手把博客的中文名称改成了"蓝色理想"时，我还不太相信这一切都是真的：那时已经近2010年7月15日正午，我从电脑前站起来感觉两腿发软两眼发黑，我想我可能血糖低得出奇，他妈的，还不来！我从抽屉中搜出链子锁，准备锁上门去买饭。

　　王小哨来了——

　　我刚说完"你来了"，王小哨就扑通一声跪倒在门口——

　　我以为他绊倒了，我以为他好久不来店里没注意脚下的推拉门底框绊倒了，我没看到他满身是血，没看到他手里拿着的西瓜刀，没看到他手里还拿着一张撕碎的印着"独唱团"字样的杂志封页——

　　"小哨——"

　　林曼儿说，7月15日是她的生日。

　　她站在青岛路索罗斯西餐厅前看到王小哨从东边跑过来。王小哨气喘吁吁地对她说对不起，都是他不对，说请她吃饭，祝她生日快乐。林曼儿说王小哨说这话时太阳将一根折断的树枝影子压在他肩上，像一柄利剑。林曼儿转过身想绕开他。

后来，王小哨在狱中给我的信里说，他知道他要失去林曼儿了，他看着她卷在颌下柔软的头发和玄青色蕾丝边的上衣，看着她渐渐收回的眼神和半垂着的睫毛，看着她与他热吻过的嘴唇，看着曾经爱抚过的洁白细长的手指和耳朵后面一颗不易让人发现的红胎记，这时候他突然想，他和她，根本不在一个世界里——

我想，王小哨看林曼儿时，就像《天堂电影院》中多多初见艾琳娜时的慢镜头，王小哨向后闪着身子，眯着眼，看着林曼儿绕过他绕过路边一棵法桐，迎向那个朝她走来的男人。他着真丝衬衫，笔挺西裤，全包软底小牛皮休闲鞋，梳背头，面目干净，笑容和蔼——

我仿佛能够看到站在旁边的王小哨的表情，他紧拧着眉心，咀嚼肌鼓突，绝望和愤怒让他鼻孔张大，他眼角的余光，已经落在路边商贩三轮车上的那把长刀上——中年男人满脸笑着向林曼儿走来，拉起林曼儿的手将一本牛皮纸封面的书塞到她手里，说："咦，原来独唱团是本书。"说着揽起林曼儿的肩膀："走吧，走吧，吃饭去。"说着，男人拉开了停在路边的车牌号为鲁 E＊＊351 的奔驰车——王小哨蹿到车前一把抄起长刀转身刺进男人胸膛——

"操！"

王小哨紧闭着眼又刺了一刀。

"操！韩寒！操！有钱人！无耻，办挺你！"

"谁是韩寒？"

林曼儿泪如泉涌，捂着脸对我说："我爸问完，就，就——"

林曼儿失声痛哭。

菜狗来旺

这个冬天来得早，未等霜来，雪先薄薄地盖了一地，来不及抢到窖里的白菜、懒人家地里的白萝卜先被冻成了冰坨子，来日日头一出，三晒两晒上边便有了密密麻麻的黑点子，越发入不了口了。心里有了些怨气的老婆们，填饱肚子喉咙里便攒足了骂人的力气，手里端着或尚完整或已残缺不堪的鸡狗食盆，恨恨地数落起老天的种种不是以及作为穷人的千般艰难，以及两者之间从来都不可调和的万种矛盾。男人们手抄着袖筒，坐在背风的太阳地里，偶而把手抽出来，别过烟袋锅子，死命又悠然地抽上一气，浑身便有了说不出的愉悦。还没等回过神儿，耳朵边儿上就"轰"一声炸了婆娘们的吼，虽极不情愿又不敢怠慢地倚墙站立起来，一步三晃挪回家，或拿上扁担去庄外大井挑水，或用筛端了昨晚间铡好的储青给牛马添些草料。

麻花子这次被吼了回去，却不是做前边的种种活计。

麻花子的婆娘叫麦穗，长得五大三粗，凭着身大力不亏的俗话，未成婚就先在气势上强了麻花子三分，待到了麻花子家里，果真就成了仗势欺人、说一不二的母大虫。但从先的懒汉麻花子，倒真真占了娶这么个实惠女人的便宜，索性由着麦穗子摆使，从没个怨情，家里先后添了大妮和二蛋，麦穗因着母性，比先前倒温和了许多，使得麻花子又凭空地多了些先前不敢想的温软与照料，模样比年青时越发地滋润起来。

麻花子从西屋拿出铁锨，往外走几步又回转来，想怎冻的土只铁锨是奈它不过，又抄上秋里刚置下的镢头，拖拖拉拉地出了门。

未等到了麦穗说的那个坡下，刚转过三尺半娘家屋后面的野麻籽地，麻花子就知道他婆娘所言不虚。虽是无风的清冷清冷的天儿，那股骇人的气味还是漫过了顺风家种棉花的石榴坡，透过三尺半娘家屋后面那一大片野麻籽棵子，硬丝丝地钻进了他的酒糟鼻子里。

麦穗三姨的尸首就白花花地曝在了天底下，脖子已经被赖狗们死死地咬断，上身的皮肉无存，露着活生生骇人的骨头，肚皮刚被撕开，肠子等物什被拖得满处都是，几只野狗正猛撕猛咬。麻花子顾不得才下肚不久又重新上上下下活动着的汤汤水水，举起镢把狠狠地朝那几条畜生身上砸，嗷嗷一通全跑开后，麻花子挖了个深深的坑，别着头重新归置一下埋好了回去。

麦穗闻说，当时就下了泪来，抽抽噎噎的样子让麻花子第一次感觉自己的婆娘着实有些可怜见了。

第二天早上起来麦穗提了夜桶倒了，顺手吱呀一开大门，见一只花狗卧在门槛外，听见开门声吓得忽地站起来又不得已地摔在地上。麦穗细看，见后腿断了一条，一节腿骨白乎乎露在外处，就生了怜心，回屋里拿了块锅饼给它，那畜生得了吃食，眼里似有了些雾蒙蒙的感激。麦穗扬着手说："快去吧，快去吧，别只在一家门子里晃，晃得人心里难受，人都快饿肚子了，哪里会老顾着你小畜类，快去吧。"

　　麻花子照例跟着麦穗后边起，听到麦穗数落，就挨过来，一看是花狗，麻花子转身抄了铁锨过来说："就是它，就是它，昨日没打死它，倒撞来了。"那狗一见拿锨的麻花子，腾地一下站起来，顾不得三条腿，愣是一蹦一拐地跑开了。麦穗一看心里明白了究竟，拿手打得自己的大脸啪啪地响，瞎了眼哩，瞎了眼哩！

　　却说这只三条腿的狗，一瘸一拐地好不容易躲到一户人家檐下边，透过宽宽的门楼往里一看，大宅子呢，像是有钱的人家。畜生嘛，并不知道这就是村里大财主陈三儿家的宅子。一夜的雪呀，这只三条腿的狗无论怎样想把那条伤腿掩起来，都冻得让自己感觉连后半个身子都没了。它想到如果能到门楼里暖和暖和，真真不枉它狗活一辈子了，定尽毕生狗力，好好地报答让它进这个门子的人。

　　清早起来，看门人来喜照例先把朱红的大门打开。刚转身回去拿扫帚扫雪，看见似有个物什堆在门口，待扒拉开被粘住的睡眼，可不咋地，是只大花狗。来喜就喜了，快过年哩，家里正缺吃食，待把这个狗拴住，脑袋砸烂，狗皮一扒，让爹娘过个年是够了。说着上前就把这三条腿的狗摁住了，这狗也想站起来逃它一逃，无奈缺了条腿，伤口还生生地疼，最重要的是正做着昨天那个吃人肉的美梦，一被惊醒，还未回过神来呢，就被来喜逮住了。来喜把这只三腿狗捆了个结结实实，正想着吃过早饭就送到爹娘那里扒扒过年。他爹脸上高兴时笑起的那一道道的褶子，他都看见了。

恰巧这天没派差给他，他便在点过卯后跳将起来去门楼边取狗先回家一趟。可巧的是被正想出门的陈三儿看在了眼里。陈三儿四十多岁，长得尖嘴猴牙儿的，留着黄稀稀的胡子，穿了寿字符的对襟褂，头上扣了乌皂乌皂的瓜皮帽子，裹着青色的长袍，蹬着同色的千层底儿靴子，一步三摇地往外走。看到来喜猴急地小跑，说："来喜！"来喜回了身，站直了说："老爷。"陈三儿问道："胡同口那堆马粪，想是全部撒下去了。"来喜说："是，老爷，我听陈大爷说昨天黑虫和浑虫兄弟俩，全部撒完了。"陈三儿又问道："你这是干啥去，火烧了腚了？"来喜说："我开门时逮了只瘸狗，准备给俺爹送过去扒扒过年。"陈三儿说："瘸狗，啥瘸狗？瞅瞅。"

活该来喜倒霉，他爹也倒霉，快到嘴的狗肉一下子弄飞了。陈三儿见了这三条腿的狗，竟是欣喜得爹一声娘一声地叫，说："可怜见儿的，这等憨物谁会吃了去，且给我留下。看，平头儿正脸的，两只耳朵忽闪忽闪的，俊着呢！唉，可怜，哪个黑了心肠的主儿，竟然把它打成这种样子，让人看了心里跟什么似的。"陈三儿说着，竟然翘了那小指上留了长甲的兰花指，掏了那绣花绣草的丝帕子拭眼，让来喜生生地感觉到，自己先前竟然想吃掉它，可见自己就这样的不是东西，不沦个奴才命，还有什么好出息头。

在陈三儿的关照下，这条三腿狗不出几日便恢复好了。为了图报主子的关爱，不使主人继续伤心，这三腿狗竟然坚强地在几天里就学会了稳稳当当地用三条腿走路，只是无奈，无论多稳当，每走一步，屁股都会无端地扭到一边一下，很不雅，但没有办法。

陈三儿似领会了狗的意思，为了它能更好看一些，不过也许是为了不让它冻着，陈三儿让他的第九个姨太太给狗缝个小棉袄，在断了腿的位置，缀上了个小花团。这使这条三腿狗，看起来又神气又漂亮，比先前还似稳当了些。

三腿狗缺的是一条腿，可不是缺脑子，它知道知恩图报的道理。就天天地学本领，不出几日，又学会了叼鞋、叼烟斗，还学会了磕头、咬尾巴尖，哄得陈三儿跟他的姨太太们喜得跟什么似的，有时候光逗着三腿玩，竟然也能玩大半天呢。三腿狗的吃食也一天比一天好起来，起初弄个鸡骨头鱼刺的，就以为是美味珍馐了。到后来就整个的鸡头、猪肠子、大个大个的白馒头，好得不得了。三腿狗就想，怕是上辈子修来的福气，不知道自家的祖宗积什么德了，竟天上生生地掉下恁多福气。

有一天，陈三儿出门，姨太太们也不知道为什么，陈三儿一走，就都不出门喜欢它了，都躲在屋子里炕上不出来，三腿狗想进哪个屋暖暖腿儿，竟然都一反常态赶它出来，走慢了，屁股上还会被狠狠地拍上一鞋底子。三腿狗无奈，就到门楼下面去取暖，刚趴下没多大会儿，来喜就从门房里出来了，看到它，回头就拿了胳膊粗的棍子，上前就打它，嘴里还骂道："打死你，打死你，得了势的畜生！"三腿狗跟人待得时间长了，嘴里虽吐不出人言来，但其意倒是懂了大半。三腿狗知道来喜骂它恨它，不敢围着门楼转，就想，到灶屋里暖和暖和吧。转过墙角，看到灶屋门开着道缝儿，就钻了进去，做饭的黑虫婆娘和黑虫正在吃猪头肉，黑虫婆娘还给黑虫说："快吃吧，吃了就走，外面没人，哎，擦擦嘴上的油。"还没等说完，低头看见三腿狗进来，甩开腿就踹了它一脚，说："畜生，滚出去。"三腿狗一进门儿，看着有人吃肉，还当黑虫的婆娘也会像往常一样给它一块吃，没承想却白白挨了一脚，心里那个气呀，气得要冒烟儿。

三腿狗左思右想找不到个去处，心里很沮丧，感觉陈三儿一走，人们态度都变了，不知道为什么人们态度就变了。但眼下的困难是得找个落脚的地方，转了一圈又一圈，快至中饭了，也没踅摸到个落脚处。正愁着呢，看到南房下的鸡窝边空着一块地方，既不是人走道，也不挨哪个屋近，就过去悄悄趴下了。

正想打个盹，刚窝好头，就听上屋一声吼："畜生，哎，来喜，哎，黑虫，快过来，这个得了势的畜生，在踅摸咱家的鸡呢。快，拿棍子来！"三腿狗一听，大事不好，跳起来就从墙头上蹿出去了。落到墙外了，还听来喜说："哈哈，太太，怪不得人说狗急跳墙，三条腿的狗也能跳呢。"陈三儿的太太说："真是呢。这畜生！你们以后看好了，可别让它伤了鸡，家道艰难，几个小少爷都指着它们活命呢。"

三腿狗在街上茫然地转来转去，听着头顶上的老鸹叫，感到头晕眼花，心想陈老爷怎么还不回来呀，天都快黑了，再不回来，索性连个过夜的地儿都没了。三腿狗尝到了荣华富贵，再过那种吃过上顿没下顿、饥肠辘辘、身上整天漫天腥臊的日子是不能够了。正这样想着，就挨到了一家门檐下，心想怎么这么熟悉？但想来想去没想起什么时候到过这个地方。正想着，就听到远处有车铃声。三腿狗登时浑身是劲，欢喜得撒起欢来——陈老爷回来了。

陈三儿一下车，三腿狗就拱在他腿边，摇着尾巴，嘴里叽叽地叫着，把陈三儿喜得伏下身来，给它揉了揉背，说："还是三腿儿记着找呢。"迎出门来的人人、姨太太们闻言，都把嘴悄悄地撤到耳朵根子上去了，可陈三儿一抬头，她们又都笑着围上来嘘寒问暖，盈盈的笑意把三腿儿唬得一身狗皮疙瘩。

走到门口，来喜站在一边恭敬着，三腿儿跟着陈三儿从他的身边过，来喜就冲它一瞪眼，吓得它夹着尾巴躲到陈三儿那边去了。陈三儿见三腿儿这样，立下回转身看着来喜，来喜就赔着笑，陈三儿也笑了笑。接着拔脚往前走，走了几步，复又站住，回过头来对着来喜，又像是对着众人说道："三腿儿今后就叫来旺吧，来喜，来旺，以后，你们兄弟俩给我把门可看好了。"众人都笑，姨太太们笑得前仰后合，来喜立在那儿，稍弯着腰，两手攥着衣袖子，也嘿嘿地笑。

陈三儿好酒，晚饭间不免又摆上。陈三儿的意思是让太太陪着他喝盅，但太太不喝，说："我才不喝那什子。"陈三儿想发火，但没敢，因为他是靠老丈人才发迹的。陈三儿想让旁边伺候着吃饭的姨太太喝盅，但看了看太太的脸色，也没敢，就索性端起酒盅来对来旺说："旺儿，陪老爷喝盅酒吧，来。"三腿儿，现在叫来旺了，不想喝，又怕陈三儿不高兴，这时候不出头，啥时候出？耕地拉车它不行，打鸣下蛋它不会，倒是乐得跟老爷睡觉呢，但有姨太太们陪，它死活也是靠不上边儿的。报效的机会到眼巴前了，难道就这么白白地流走不成，喝酒算什么？不就一碗子辣水嘛，喝下横竖是死不了。挨得今日苦，方为狗上狗。想着就心一横，眼一闭，脖儿一仰，滋溜一声把酒干了。如果不是有毛挡着，来旺的狗脸肯定立马就和猴屁股一样红了。这酒呛得它直想吐，但它不吐，也不咳嗽，因为他怕陈三儿不高兴，甚至故意地伸出舌头来舔了舔嘴唇，只差像人一样说，好酒，好酒了！这一招果然把陈三儿喜得又叫爹又喊娘的，说："还是来旺好，来旺好。"接着扔给它一条鸡大腿，把个来旺吃得满嘴流油。自此以后，每当在家喝酒，必是给来旺喝几盅，来旺的日子越发滋润起来。

却说一天晚间，陈三儿找了东边厢房第二间住的姨太太过夜去，来旺也跟着钻了进去。夜里来旺蹲在地上，看着陈三儿跟二姨太翻腾个不停，不解其中的意思，口中就不免喂儿喂儿地叫了几声。陈三儿听见了，停止了动作，反过头来看来旺，看了会儿，哈哈地大笑起来，对着二姨太说："看吧，畜生们也懂这个呢，来旺着急了！"二姨太太扳过陈三儿说："别理它，你不在家人家就不着急呀。"陈三儿说："着急，真着急了。我这几日不在家，着急了该是趸摸上哪个相好，偷吃了吧？"二姨太长长地呻吟了一声，嗯——来旺听着，明白了其中的大概意思，就想这个"趸摸上哪个相好、偷吃"什么的，大抵不是好话。又想起陈三儿前几日不在家时，一天下雨下雪，它走过四姨太的门口，听见黑虫在里面叫唤，说，"宝贝儿，想死我了！"来旺从门缝往里一看，正看见四姨太和黑虫光着身子搂在一处。来旺当时还挺纳闷儿，想大雨雪的天

041

儿，他们这样儿也不嫌冷？想来想去，这大概就是陈三儿说的他不在家背着他干的事儿。又想起那日到四姨太房里取暖，白白地挨了她一鞋底，心下就有了主意。

一天傍黑儿，火烧了草垛似的晚霞刚坠在了天边，浑虫、夏麻这些劳力们还未回来，四姨太就像鬼撵着似的，从小仓屋揪出米袋子，站在院子里兜着圈地喂鸡，那雄壮高大的雄鸡，赶得那些低眉细眼的母鸡们满院子跑，四姨太一手揪过扫帚，一边儿骂着一边追打它。三跑两颠的，就把那后缵上的盘花抖下来一只，来旺眼瞅着四姨太喂完了鸡，腰带着胖腚，一扭一扭地回了屋，就麻溜溜地过去衔了那盘花，大摇大摆地回转来。

春天说来就来了，和煦的春风一过，就把院墙内外的迎春花引开了，照得满世界黄暖暖的，也照得来旺心里暖暖的。这一暖不要紧，来旺的眼珠子就在太太养的那条哈巴狗身上拿不开了。太太养的那条哈巴狗长得雪白，娇娇嫩嫩的，太太给它取了个名字，叫小雪。小雪不但长得怪人疼，身上还整天香香的，有时候太太抱着出来玩，有时候小少爷引着出来玩，身边不离人的。倒是有几次小雪真就对它多看了几眼，但来旺心里跟明镜子似的，就算小雪真对它有意，也是成不得好事，来旺更不太敢造次。

可巧这天，太太抱着小雪出来玩时，最小的少爷摔倒了哭起来，太太顾不得小雪，和姨太太一起哄少爷。来旺在旁边瞅着，感觉是个千载难逢的好空子，就递眼神儿给小雪，小雪会了意，两只狗就来到院墙南边的大树底下，卿卿狗狗，嗅来嗅去，不一会儿，郎情妾意的，做成了好事。可好事未了，就被那太太一扭头给瞧了个正着，怒得她叫来黑虫、浑虫、来喜、狗剩、夏麻几个人，拿很粗很粗的大棍子砸它，来旺想跑，但终是那物什所累，拖得小雪像滚雪球一样嗷嗷叫唤。

陈三儿从南面来，看到众人打来旺，急得鞋打着长袍摆子小跑过去，一路啪啪地响。

陈三儿说什么也不干，把打来旺的几个人拿鞭子抽了几遍，抽黑虫的时候，黑虫拿眼盯了来旺，像盯到来旺肉里头，但来旺不害怕，也拿眼盯了他，心说，看啥看，还没到你好看的时候。

倒是太太，哭着喊着要把来旺打死，退一万步的说法，也得赶出去。陈三儿郁闷了好几天。到最后太太抱着小雪，痛惜地摸着它的毛对陈三儿说："你不赶它走，我走。横看竖看是我们娘儿几个不值钱了！啊！唔——"陈三儿搓着手，一时没了主意。来喜这时候凑到陈三儿耳朵上说了一番话，听得陈三儿眼睛眯成了缝儿。来旺心里一喜，看来是有救了！

陈三儿走过去，和他太太说："要不，你看，你喜欢小雪，我喜欢来旺，你说扔了哪个咱都心疼，要不这么着吧，咱们把来旺骟了吧。一了百了。"

来旺一听吓得呼地出了身冷汗，平日里骟牛骟马，它可见得多了。有时候，它还吃那骟下来的物什，新鲜着呢。一想到自己肚子上要挨一刀，可怎么是好，一下子吓晕了。

半夜里，来旺醒转过来，闻着身边香气，找到一碗肉饭，三口两口吃完，就想：逃吧，躲过这一劫。鸡打头遍鸣了，来旺心想：不成，听来喜说过，鸡打鸣，鬼进庄。这一往外出，不被恶鬼捉了去吃了，也得被它们下油锅，永世不得超生的。逃也得等两个时辰后，鬼走了再逃。来旺就在角落里挨着等时辰。脑子里头胡思乱想起来，想起以前的野狗生活，想起天寒地冻、挨饿忍饥，想起以前被人追打时的种种不堪；又想起今天的雕梁画栋、锦衣玉食。天上地下的生活啊！不知道自己还能不能吃得了那些个苦。转念一想：要不留下吧，无非是失去那个物什，再说同荣华富贵的日子相比，那个东西又算得了什么呢，一块腐肉而已。

想来想去，比来比去，来旺眼一闭，算打定主意，遂迷迷糊糊睡着了。

第二天一大早，蒙蒙的雾气未散尽，老鼠们尚在鸡窝旁边探头探脑，不待众人都起来，来旺趴在门房里，听来喜就跟倒霉催着似的，轻腿快脚地领来了劁骟师傅。众人就过来把来旺用绳子捆了带过去。在院墙南边的大树下，摆了张很破旧肮脏的宽凳子，太太抱了小雪，几个姨太太和陈三儿都过来瞧热闹。来旺一边走，一边扭头看小雪，心里那个悲凉啊。小雪趴在太太怀里，跟没事儿人一样，不，跟没事儿狗一样，一声不吭，来旺心说，别过了，宝贝小雪，哥哥来世再寻你！陈三儿看着来旺径直往凳子那里走，就说："看，来旺，是不害怕呢，别的牲畜看了那凳子，早就魂不附体了。"又扭头看太太，说："小雪，看，都是你惹的祸，来旺惨喽！"太太不屑一顾地说："自己不老实，说俺们小雪干什么，捎着带着的。"说着拿眼看了陈三儿，又看了看姨太太们，陈三儿干咳了两声，就不说话了。

整个骟割过程，来旺没哼一声，眉头连皱都没皱一下。来旺睁着眼，看见树上几只麻雀子轻巧巧地从这根枝扑啦啦地跳到那根枝，交头接耳的，无比地畅快和自由。直到看见自己的物什被劁骟师傅扔出去，几只狗一下扑上去抢的时候，来旺眼光从麻雀子身上收回来，扑簌掉了一滴眼泪。

天一热，苍蝇就多起来，来旺的伤口上嗡嗡聚了一群苍蝇，惹得它心里很烦。捂在肚下又烂，更不堪。就索性由着它，晾在阴干处。一天，来旺趴在门口，和来喜大眼瞪小眼，陈三儿走过来，看了看来旺的伤势，说："快行了。一结疤，就啥事儿没有了，只是可惜了！"来喜就嘎嘎地笑起来，这笑声，很是刺来旺的耳朵根子。

陈三儿走过来对来喜说："明儿人丁们都到地里去耩谷子，你也去吧，留来旺一个人看门就行了。"来喜说："是，老爷。"

来旺在心里也学着来喜，嘎嘎地笑了几声。

第二天，来了很多人，从仓屋里装了谷种，忙忙活活地堆在车上；老妈子们早就烧了开水，装在一个个罐子里封了口，挨着扣在口上一个粗陶海碗，又抱着一个个地放在车上。大家跳上车，几辆马车一齐出发，铃铛叮叮地响着，往庄北地里去了。

来旺在后面尾随着。一边走，心里一边嘿嘿地笑出声来。

不出来旺所料，劳作间隙，众人都坐上了地头儿，姨太太们从车上抱下水罐子来，取下口上扣着的陶碗，挨个儿地给劳力们倒水喝。四姨太端着水递给黑虫，还递了个眼色给他。这可瞒不过来旺的眼睛，来旺想：哼！

来旺蹭到黑虫跟前，在汗布褂子口袋前蹭来蹭去，黑虫看陈三儿坐在旁边，不敢大声赶它走，就小声地说："去，去！脏呼啦地！"来旺离开了，走了两步，到陈三儿跟前，回转身来朝黑虫多看了两眼。

果真，不一会儿工夫，就听见狗剩吆喝："黑虫，你怎带着这物什，你婆娘的？不会吧，是哪个相好的吧。"来旺转身一瞧，见黑虫正双手拢在脑后躺在地里草上闭着眼，甚至还跷着二郎腿，一挑一挑的。狗剩指着他口袋边儿上露出的盘花大声嚷嚷。

人们都围拢过来，准备打趣一下黑虫，可见陈三儿的脸拉得比驴还长，都知趣地走开了。陈三儿把盘花扔到四姨太面前，说："怎么回事儿？"四姨太急得用手摸头发，摸了这边摸那边。陈三儿鼻子里哼了声，说："甭摸了，丢了不是一天两天了吧！"

那天天很晴，云彩一朵一朵的，不稀不稠地缀在瓦蓝瓦蓝的四空里，头顶上偶而有只孤独的雀子飞过，啾啾地叫几声，四姨太和黑虫在陈三儿家新垦的田头，头耷拉着跪了下来。

陈三儿黑着脸，朝狗剩他们做了个手势。

黑虫和四姨太的尸首就挂在庄口的牌楼上，大风一来，晃悠一下，苍蝇就轰一声飞腾起来。

一日，麻花子和麦穗灰头土脸的打牌楼下过，抬头看了看两具荡来荡去的尸首，启了那干裂的嘴唇说："唉，人啊人。"正被趴在牌楼底下纳凉的来旺听见。在来旺听来，话语中似有些个可怜宽恕的意味，来旺想，那不行啊，宽恕黑虫，就是与它来旺过不去呀，再说咋看咋感觉这两人面熟，就是想不起在哪儿见过。唉，这脑子，来旺想，人都说贵人多忘事，看来，贵狗也多忘事。

来旺在麻花子后面悄悄跟着，左转右转就来到了他们家门前，麻花子两人进去掩了门，他就趴在门口想。天都快黑了，来旺竟然破天荒地第一次顾不得饿肚子。直到麦穗出来看到有只狗在门外，进去拿了块锅饼扔给它，它才想起来，这就是当初砸断它腿的那家人，哼！

　　天气一暖和了，人就闹起来，转眼间到了六月，一场大雨下来，一开始砸得街上起土花，不一会儿工夫，土花就被冲成泥水，哗哗地叫着响儿，顺着庄里大街小巷往外流。婆娘们忙着准备大缸小盆，瓶瓶罐罐，拿到檐下接甜水。小孩子们撒着欢儿地在雨里蹿。二蛋光着腚，随同大一些的孩子们跟着来喜在雨里疯跑。下了小半日方停，雨一停，来喜就回了。该干啥干啥去，少不了都到地里转转，该追肥追肥，该排涝排涝。二蛋打算从陈三儿家门口转着回家去，正巧来旺蹲在门口看水流，看见二蛋过来，它眉头一皱，计上心来，麻溜地到了门外泥地上去，扑哧坐一屁股泥，夹着尾巴嗷嗷地往里面跑。陈三儿见来旺往里面跑，就说："嗯？谁打咱了！"说着一面往外走，一面伸着脖子往外打量，只见二蛋光着腚，满手满身的泥往家走，心就说这孩子手怎么这么贱。

　　也该是麻花子倒霉，他丈母娘早不来，晚不来，偏偏这个时候来了，来了就来了吧，偏又病了，怕老在闺女家给儿招人笑话，但往家送又没办法，麦穗就说："要不，去陈三儿家借马车吧？"麻花子说："要借你借，他家是地主，何时瞧上过咱们穷苦人，虽然是庄里庄乡的，也没见哪个能到他们家借出过东西来。"麦穗就不高兴了："你合该是受苦的命，咱们就去借，借得来是好，借不来也不丢人。"麻花子说："要去你去，死活我是不去。"

麦穗就使着气来找陈三儿借马车。陈三儿捏着嗓子，哟的一声，又翘起了兰花指，说："这不是婶子嘛，才还看见你家二蛋了呢，孩子长得结实呢。"麦穗就说明了来意，陈三儿说："噢，是了，这也真得用个车送送，这么着吧，来喜，你叫狗剩牵出小儿马来，喂饱了，待会儿套了车，送到花子家。"狗剩应了声，麦穗就千恩万谢地出来了。

这匹小儿马，还没出过活儿，是个生瓜蛋子，要让他拉车，更是不行，不是没力气，是不听使唤。陈三儿的本意是难为难为麻花子，谁让他儿子拿泥打来旺呢。不成想酿成了大祸，让他也有了些许的后悔，庄里庄乡的，再说麻花子是个老实人，实在是没招他惹他。

麻花子看着麦穗一脸的傲气回家，又是欢气又是不服气。站在门口嘿嘿地笑着，说："真借来了？"麦穗好不容易抬起眼皮瞅了他一眼，说："你还是个男人呢！"

见送过车马来，麻花子就抱了他丈母娘，麦穗子拿着床褥子早铺在车厢里，麻花子把老人放下，大妮和二蛋就跳上了车，麻花子早瞅见这马不大识营生了，就大声呵斥两个孩子："下来，下来。"大妮毕竟是女孩子，脸儿软，看她爹不高兴，就溜下来跑屋里去了；二蛋抱着他姥娘的腿，哭着喊着就不下来，麻花子就瞅麦穗，心说还不把他拽下来？麦穗就上前，啪啪两巴掌，把个哭着喊着的孩子硬拖拉下来了。麻花子这才拉了缰绳，牵着马上了路。

过了石榴坡，麻花子看小儿马拉得顺顺当当，就放了心，蹁腿坐了上去，与丈母娘一边闲话着，一边由着儿马赶路。

来旺悄没声地跟在后面，眼瞅着车上了坝子。这个坝子，在黄河的二河滩里，所谓二河滩，就是离河心稍远，不发很大的水难漫到的地方。坝子修在这里，自是给黄河上了二道保险的。不过这坝子稍高些，上面自是崎岖，比不得平地。

它心说：这个儿马子，怎不快地跑将起来，快将那麻花子摔死。无奈它怎样想，小儿马反倒平平稳稳地向前起来，更不似平日的孟浪。来旺又跟出了二里多路，眼巴巴地等不到动静，就横了心，跑着上去逮住马腿咬了一口。

这小儿马哪受得了这个惊吓，骇得一个蹶子尥起来老高，把个麻花子和老丈母娘先是从车上掀了下来，麻花子趴在车前边，还没反应过来，就被儿马连踹带尥拖出去了，他丈母娘蹲在地上，眼瞅着马车翻到河滩里去了。

待多时，儿马挣脱了缰索，跑回家去，夏麻看见了，就说："咱家儿马不是借出去了，怎么在槽头吃开草了。"陈三儿还不信，转到马棚里一看，可不是咋地，再看没缰绳，心说不好。就赶紧让夏麻和浑虫去哨看。一会儿就把麻花子的老丈母娘先驮回来了，说："麻花子让车轧了个两截，在河滩里撂着呢。"陈三儿一惊，就让来喜去说与麦穗。

麦穗死鬼死鬼的哭声像是给来旺奏凯旋乐，来旺在门房门口，左转转，右转转，心下欢喜得直痒痒。太太看见了说："来喜，你看来旺是不是长了疯狗病了？这么躁！"来喜瞅了来旺几眼说："打花子出事儿就这样。"太太说："奇了怪了。通了人气儿吗，通人气，人死了，也是伤心些个，它怎么就像过年似的。"来旺一听不好，就赶紧趴在廊檐下，再也不转悠。太太又看了它一气，摇摇头转回身去。

又到冬里，陈三儿让来喜来旺住一起，来喜憋红了脸，硬是说不出一句不可的话。晚间一关上门，来喜就抬脚把来旺踹桌子底下去。有次，还是大冬夜，来喜把来旺赶了出来，来旺卧在雪地里，正恨得牙根痒痒，不成想被先前玩耍的那群野狗看见了，那些脏兮兮的黑狗和花狗，晚间街上没人时像猪一样在垃圾堆上拱来拱去，看看是不是有半点汤水米面。它们找来找去，找到陈三儿家的门前，见有一团黑乎乎的东西卧在那里，误以为是个什么吃食，正待下嘴，见来旺竟站了起来，有黑狗黑子先认出来了，就说："原来是你，你当日被打折了腿，原以为连冻带饿的，就死了，不成想混得有鼻子有脸的，气色不错啊。"来旺不想认它们，转念一想这黑灯瞎火的，又没处去，唠叨唠叨也不是不行。来旺就说起发迹的种种，黑子就问："你既这么得宠，为何今夜反倒在雪地里？"这一问不要紧，忽地就给来旺生出伎俩来，就把来喜赶它出来的种种一说，黑子就说："这不行，你受欺负了，少不得找我们就行，我们帮着你出这口气。"遂这般那般一说，把个来旺说得登时眉开眼笑。

来喜睡得迷迷瞪瞪，只听见墙上呼呼地响，心想：莫不是有人来偷东西吧？我得看看。就披了衣，出门来看，那群饿狗不待来旺眼色，就扑上去咬起来，有含腿的，有趴肩的，有咬胸的，有袭脸的。可怜的来喜一嗓子都吆不出来，就一命呜呼了。来旺这时候跑到院子里，汪、汪、汪大叫，院子里人都听见了，衣衫不整地跑出来。都问："怎么了？怎么了？"太太说："赶紧挑出灯来，四下看看。"

待众人抄了家伙跑出来一通乱砍，野狗们一蹿而散，挑起灯笼一看，来喜早已是血头血脸，没得救了。

太太坚持这件事情是来旺所为，陈三儿坚决认为只是一出意外。太太的理由是：家里无贼不来贼。陈三儿的理由是：来旺，只是，也只能是，一条狗而已。太太没有办法了，她没法说服自己的丈夫，其实，也无法说服自己——来旺，不是条狗。

这件事情一过，来旺更胆大起来，似有些狗眼看人低的架势。一次二姨太过来伺候吃饭，将陈三儿和太太吃剩的兔子肉拿来吃时，来旺竟不能自已地狂吠不止，将二姨太吓得病了一场。惹得太太又充分了她坚持先前观点的理由。好在陈三儿还护着它："唉，毕竟是个畜生，难为它干啥。"

又过了一日，为兑现自己那夜的诺言，来旺竟然肆无忌惮到青天白日里偷着到厨房里将馒头叼出去犒劳那群帮了它忙的野狗。

太太扯着陈三儿的耳朵让他看来旺印在案板上的爪印，陈三儿没话说了。

但最终使陈三儿不得不把它赶出去的原因，还不是这个。

有一日，太阳很好，出奇的好，一丝风也没有，闲下来的男人们又袖了手，靠到太阳地儿里眯眼去。来喜他爹也凑了过去，大家借着光气儿，说着有一搭没一搭的闲话，扯来扯去，就扯到了麻花子和来喜的死上。来喜他爹就说："唉，咱这运道不好，可也奇了怪了，俺家来喜不太聪明吧，也不太傻，他就自己跑到外面去，让狗咬？"浑虫就说："可不咋地，太太说来旺不地道。"来喜爹就说:"来旺不地道?来旺是条狗。狗再不地道,偷个嘴啥的,也就这样子。再不地道他能把俺来喜叫出去咬死他?说不通,说不通。"浑虫望着来喜他爹说得嘴角的唾沫星子,下意识地抹了抹自己的嘴角说:"你爱信不信吧,我反正觉着呀,奇怪!"

麦穗从南面来,恍惚看见麻花子也坐在人堆里,手托着烟袋锅子,悠么悠么地抽着烟呢,又听人说麻花子长,麻花子短的,一时竟回不过来神儿了,站在街上,失了主意。

这时来旺从北面来,径直走过来照着麦穗腿上一口,麦穗像被定住了一样,好一时一动不动,浑虫和他爹先跑了过去问:"咬着了没,咬着了没?"麦穗竟像听不到人讲话,只一口气刚上来的样子说:"勒住那马,勒住那马!"声音骇人,大家禁不住打了个冷战。

太太坐在大屋,拿眼瞥了下陈三儿,说:"你可宠得它真是无法无天了,哪天过来一口把我咬了,把少爷们咬了,你心下就干净了。"陈三儿也被说得打了个冷战,但心里仍是有些个不忍。

又一傍黑,陈三儿由浑虫陪着回家,到家门口,看见一只黑色啥物堵在家门外,走近了看,是条狗,就喊了声来喜,没人应才想起来喜已是去了。又叫身边的浑虫,说:"你看看,这狗咋赶不走?"浑虫就走过来踢了脚,那黑物才摇摇晃晃站起来,陈三儿弯下腰看,看不仔细,就对着里面说:"夏麻,挑灯过来!"夏麻挑了灯来,陈三儿对着灯看了,才知道是条两腿狗,后边两条腿都去了大半截,看来是走不得路了,再细看时,那耳朵竟支棱着,陈三儿心想:好威武的一条狗,好个模样。便吩咐夏麻:"扯它到院子里，喂块干粮。"

来旺一嗅便知道黑子来了，过去招呼。黑子一看见来旺就哭了，说："那天帮你出头，被这家人打了，打得我两条后腿都折了，哪里还能讨生计去，刚才在门口，是想你早晚出进的，遇上给块干粮吃。"来旺撇了下嘴说："那天我不给你们了么，好几个呀。"黑子说："啥好几个，都让花胡哨抢走了，我们哪里就能捞着来。"来旺说："捞不着你也别来这儿呀，小心他们把你扒了吃。"黑子一听大惊，拔腿就走。陈三儿拿着干粮过来，看见黑子拖着半个身子，甚是不便，就回头同浑虫说："你赶紧去叫三尺半的老爹来，让他给这个大命的玩意儿做副拐。"浑虫不解，陈三儿说："你去就是了。"

不一会儿，三尺半的爹就来了，他是个老实人，站在旁边垂着两只长手，不知道该往哪儿放。陈三儿说："来了，你看看，这畜生怪可惜了的，你给它做副拐吧。"三尺半的爹笑得摸不着头脑，抓破了头皮，还是没明白这个狗拐怎么个做法。陈三儿就给他比画，比画来比画去，三尺半的爹终于明白了。

不待三日，三尺半就捧来了一副狗拐，家人们按照陈三儿的指派一缠裹，果然这狗就站起来平平稳稳地走路了，比来旺走得还稳呢。原来陈三儿让三尺半的爹给黑子用木头打了个小架子，小架子架住身子和伤腿，下面有两个轱辘子。黑子前腿一迈步，轱辘子在后面就跟着吱扭吱扭地响着动起来，陈三儿左瞅右瞅，喜得眼睛索性没了缝了。嘴里叫着："哎哟，哎哟，真是个活宝贝。"说完叫过来旺说："来旺，它就算你兄弟，叫来福好了。"

来福一来，就抢了来旺的头筹，不几日，家人见陈三儿心思都在来福身上，便更加肆无忌惮地厌弃起来旺来。本来来旺如果知趣，老老实实待着，倒也少不得它几口饭吃。当然，这是人的想法，来旺不是这样想的，来旺想来想去，想不明白，黑子这般德行，竟然得了势了。它认为黑子抢了它的风头，遂动了除掉黑子的念头，心想：干掉它，自己又成了陈老爷的红人了——来旺真把自己当人了。这样想着，趁着陈三儿午休的间隙，来旺去找来福，装作闲聊的样子，猛地就咬了来福的脖子，无奈来福力气太大，虽然缺了两条腿，但调养了这么多天，又是纯种的狼狗，来旺竟不是对手。两只狗正嗷嗷地撕咬，陈三儿从屋里出来了，看见来福被咬，就孩儿羔儿地叫着，一脚把来旺踹开，让夏麻抱到门房里去了。

到了晚间，来旺想来想去都觉得大势已去，心想：完了，趁早别当自己是根菜了，找个旮旯凉快去吧。想着便拖起尾巴，想走开。

没承想，陈三儿从门房里出来，对浑虫说："浑虫，叫上夏麻和狗剩，把这个不知死活的畜生了了。"

来旺一听不好，噌一下越过墙头，跑了。

走过石榴坡，看到前面卧着团东西，来旺就害起怕来，心说：不是麻花子找我算账来了吧。刚要退，那团东西就噌噌噌分成几团，扑将过来。来旺定睛一看，是黑木茬子、老花脸和灰扫帚，就说："哎，别这样，别这样。"黑木茬子先冷笑了几声，说："不这样咋样？你说话不算数，说给我们犒赏，怎的不见有东西来？"来旺说："怎不见有东西？黑子说都让花胡哨抢了吃了，怨不得我。"黑木茬子说："干活的时候你咋不让花胡哨一个帮着干呢？可见你是言而无信的下贱货。"来旺说："别说脏话。"花胡哨说："说脏话咋了，我爱说脏话就说脏话。"来旺见只有黑木茬子一个说话，其他几个都不作声，胆子就大了起来，说："说脏话就没教养，野狗！"黑木茬子哈哈大笑了阵，冲着那几只狗说："听见了吗？它骂咱是野狗，听见了么？"其他几只狗也大笑起来，灰扫帚说："来旺，你是真忘了，还是假忘了，你原先不也是条野狗吗？"老花脸说："和它废话有用么？该咋着咋着吧。"黑木茬子说："那就——该咋着咋着。"看着灰扫帚不动，黑木茬子说："老灰，在想啥呢？该咋着咋着吧。"说着就扑了上去——

又一年雪化了，冰雪消融处，露出了来旺累累白骨，青苗一长，便什么也看不见了。

蓝　鸟

　　单身女人走出家门时，又看到了那个男孩。

　　男孩穿戴齐整，头发有些乱，抱着两只膝盖蹲在楼梯拐角。前一天，也是在这个时候，单身女人也看到了这个男孩，也是蹲在这个位置。但前一天她刚想开口，男孩就迅速站起来跑上了楼。单身女人想不起这是几楼的孩子。再一次看到他，单身女人直觉上确定这孩子并不是她们楼上的，最起码不是这个楼道的。因为她看到孩子还是穿着昨天的衣服，裤角处缀着的收缩绳扣给单身女人留下了深刻的印象。

　　"你是谁家的孩子？"

　　男孩听到单身女人问他，脸上好像出现了短暂的惊喜。但稍即，又黯淡下去。男孩低下头，拿手指捏着一根楼梯撑杆，从上捏到下，再一路捏上来，好像外科医生在确定一根骨骼是否折断。

"你不说，你不说阿姨可要上班去了。"

单身女人往下踏了两阶。她已经判定这个孩子需要帮助，并且，已经选定了她帮助他。单身女人一边往下踏，一边拿余光瞄男孩，男孩在慢慢站起来，等她走到拐角的平台上，男孩喊：

"我饿了！"

直到那碗面温度足能入口，男孩还在哭，涕泪交加。单身女人挑起面试了试温度，将碗推到他面前，他才再次用袖筒抹了抹泪，抓起筷子往嘴里扒拉，边嚼边不住呼着热气，转眼工夫就连汤带水一块下了肚。

"还有吗？"

男孩说完摇了摇头，往旁边推了推碗。刚才单身女人下面时他看到了，锅里所有的东西都已经倒在碗里了。不等单身女人回答，他就拿起碗和筷子到厨房洗了，接着到卫生间洗脸。单身女人跟在他后面，看到他后背和屁股上有褐色的污渍。单身女人提议他洗个澡，换下衣服。这时候，男孩已经打开水龙头洗起了脸，听到单身女人的话，关上水，抬起头，对单身女人说："阿姨，你不要笑我，我哭，是因为我太感动了，我已经两天没有吃饭了。"

单身女人点点头，男孩松了口气的样子：

"洗澡是可以，但是你家没有我能穿的衣服。"

男孩说得斩钉截铁，不容置疑，和刚才"感动"的时候的表情格格不入。

单身女人吃了一惊。单身女人离婚已经好几年了，有个十来岁的女儿判给了前夫。刚开始，她还能去看看。但一年之后，男方又成了新家，并且全家移民去了澳洲。一个单身女人的家，简洁得逃不过任何人的眼睛，哪怕是个孩子。偶尔的约会后，她也总是一丝不苟地打扫战场，没有人监督她，她在这个地方没有内心认可的好朋友，住在另一个城市里的家人时不时打电话关心她的个人问题。平日里来往的几个女性朋友都不断催促她尽快投入到另一份感情中，没有感情，哪怕是"搭搭架子"也是好的。可以说，所有关心她的人都乐于看到她的"荒唐"，但她从不迎合她们的好意，她本能地拒绝着来自外界的揣摩激励，好像不这样就不足以给自己交代。

她是个单身女人。

"你几岁了？"

"八岁。"

单身女人一边点着头，一边到卧室拿出一套灰色家居服。男孩默默地接过衣服进了浴室，并且关上门，反锁上。单身女人心想：小屁孩。在水不响的时候，单身女人问他父母的手机号，家在哪里，等等。无一例外，男孩都大声吆喝："我出去再告诉你。"

但男孩并不想告诉他，等他套着那套显得过于宽大的灰格衣服缩进沙发时，他就不再这样说了，男孩说他不想回家，当然不能告诉她父母的手机号。男孩说的时候一直盯着对面墙上挂的电视机。单身女人让他明白她不可能收留他太长时间，她很忙，现在已经耽误上班了。男孩像没听见一样欠身拿起茶几上的遥控器开了电视：

"你尽管去上班，我又不捣乱，嘿，你家的电视能打游戏吗？"

"什么？打游戏？"

单身女人有点反应不过来。

"你别怕，我就在你家住几天，再长也不会超过一周，行不行？我不白吃白住，我会让我爸给你结账。他会把你该得的钱给你的，我爸有的是钱。你快上班去吧，我爸会付你双倍的饭费住宿费，但可不会付你误工费。"

"嗯——"

单身女人长长地清了下嗓子。其实，单身女人遇到了难题，近四十年的人世经验，不足以让她游刃有余地应付这样的局面。这孩子的所作所为与他的年龄很不相称，有一种，一种——怪异，对，怪异。单身女人想起这个词时看了男孩一眼，男孩正无聊地将电视关上放回了遥控器，嘴里咕咕哝哝地抱怨着什么。单身女人在沙发上坐下来，理了理头发，伸出双手，刚打了个手势就被男孩制止了。

"你别说，我知道你想说什么，你一定会说这样做不对，你不要多说了。这么说吧，今天，这十来天，你要不收留我，我就跳楼。看见了没有，我就从你家阳台上跳下去！你想想吧，我要是从这里跳下去，一定摔得头破血流，你就等着每天夜里我血头血脸的趴在你家窗玻璃上看你睡觉吧——"

单身女人双手僵立在脸前，倒吸一口凉气，迅速在沙发上远离了男孩一大截。但立即意识到这样被一个毛孩子吓倒该显得多么可笑，她索性继续往后靠，倚在沙发扶手处的抱枕上。男孩看了她一眼，奓拉下眼皮，脸上一副得意和不屑。

"你信不信，我打 110 ？"

憋了大半天，单身女人自以为憋出一句有分量的话。但话一出口，她又后悔了。难道她近四十年的人生阅历给予她的智慧和定力不足以让她凭自己的力量对付这么个毛孩子？还非得把公权力搬出来让他屈服，单身女人感觉自己有点失格。她遇到了挑战，但正当她努力让自己脸上露出一个笑容，把刚才的话宣布为玩笑来挽回她的自尊的时候，男孩冲她做了个鬼脸，尖声尖气地说：

"嘻，110，你还是直接打 120 吧，不过，110、120、119 这个三个号码是联动的，你拨哪个都差不了多少。噢，还是有点差距的，那你直接打 120 好了，不过，不等他们过来，我就跳下去了，啊——咚——不信，你拨拨试试，你试试啊！"

男孩凑过来，推了推单身女人握着手机的手，单身女人立马将手缩回去，男孩听到单身女人嘴里禁不住发出的嘶嘶声后，满意地笑了。说实话，男孩长得好看，眼睛大而水灵，刚洗过的头发刚被他戗起，根根朝上竖着，很精神。

单身女人搓手的动作马上就被男孩看在眼里并在脸上表现了出来。他凑近单身女人，伸出手摇晃她的胳膊：

"阿姨，刚才我是和你开玩笑的，我就是看你好，心好，长得也漂亮，我就想跟你住几天而已。你放心吧，我不白住，除了我爸会付给你费用外，我还会帮你做家务，我会擦地，会洗衣服，还会——"

男孩说着看了看四周：

"还会洗碗，我就帮你洗碗吧。我洗得又快又干净。"

单身女人看着胳膊上的两只小手，洗过澡后，手指修长干净，皮肤很细——但是，她还是没法把他留在家里。男孩巴巴地望着她脸的神情让单身女人想：如果向他说出这些成人间心照不宣的理由，一定会伤了这个孩子的心。尽管看起来，他的心也不是那么好伤的。在单身女人左右为难的时候，男孩提议，如果她不放心，可以把他绑起来，他可以和她一起出去买绳子，还可以用生胶带贴上他的嘴。男孩说：

"这样，你总该放心了吧？"

男孩说得委屈而小心翼翼。单身女人望着男孩乞求的眼神，真的有点不忍就这样把他赶出去。可是，单身女人咬起嘴唇环视着客厅，陷入困境。

这时，单身女人抬头看到了沙发上方那张简笔着色的鸟儿画，那是女儿四五岁时，当然，也是她还没离婚时画的。单身女人几乎每天都凝视一会儿这张画。每次凝视，对女儿的想念和对旧事的伤心，总是有些几味杂陈。但是这一次，单身女人突然感觉轻松起来，她想起当时按女儿的要求用透明胶将画粘在墙上时问女儿为什么是蓝色的，女儿说："蓝色的，飞得更远呀。"单身女人当时很不解，问为什么蓝色的飞得远，女儿说："很简单哪，蓝色，和大海一样的颜色呀，大海认识它呀，不会淹死它的，它要飞累了，也许会浮出一只海龟，也许，会跳起一只海豚，它不就飞得远么？"单身女人记得听完后有点哭笑不得。但是，这总是个理由，她记得女儿解释完后看着她点头，自豪得小胸膛挺得高高的。

"好吧。"

单身女人将目光从蓝鸟上收回来，走出家门。

当她走到车边，拉开门把手将要进去的时候，她不由自主地想回头看看，甚至已经朝后转动起脖子，应该是已经转动起脖子了，但并没有转过去。她想，这个时候，男孩应该站在窗口看她。不要回头，不要回头！她在心里对自己说。她梗着脖子钻进车里，发动后转了圈，当走过她家对面时，尽管一再嘱咐自己不要看，但还是用眼角余光扫了一下，什么也没有看到。

这天上午非常忙，有好几张报表需要她提供，期间分管的领导还来找过她一次。但是，不管是认真地写下一个数字，还是绞尽脑汁地向胖子领导解释可能会引起争议的一个汇总结果，她脑子里老是有那么三四个壮汉从她家里往外搬东西的场景，接下来是空空荡荡，蛛网和灰团四处乱飞的空房子。中间，有那么一刹那，她几乎要告诉坐在沙发上的这个她平时厌恶透顶的，总是斜吊着眼有企图地盯她，头直接墩在肩膀上的大胖子，她家里"来"了一个小孩。产生了这样的冲动后，她再看着胖领导的三重下巴心里就有了莫名的感动，胖子也似乎感应到了什么，向她挑了挑眉毛，好像鼓励她把心里的话告诉他。单身女人明显感觉到了那句话像条蛇一样沿着她的什么组织和器官往上爬，一直爬到她嗓子眼儿，在那里重新发育分裂，撑得她半张开嘴，她感到了一些薄翼状的东西在喉咙处禽动，它们就要飞出来了——她多么庆幸她没有告诉他这件事啊，她是那么讨厌他。胖子的手机突然响了，他放下眉毛，拿起放在茶几上的手机看一眼，站起来，朝她点点头出去接电话了。她重重朝桌面擂了一拳，随后疲惫不堪地仰在椅子背上。她想起来，她家没有值钱的家具，更没有贵重物品；除了衣服被褥，有限的几件沙发桌椅，就是厨房里的盆碗瓶罐，都不值钱；更不可能有蛛网和那么多灰尘。但无论用怎样理智的分析告诉自己那场面是多么荒谬，都制止不了那些让她崩溃的画面一帧接一帧闪过。快到中午时，这些画面竟然自行配了音，沙发与楼梯撞击的嘭嘭声，他们乱翻她的衣橱，企图要找出点什么细软的啪啪声，衣物勾裂的嘶啦嘶啦之声，好多种基于偷盗和破坏制造的混乱、发出的噪音搅动着她已经快爆炸的大脑，敲打撕裂着她的耳膜。

该死，得回家了，必须！她咬牙切齿地对自己说。

男孩已经成为一颗定时炸弹一样的存在。她不知道他会给她带来什么，但直觉上，总是与麻烦、凄惨，甚至是与灾难连在一起。作为一个女人，她不能不被自己的直觉左右。当年，她发觉前夫有了别的女人，就是靠直觉。她没有任何证据，没有任何能作为呈堂证供来质问她前夫——那时候还是丈夫的理由。等他们各自揣着一本离婚证，在民政局前的路口分手时，她丈夫请求她告诉他，究竟是什么引起了她的怀疑。她当时望着一株在寒风中瑟瑟发抖的泡桐，翘了翘鼻子说："你没闻见吗？空气中都是背叛的味道。"

是的，连空气中都有阴谋的味道。

平时车来车往的局大院，今天竟然冷冷清清，往门外望望，两辆警车一先一后无声驶过，警车过后，一白两黑三只猫拖着尾巴，将身子拉到了不可思议的长度，缓慢地在道路中间踱步。单身女人深深地吸了几口气后拉上车门，系上安全带。车子从单位门口的大街向西行驶了几分钟，向北拐经过了一段两边种着双行白蜡的单行路，然后进入了人潮涌动的商业街，终于在路边一个停车场熄了火，走下车时，单身女人才明白，自己原来要来一趟百货大楼，好像蓄谋已久。等她将两套休闲装，一大包熟食青菜和零食在后备箱放好后，嘭一声扣上后盖，长出了一口气，像完成了一件重大任务。但是，从百货大楼到她家楼下五公里多的路上，搬动家具的画面又一次钻进她脑海里，在她眼前晃来晃去，越来越密集升起的慌乱和烦恼让她在临近小区的路段上接连撞倒了两个临时性塑料隔离墩儿。

她将车停在了楼侧，而没有像往常那样停在楼下——从窗口看得到的地方。她轻手轻脚打开后备箱，将大包小包拿下来，锁上车后再一样样提在手里，斜着身子望向窗口—— 一切如常，并没有发现半掩的窗帘后面男孩的影子，也没有看到哪块窗玻璃碎掉。当她步上楼梯，仔细查看了楼梯墙壁、扶手，也没有发现楼梯上大块或小块的遗落物后。她想，男孩已经走了也说不准，她这样想时竟然发现自己很失望，还有些伤感。好在不一会儿后她就听到她家门响了，接着一阵踏踏踏的脚步声后，男孩的脸探了下来。

"嗨！"

单身女人发现自己的声音竟很愉快。

"阿姨，你回来了！"

紧接着，男孩跑下来，接过她手里的大包小包。单身女人用腾空的手抚摸着男孩的头，男孩回头看了她一眼，咧开嘴冲她笑了一下。

"哎呀，你可回来了，我怕你中午在单位吃饭，再不回来，那我不得饿一天？"

男孩跨进门，将手中的东西放在茶几上，小跑着去阳台为她取来拖鞋。男孩将拖鞋摆在她面前，摆得很整齐。这两只淡紫色的，已经穿了两年，右脚的一根带子已经断裂了小半截的拖鞋，此刻却让单身女人感觉陌生了。男孩抬头看着她，两只大眼睛澄澈无比。单身女人带着小心褪下皮鞋，将脚缓缓地伸进拖鞋里去，凉丝丝的，脚稍一动，有点痒痒。

"谢谢！"

单身女人提着手里的包进了厨房。她想，得有多长时间，没有享受过有人为她拿拖鞋的幸福了！她将手里的包放到台面上，同时发现原来她提的是那两套衣服。她怔了会儿，转身隔着门玻璃朝向客厅，她什么也没看见，但分明有什么让她不自在了，她分别查看了下两只袋子里的东西，摸了摸额头，然后打开水龙头哗啦哗啦很阔气地洗了个脸。

很好，沙发，电视，当然，卧室就不用确定了。一切东西都待在原地。男孩还是穿着她那套宽大的家居服。当她拿出衣服，交给男孩让他试的时候，男孩告诉他，他穿脏的衣服已经洗干净了，应该快干了。单身女人说那是她送给他的礼物，不用他爸爸付款后，男孩变得无比高兴，说：

"谢谢阿姨，让您破费了。"

多好的孩子！单身女人在心里说。她想伸手摸一下男孩的头，却在半途折返到自己的脸上——她竟然不知不觉地流出了眼泪。

男孩有点慌乱，扯着过于长的裤脚退了一步，说：

"阿姨，我是不是不该要？你是不是生气了？"

单身女人摇了摇头，说：

"不是，阿姨突然想起了一些事。"

接下来，男孩倚在厨房门框上看她做饭。两个人用了简单的午餐，单身女人提议男孩吃块蛋糕。

"我给你买了蛋糕。"

单身女人说着，伸出一只手指着她想象中蛋糕应该在的地方，从客厅的茶几一直指到餐桌，门口，电视柜，哪儿都没有。

男孩不等她问，站起来打开冰箱取出那块黄金海绵蛋糕。

"是不是这块？"

单身女人说："是。"

男孩说："嗯，太香了。这种蛋糕爱坏，我刚才放到冰箱里了。"

很显然，男孩不能确定这块蛋糕给不给他吃，多么敏锐的小东西啊。

单身女人心里感叹着，很自然地想起了自己的女儿。女儿现在，也在吃蛋糕吗？单身女人打开包装，让男孩吃蛋糕，告诉他她要睡一会儿。好长时间没这样放任自己了，单身女人趴在床上，结结实实地哭起来。

门轻微一声响后，单身女人应声坐起，靠到床头上，看着男孩手捧着一盒抽纸，慢慢走进来。其实几分钟后，单身女人就感觉到了里面某种预演或者约定的成分。男孩将抽纸递给她。她抽了两张攥到手里，拍了拍身旁的位置，男孩坐下了。

单身女人已经止住了抽泣，将一张尚平展的纸巾在食指上绕来绕去。男孩一会儿看看纸巾，一会儿看看她的脸。单身女人想，她们就是两只偶然搭上话的奇怪动物。她的来历或者他的来历都不重要。至少，对这一刻来说，是不重要的。单身女人伸出手将男孩搂在怀里，男孩顺势在她肩膀上趴了一会儿，抬起头说：

"阿姨，我想我还是对你说实话吧。"

单身女人将食指竖在嘴上，说："嘘，不要说，什么都不要告诉我。"

男孩挣脱了女人的手臂跳到地上，说："阿姨，你有危险！"

按照男孩的说法，他是被两个人贩子绑架到本市的。人贩子在小区外的路口绑架了他。他从昏迷中醒来后发现自己在一只袋子里，感觉在车上颠簸，他不敢哭出声，生怕他们会怕他引出麻烦而杀害他。男孩说：

"你知道吗？他们也许会用刀片割开我的喉咙，也许会把毒药捂在我的鼻孔上，还会用绳子把我的脖子勒断。"

男孩的假设让单身女人不寒而栗。

"那我们报警吧！"单身女人说。

男孩告诉单身女人尤其不能报警，因为谁也不知道警察与人贩是不是有勾结。男孩说他们学校已经失踪过一个男孩，一个女孩。男孩说：

"你知道吗？我听大人说，如果被绑了去卖了，还算好的，最怕——"

"对，最怕被分解了卖器官。"

单身女人抢着说。

男孩点点头。

"那你告诉我你家的地址，我送你回家吧！"

单身女人探起身子，重新将男孩拉到床上。男孩看着女人，眼珠儿转得飞快。

男孩说："不行，行不通的。也许，他们正在我们附近找我，你知道，他们都是团伙作案，虽然绑我的是两个人，但他们绝不只是两个人。他们要是知道我在你这里，就麻烦了，说不定，连你都有生命危险。"

单身女人大吃一惊过后点点头，深以为然。紧接着，女人下床拉床帘，但被男孩制止了。男孩说她这样更会给人贩子发出这家有情况的信号。女人抓着窗帘停在头顶上。

"那怎么办，他们也许会在对面楼道里拿望远镜看到我们。"

男孩说："阿姨，你放心吧，我一开始就很注意，我在的地方，都是他们看不到的。你看，我们现在的位置，他们就看不到。"

单身女人看看窗外，再看看他们的所在，是，如果人贩子不是站在对面楼的太阳能上，是看不到他们。

女人不安地看着男孩："要不，我给你父母打电话，让他多带点人来接你。"

男孩眼里顿时充满泪花："对不起，阿姨，我骗了你，我没有爸爸，也没有妈妈，我爸爸在我四岁时在下班路上被车撞死了，我妈妈带着赔给我们家的钱跟人跑了。我跟着奶奶长大，前不久，老师还让奶奶装电话，但奶奶说，装电话得要钱，买手机，就更贵了——"

啊！

女人惊叹中透出不悦。但不等女人开口质问，男孩就说：

"你不要生气，阿姨，我怕你嫌我，嫌我麻烦不肯收留我，我才说我爸会付钱给你。其实，其实——"

女人手机响了。女人跳起来往客厅跑，男孩先一步将手机拿在手里递给她。是胖子的电话，不等他开口，女人就小声惊呼一声：坏了，耽误上班了。男孩紧张地看着女人，女人拍了两下胸口，然后慢慢走到沙发上坐上，正了正色告诉对方要请个假，家里"有点急事儿"。

男孩大大地松了口气的神情让女人看来有点做作。

女人提议男孩告诉她家在什么地方，她要与当地的警方联络，把男孩接回家去。

男孩说："阿姨，你太粗心了。这边的警方有可能会和人贩子有联系，我们那边的，也有可能。"

女人怔住了。

"你的意思是，我们就没办法了？眼睁睁等着那些坏人有一天把你找到，还，还，对我不利？"

男孩坐到单身女人身边，说：

"阿姨，你不要太着急，再想想，我们会想出办法的。"

接下来，单身女人和男孩就人贩子有多大的可能与两边的警方都有勾结和一出门就遇上绑他的人贩子的概率发生了短暂的争论，女人在话语中透露出的男孩在虚构危险的信息被男孩牢牢捕捉到了，男孩说：

"阿姨，难道你认为，我好好的会从家里跑出来找你的麻烦吗？我年龄这么小，我还耽误了上学，并且，我还拿不准有没有人会像你这么好心收留我——"

女人看了看男孩没有说话，走到窗前，刚想拉开纱帘，突然想起对面楼上的监视就停住了手。她接着想，白天，外面光线比屋里光线要亮，危险是不大的。关键的问题是晚上不要开灯，或者，开灯之前，一定要拉上遮光的布帘，并且，千万记得不要让男孩走到窗前去，以免影子落到窗帘上。

单身女人转身想嘱咐男孩，刚说了个"哎"，突然发现，她还不知道男孩的名字。

"你叫什么名字？"

女人问。

男孩在沙发上坐正，严肃地看着她说："这个时候，你知道得越少对你自己越有利。"

这天下午，女人再没有问男孩任何问题，由于考虑到身处的危险，他们一致认为应该早一些吃晚饭。这一天的夜晚，如他们所愿，早早来临了。女人拉严窗帘，把阴面卧室的床铺收拾好，让男孩早一些休息。男孩很顺从地爬到床上，跟她说晚安。

单身女人回到自己床上躺好，将手机拿在手里划开屏幕，逛了好几家网站，进出了好几个聊天群之后，在目不暇接的、看似非常重大实则极其无聊的信息中慢慢地感觉到了白天所发生的一切的荒谬。

不说别的，一个被绑架的孩子，无论如何，不会有这样的从容。还什么"知道得越少对你自己越有利"，这样的话，对一个他这样年纪的孩子来说——嘶——单身女人倒吸一口凉气，是的，孩子是想不出这样的话的，这一场戏，只能是出自一个或者几个成人的精心编排，并且环环相扣，滴水不漏。那么，他们为什么选中了她？他们要从她这里拿走什么呢？一个单身女人，一没色，二没钱，手中也没有权力，更没有什么会被人当作把柄的丑闻或者错误。她有什么呢？

这个问题比一开始关于荒谬的问题更让她痛苦起来。

她在痛苦中梳理了她近四十年的生活和人生，发现她竟没有任何与别人、别的女人迥异的东西。无非是上的不是同一家幼儿园，但同样有被孩子们站不齐队气得暴跳的阿姨；无非上的不是同一处小学或者中学高中，但同样有天天点着学生们的脑袋重复"分分分，学生的命根"的老师；她与她们上的不是一所高校，但一样是坐在合堂教室里看闲书打盹，考试前突击一阵过后一切如常，虚度光阴。毕业后也许和没进机关事业单位的同学不同了，但一样是起早贪黑端人饭碗看人脸色心里满是憋屈——她绝望地发现，她毫无被男孩和站在他身后的势力选中的资格和理由。

为什么是我呢？

她问自己。

这时候，她听到对面卧室的门响了，男孩突突突从卧室出来。天哪！女人吓得坐起来，也许，下一秒钟，男孩就会打开门，放进一群手拿砍刀棍棒甚至手枪的歹徒。她听到男孩推开卫生间的门，紧接着，传出小便声，而后没有悬念地跑回卧室，关上门。

女人吐了口气，心想：真可笑，我紧张什么呢？我有什么呀？女人一巴掌拍在自己脑门上。

单身女人，在又一个不眠之夜里辗转反侧。失眠对她来说并不陌生，但她已经很长时间没有为现实中的烦恼和担忧失眠了。所以，她感觉这天晚上的失眠很充实，是个有模有样的失眠，不是吗？她家里莫名其妙地挤进来一个莫名其妙的男孩，并且，现在这个男孩就躺在对面的卧室里。她至今不能确定他究竟要干什么，她已经多年没有感受过自己的好奇心了，甚至忘了自己也有好奇心。复苏的好奇心让她在黑夜里精神抖擞，她急需一个倾诉对象。她要把男孩到来的前前后后讲给一个人听。她很自然地想起了校长。校长是本城富人聚居区一处私立学校的所有人。校长是在办理一件牵涉政府审批项目的最后一项手续时来到她办公室的，一件工作将要完成的轻松和因轻松引起的懈怠使他话音低沉，语速迟缓，还有坐在沙发上一再摘下眼镜搓脸的动作使女人认为他并不是一个具有潜在攻击性的男人。但后来女人却想，短暂的公务对话并不能引起校长对她更进一步的好感。结论是，只要是男人，都要提防。但这时候他们已经开始交往，都是校长来她家。有时候，他们会看部电影，有时候一起做顿饭，还有一次，他们跳了一支华尔兹。校长舞技熟雅，让她对他有了某种期待性的好感。但也只是止于好感而已，她知道他和其他人一样贪婪和虚伪，都基于对自己的认识对这个世界悲观。校长笔挺的西装之下，破洞的底裤和右手小指上的长指甲有时候让她感觉他肮脏而变态。但是，她现在却想起了他并且拨通了他的电话。他接了，平静地把她称呼为王主任，女人明白，这可能是他学校里一个什么方面的负责人。

"你告诉我，我有什么值钱的东西？"

女人的直接，一定让校长摸不着头脑了。女人听到他说："你好，噢，没事儿，没事儿，你说。"一股强烈的恶作剧冲动让女人咯咯地笑起来。女人笑着说：

"我家里来了个帅哥，咯咯咯——"

短暂的沉默过后，女人听到校长咳了一声。

"噢，噢，这样啊——你看你问一下陈工能处理么？要能处理的话就先撑一晚，处理不了的话再打电话给我。"

"处理你妈！"

女人骂完挂了电话，当即下决心与校长一刀两断。

恶作剧的兴奋和要与校长一刀两断的决绝使女人感受到了很久以前就离她而去的自信。她跳下床穿上睡衣光脚来到客厅，她很想抽根烟。单身女人如果有秘密的话，就是抽烟。她的财产成不了秘密，一个月就五千块钱工资，一处房子，都登记在案。她与校长的交往也不是秘密，除了对校长夫人来讲。这年头，对门都不认识，谁也不关心谁的死活，甭说交往了。就抽烟这一件，她是任谁也不让知道，校长也不知道。她的烟盒在电视橱下抽屉的最底层，上面是过期和将要过期的药瓶药盒和药包，大人的药少，很大一部分是蒙脱石散粉、小儿消食片、小儿感冒冲剂和蓝色散袋装的臣功再欣，这都是孩子小时候用的药。离婚后，女人将其他一切他们共同生活的东西都扔了，就留下了孩子的照片，沙发上方孩子的画和这些过期的药。这些不愿意舍弃的念想下面，隐藏着她多半的颓丧和寂寞。女人蹲在电视橱前，拉开抽屉，轻车熟路地将手伸到一堆药的下面，拿出烟盒和一只火机。

"嚓——"

女人发现了窗前那个黑影。

黑影迅速放下手里的窗帘一角转过身来。

不用说，是那个男孩。

"天哪！"

女人低低地叫了一声。火机灭了。女人在黑暗中听到自己在急喘。

"你要干什么？"

女人的直觉，男孩一定是在给什么人传递信号。女人后退了几步打开客厅的灯，下意识地将分别攥着烟盒和火机的手藏在身后。

"吓死我了！"

男孩说着，走到沙发前坐了一会儿，双手捂着脸哭了起来。

女人不好当着男孩的面往那堆药袋底下藏烟盒，于是回了卧室，将烟盒和火机放在床头柜里。

"对不起，阿姨，白天，我骗了你。"

当女人在沙发上坐定后，男孩挨过来趴在女人腿上，告诉她白天说的那些关于自己被人贩子绑架的话，都是瞎编的。男孩哽咽着诉说，说他跑出来，是因为他爸和他妈都打了他。按男孩这次的说法，他爸爸是一个油田勘探工程师，他妈是本市人民医院的医生。上个月，他放学回家，发现他妈和"刘伯伯"在卧室里。

"我认识他，他是刘伯伯，我妈医院里看心脏的医生，他们家就在我们家后面楼上。我趁他出门时把一只拖鞋扔到他背上。"

男孩说刚开始他妈并没有打他，而是回卧室待了一会儿。在他洗过手，坐在餐桌边等着吃饭时，他妈才从卧室里跑出来，手里抄着一只玫瑰红色的胸罩，冲到餐厅将他摁在椅子上没头没脸地抽了一顿，边抽边骂他："你个没良心的，天天在外头疯，天天在外头疯，有本事，你不回来呀！你死在外头好了，你还回来干什么你？"

男孩说着脸上挂下两串泪花，男孩抹了抹泪，抽动着肩膀说："我很听话，一放学就回家，从来不在外头瞎跑——"

但男孩离家出走的主要原因是他爸回来后也打了他。隔了一周，他爸回家，在他妈妈上班后，他告诉他爸，说他妈领着"看心脏的姓刘的"来家里。男孩说他还没说完，他爸就举手制止了他。随后，他爸点了支烟，抽着一会儿到厨房转了个圈儿，一会儿又到阳台上，然后回到客厅里，将烟头扔进鱼缸，把他扔在沙发上，用一册《家庭之友》把他的屁股抽破了。

男孩的爸爸一边抽他，一边喊：叫你瞎说，叫你瞎说！

"阿姨，我没有瞎说，我说的都是真的！"

男孩涕泪交加："他们把我养的金鱼全都毒死啦！我再也不回去啦，我再也不想见到他们啦！"

单身女人将男孩紧紧搂在怀里。

"怎么会这样？怎么会这样？"

女人喃喃地说。她搂着男孩，望着对面墙上的电视，也许只是望着墙，想象着男孩被追打的场景，想象着那个或方或圆的鱼缸里漂着的泡散的烟丝和翻着白肚的金鱼，感觉这个世界，一点儿也不真实。

这一次，女人看着男孩洗了脸，将他送回到床上，男孩躺好后，女人细心地拉起空调被盖在他肚子上。在回卧室时，女人想，多么可怜的孩子啊，瞧这些大人们，都造了什么孽。但等关上门，爬上床，躺在完全的黑暗中后，女人又不这样想了。她断定自己再一次被男孩的故事欺骗了，虽然，她找不出漏洞在哪里。她想，也许，最大的漏洞，就是没有漏洞，一个孩子的叙述，怎么说，也是应该有点瑕疵的。想到这里，她不得不佩服睡在隔壁卧室的男孩严丝合缝的逻辑能力——他竟然编得让她找不出问题。不对，不对，女人想，这也许不是他编的，而是——有人预先编造了故事，对，有人预先给他编造了很多故事，男孩所做的，只是根据场景不同，选一个较合适的故事说出来而已。

但是，这一切，又为了什么呢？又为什么选择了她？

我一个单身女人，有什么呢？

女人躺平，双手搭上腹部。有什么？我有什么呢？女人用几根手指敲着自己的肚皮，指肚触到肚皮上，有微微的弹动，不一会儿，一个答案扑棱一下，仿佛从肚皮上冒了出来。

——她有器官！

心、肝、肺、肾她一样不缺，并且，从前不久体检的结果看，还相当健康。

这个答案像一个黑色的炸弹，把她炸得一激灵，接下来全身发冷，毛骨悚然。

男孩深夜不睡觉，跑到客厅窗前，一定是在给什么人发信号。

难道，他们就是网上传的盗卖人体器官的犯罪团伙？

女人上上下下按摸着自己的身体，确定在几次亲密的接触当中，有没有被男孩用什么针头或者什么东西碰到过。她的手经过小腿、大腿内外侧、臀部，在右后腰侧停住了，有一个痛点。女人用右手食指反复摁了又捏，确实有点疼。女人打开灯，在床上站起来反转身子，企图查看那个痛点。看不到，她把腰扭得都疼了，还是看不到。女人跳下床站到梳妆台前，在梳妆镜中隐约看到了那个红点，像小米粒那么大，艳红色。拿手一摸，也像小米粒那么硬。

坏了，坏了。

女人想，之前，她从来没有发现自己身上有这个东西。会不会是某种缓释的麻醉剂，或者毒药？会不会早已进入到了她的体内，此刻，正沿着她的血液扩散到全身？

她不能等到歹徒闯进家里后再采取措施，就现在，现在就把这个骇人的小东西赶出门去。女人迅速抓起床边的睡衣套在身上，往门边跨了几步。在抓住门把手将要把门打开的时候，女人想，这次，看这小东西又要给我编个什么故事。

你当我是谁

我详细地向阿南描绘了阿兰趴在我肩膀上哭泣的情形。

那是五天前，是个周六晚上，地点是一个酒吧，人物是我和阿兰，阿兰是我和阿南共同的朋友，但在不久前，我们对阿兰有了些意见，不大的一些事儿，却足以损害她在我们心目中的形象。

我也是无意间同阿南说起这件事的，本来，我感觉过去就过去了。结果那天，我们聊来聊去，不知道怎么我就说出了这件事，并且说得极为详细认真，连当天酒吧的气氛，我们旁边人的脸色及反映出的心情，服务生从我们旁边经过时托盘里鸡尾酒的气味，外面的暴雨，一切细节，我都说了。

"她为什么朝你哭呢？"

阿南问。

"我也不知道。"

我回答。

我无法断定阿南的重音是在"为什么"上还是在"朝你"上或是在"哭"上。即使我拿准这些，我也无法回答她，我不是阿兰。

阿南问这句话时，阿兰在我的描述中已经在我的肩膀上抬起头来，其间，我替她擦过两次泪水。她抬起头后我发现，不知道是她的鼻涕还是眼泪弄湿了我的衬衣，这竟让我有点感动。不知道她哭到什么时候，但我确定，一定是她哭到哪儿的时候开始，我对她的意见消失了。取而代之的是一种感动，一种悲悯。我想，每个人，心里都是有苦楚的，阿兰选择了向我倾诉，这真让我感动。我从未有过这样的经验吧。我沉浸在这种感动中，有些同她一起哭的欲望。

"你就没想过，她朝你哭有别的意思？我是说，别的，当然，这个意思，可能是我们想不到的。"

"没想过。"

"论说，你应该是个理性的人，不会被这种表面的、偶然的现象打动才对。但你确实好像被打动了。是不是？"阿南好像对这件事情比我预期的要感兴趣。

"唔——"我承认我被打动了，并且重新对她有了好感。我想我的言语之中已经透露了这样的信息。但我不知道怎么的竟然不想立即回答她，只是继续向她说下去。

"她从我肩膀上抬起头后，我发现她满脸都是泪水，我很小心地为她擦干了眼泪，但没有用，纸巾过处，又有大股大股的眼泪流下来。她皱着眉头，紧闭着眼睛，绝望到了世界末日。我对此无能为力，我就感觉，阿兰心里太苦了，可能她表面的疯闹、大喊大叫、满不在乎，都是伪装的，可能都是她的自我保护——她的心里，其实是很苦很苦的——突然，我对她的好感，以前的那种，就回来了。"

"好感？回来？你的意思是不是……噢，对了，她又干了什么，我的意思是，她除了趴你肩上哭之外。"阿南又问，我猜不出，她那个"是不是"是想问什么。

"除了哭之外？嗯，没什么。"

"没什么？哭完了，你们就这样站起来，回去了？不会吧？"

阿南问得很有道理。事实是阿兰到最后让我抱了会儿，后来，在她离开我坐到她原先的位置上之前还轻轻地吻了下我的脸。我理解为这是阿兰对我陪伴她的感谢。这不说明什么，但不知道为什么，我对阿南保留了。尽管，在我心里，阿南比阿兰，重要得多。

"对，哭完了，我就送她回家了。噢，不对，是我们各自回家了。因为外面下雨，我要送她，她坚决说不需要。就这些。"

"就这些？"

"就这些。"

我不知道阿南想从我这里得到些什么，到那个时候，我已经有些后悔同她说起这件事了。我突然想起来，这涉及阿兰的隐私。她喝醉了，我已经几次提议不要喝了，但她说，如果当她是朋友，就陪她喝。就这样，她醉了，后来就哭了。我想，她之所以朝我哭，没朝阿南哭，没朝别的人哭，还应该是信任我吧，我实在不该说更多了。不过，唉，已经说了，并且说得那么精准详细。比如，我说阿兰像顺着斜坡滑落的一滴水靠到了我的左侧，比如，我还说阿兰的哭像黑屋子中突然亮起的白炽灯泡，没有任何先兆。这倒是实话，我到现在也搞不懂她为什么突然哭起来。

我在想，为什么说之前，我不想想这是隐私呢？是什么力量使我非说出来呢？是怎么说起这个来的呢？在这之前，我们除了说了些我们的童年，还有一路同学过来的话，还说什么话题了？我想了很长时间，什么也想不起来了。

"不说这个了。阿兰也许不想我同别人说起。"我说，希望阿南能理解我的心情。

"怎么不说了？为什么不说了？就算你不说了，我也已经知道了。"

"唔，你就当不知道好了。那……"

"当不知道？你真可爱。我为什么要当不知道，我已经知道了。知道她趴在你的肩上哭过，知道了，为什么硬装作不知情呢？"

"不为什么，我只是感觉，阿兰也许不想让别人知道。"

"不想让别人知道？她不想让别人知道就不会做这样的事情了。再说，你不是她，你怎么知道她的意思？"阿南的话像连珠炮一样。

"唔，对，不过，我还是希望，怎么说呢，我希望你忘了它。就现在，最好。"

"你什么意思？这可是你自己要说的，我没有向你打听，我完全是被动听的。同样，我也不能说忘掉就忘掉，我倒是想呢。什么破事儿！"

阿南的话让我更加愧疚。我不得不说，真的是我自己要说的，我不说，世界上，就不存在这样一件事。是我硬往阿南的世界里，塞进了一件与她不相关，却又好像相关的一件事情。退出 QQ，关上电脑后，我更是这样认为。我认为自己制造了一件麻烦，也许，阿兰迟早会知道我对阿南说了她哭的事情，她会怨我，会恨我的。最重要的，她会失望和伤心。本来，她已经很痛苦了，尽管，我不知道她为什么痛苦，但她让我知道了。也许这件事情，是她始料未及的，可是，毕竟，发生了，她靠在我肩膀上了，我给她擦眼泪了，我还抱了她一会儿，她还亲了一下我的脸。真的，这样想来，我真的不知道会发生这件事情。那天晚上，我在街角遇到阿兰时，看她脸色不佳，就说请她喝杯咖啡，她就很痛快地答应了。再后来的事情，真的，与我无关。噢，不，怎么会与我无关呢，但是，真的，不是我希望发生的，我也不知道怎么就发生了。不过，那些事情发生了，我心里也没有难过，也没有后悔什么的。

但我为什么一定要告诉阿南呢？我真混。本来，我们丝毫没有说到阿兰，我们对阿兰早已有了成见，对，成见，坏印象。为什么我突然滔滔不绝，像受了魔鬼唆使的糊涂蛋，将这件事情一股脑全倒出来了，为什么呢？我是想让感动了我的这件事情再感动阿南？我的意思是，希望阿南对她印象也像我一样好起来？我说不清楚。

我为什么心里这么拧巴呢，一定是哪里有不对劲的地方。关上电脑后我开始做饭，从冰箱里掏出一个洋葱头，往常几下就扒完的半干葱皮，我竟然用了好几分钟，还扒得不是太满意。我感觉我的手指很虚浮，像一件身外的什么东西，手指往下抠葱皮的时候没有应有的力度，并且向上抬时感觉指关节有轻巧的弹簧，嘭一下就抬起来了。我放下菜板，从刀架上取下菜刀，弯腰切菜，每一步，都与往常不一样，我的头皮、后腰、额头、两肩，很多地方争相让我意识到它们的存在，它们在轻浮地微微乱颤，可我找不到一样让它们这样讨厌我的理由。

放好菜板，我将洋葱端正地放在上面，正了下表情，耸了两下肩膀，我得让自己知道，这是一件平常的事情，我也得平常一些。我告诉自己：放心吧，什么事都不会发生。

就这样我开始切洋葱，我先将洋葱竖着切成圈状，打算再横过来，切成指头长的小长方块状。切圈切到三分之二的时候，一股辛辣气味直冲冲冒上来，我赶紧把眼睛闭上，可是已经晚了。我的鼻子和眼睛都不得劲，一转眼就有大股的眼泪冒出来，我的手上沾着洋葱汁，一定的，所以，我不能擦脸。

我在继续切与洗洗手后拿毛巾擦擦脸再切之间稍顿了很小的会儿，我的意思是，如果旁边有人，他不会看出这个停顿的。他只会看到一个男人，身高一米八零，如果脱下睡衣换上西装的话会风流倜傥的三十多岁的男人（有点自恋了），一个脸庞有棱有角的男人，突然从厨房蹿出来跌倒在客厅的沙发上，先是嘤嘤而泣，紧接着号啕大哭。

如果我旁边有人，他一定以为我想起了什么伤心事，再或者，干脆认为我精神有问题。

我自己也不知道怎么回事。

我只是哭，一边用一只手捂住眼睛，像真的在意旁边的人看到我狼狈的样子一样，一边用另一只手在茶几上摸纸巾，从这头摸到那头，没摸到。我放开捂住眼睛的手才发现纸巾盒被我碰地上了。我用摸纸巾的手抽出几张纸递到捂眼睛的手里面，擦了擦眼泪。我的眼泪比阿兰的还多。

我哭完了，坐在地板上，听到墙上石英钟嚓嚓嚓地走动。我在刚才的时间里，真的，也许，从6走到3，也许从3转了几圈走到9，也许——总之，刚才那么长的时间里，我在哭。我也不知道为什么会这样。

我原以为（后来我是这样想的，当时不知道是不是）哭过后一切就会好起来。谁知我起身到厨房切没有切完的洋葱时，那种周身不得劲的感觉又找到了我，比哭前更甚——后背僵硬，像贴了块足够大的强力膏药。

不过我为什么会以为哭过以后会好呢？

凡事都会过去，过了一周左右，我不再想起这些事了，也没再吃过洋葱，也没有再想起过这件事带给我的不舒服。一切，都会过去的，我想。

在阿南又约我之前，我与女朋友见过两次面，相谈甚欢，我想，不久，她就会答应我的求婚，为此，我去珠宝店，早早准备好了戒指。我挑了最漂亮的一款，我想，加上我情深意重的求婚感言，她一定会感动得落泪的，我喜欢她这样，喜欢她因我而幸福的样子。当我沉浸在这种幸福感中时，阿南打电话约了我。

我们又去了那家酒吧，阿南涂着眼影，嘴唇红红的，指甲亮亮的。坐定之后，她就要酒。喝完两扎鲜啤后，又要了两杯威士忌，我倒从没喝过这种酒，只感觉到了嗓子眼儿处噎得难受，我喝不惯这种酒。看得出，阿南也不大习惯，但她喝得比我顺溜，一仰脖子就干了。干后她又吵着要红酒。这种喝法，我还从来没试过。但阿南好像很有兴致，我们几乎没说什么有主题的话，就是说喝酒。对，是她只是说："喝。"

后来，阿南就像顺着斜坡滑过来的水滴一样靠到了我的左侧，并且趴在我肩膀上开始哭。我能感觉出来她在努力压抑自己内心巨大的痛苦，双肩一耸一耸的。一瞬间，我产生了幻觉，我感觉在我肩膀上的不是阿南，而是阿兰。

时光倒流了。

阿兰趴在我的肩上，手里攥着纸巾，边哭边擦眼泪；中间，我给她擦过两次，对，可能是两次。她抱住我的肩，我整个身子都在合着她的节奏颤抖。我不知道怎么安慰她，我为自己的拙劣而羞愧。

她哭着时，我竟然走神儿了。我突然到了一扇门前，我知道，这扇朱红色的有些斑驳的大门里面对着一条长长甬道，两侧是一间间一模一样的房子，甬道又长又暗，边上偶尔有一两盆兰花，也有仙人掌，长着猩红色的长刺。路面是石板砌成的，有些潮湿，墙角处也许有青绿色的苔藓。走到正对墙后右转，又是条长长的甬道，接着右转，相同的甬道，很长，很暗，头上热气腾腾，我猜想，正对着的是厨房。那么，这应该就是个餐馆，或者酒店。应该的，厨房里面有穿着白围裙的人，分不清男女，人物的笑容、动作、话，烟火气极浓，让人感觉亲切。我没有走进去，但是，我真的知道里面有些什么，我还和厨房里的人有过简短的对话。是在这时吗？或者，是在很久以前。我想起，这扇门，这些甬道，是我很久很久，大约有五六年前了吧，是那时，我的一个梦。

这次，我没有走进去，我望着这扇门，沉思了好久。最后走上前去，轻抚了一下它因经了年头而粗糙了的纹路，将脸贴在上面——

是阿兰把我拽了回来，不，是阿南。阿南加重了哭声，旁边端着酒走过的服务生像被吓了一跳，歪头朝我们看了一眼，很职业地转回头，朝别处去了。灯光愈加昏暗，紫色布面的圈椅映得玻璃台面和我们的手脸都成了紫色，有些恐怖，对，是恐怖。我左侧的阿南哭着抬起头，偶尔露出的牙齿发出荧荧的白光，让我想起甬道尽头。我很想知道，甬道尽头有些什么。可是，可能，我再也不会看到那扇门了，我进不去了。我被挡在了斑驳的老门外，再也无法知晓里面的一切。

这样一想让我很沮丧。

阿南哭着伸出一只手抱住我的腰，愈加厉害地颤抖着。我轻轻地搂了她，在她背上轻轻地拍了几下。她哭着，又抽了一张纸巾，擦了几下脸后两只手迅速将我紧紧搂住，我能感觉到她颤抖的力度，她的前胸抵住我，让我有些不适。我相信，要不是这样，我又要把她当成阿兰了。在我这样想时，阿南向上直了下身子，在我脸上亲了一下。

我捂住脸，又感觉她是阿兰了。

"外面是不是下雨了？"

我听到旁边桌上有人问。

真的，外面开始下雨了，我能听到，雨滴打在窗外的雨篷上，嘭咚嘭咚作响。

"几点了？"阿南问。

"十点一刻。"我看了下腕表回答她。

"噢，我得回去了。"阿南转过身去，整理着头发和衣服。

"我送你。"我站起来，下意识地摸了摸我左肩，奇怪的是那地方没湿。

"不用了，不用了，真的，我打的回去。你也走吧。"

她坚决地站起来向外面走，等我买完单走到外面时，门外空空，不见人影。雨已经大了，哗啦哗啦，很有气势。

我在酒吧门口站了会儿，我当时是应该想想这是怎么回事的，但我当时没想，现在想起来，再想时又感觉有些晚了。当时的气氛和心境已经有些淡忘了。

几天后，我打开QQ，发现阿南的留言：你对我的哭，怎么个看法？

问得直截了当，像说一道考试题。

"每个人心里都有苦楚，谢谢你信任我。"

"真心话？"阿南头像突然亮了，看来她一直在等我上线。

"当然。"

"哈哈"阿南接连打出几个笑脸，等笑够了，又说：

"傻瓜，我是装的。我在看你的反应。"

天，她是装的。这太让我吃惊了。我几乎就相信她的话了，但我最终没有相信，我以为，这是她在为自己的失态和尴尬开脱吧。

"呵呵，装的就装的吧，比真的痛苦要好。"我说。

"装的比真的要好？你的意思是……"她紧接着问了一问。

"唔，当然，装不好。"

"那你为什么说装的比真的要好？"

"我的意思是，你装痛苦比你真痛苦要强，我还是希望朋友们快乐一些。"

"你难道不认为装是一种欺骗么？对你的。"

她在说什么？这个女人。她的意思是，她在欺骗我？

"或许，这是些小情愫吧。"

"小情愫，你真太好骗了。唉，你要傻到什么时候？"

她提到了傻，这是第二次了吧，我没记错的话。她说我傻。看着她哭并且安慰她，就是傻吗？真不明白。

"我可能，是傻了点。"我说。

"不是傻了点，你是经常傻里傻气的，被一些假象蒙蔽。"

阿南好像话里带话了，而我，已经非常不想再继续聊下去了。

"嘿嘿，可能吧。不过，我得下了，有些头疼。"

其实我可以找别的借口的，不知道为什么，我就顺手打上了"头疼"两个字。我可以说有事要做，或者出去，或者女朋友来了，我为什么非要打"头疼"呢。我的头一点儿也不疼，并且异常清醒。

阿南为什么骗我呢，装哭，为什么？我气恼地对着空气挥了下手。我能想象得出，此时此刻，阿南一定在电脑前望着我灰掉的头像正幸灾乐祸呢，如果是欺骗的话，她真的成功了。我被她成功欺骗了，以为她也有苦楚，同情她安慰她。不过想来想去，真的想不出阿南这样骗我的理由，一个女人，在一个男人面前哭得一塌糊涂，却又告诉后者，她是在欺骗他，她是装的。我突然有些不认识阿南了。我已经认识阿南三十多年了，同她的友情几乎与我的生命一样长。她为什么会用这种手段"欺骗"我呢？她得到了什么？

不过，只有欺骗者得到什么，被骗者失去什么骗局才成立吗？

翌日，与女朋友约会。我兴奋地拿出准备好的戒指向她求婚。我期望她看到我为她做的一切，流下幸福的泪水。她从我手心里拿过戒指，小心地打开，同样小心地拿出来戴在左手的无名指上，她翘起手指看了会儿，又反过来看了会儿。

"你什么时候买的？"

我吃了一惊，我怎么也没想到她会说这样的话。

"前几天，亲爱的，答应我，嫁给我好吗！"

"我真幸福，呜呜——"她哭了起来，眼泪像条小溪一样，弄得我心里顿时充溢着因幸福而眩晕的酥麻。

耶！我差点跳起来跑到外面去喊，大声告诉每一个人：她答应我啦，我好幸福啊。

"真的，我真幸福，谢谢你。"她抽了一下鼻子后拿手擦了擦眼睛下方，退了几小步坐在沙发上抬起头，认真地看着我。

说实话，她的表情、动作，还有这个"谢谢你"都在我想象之外，紧接着，她又重新哭起来，比刚才哭得还厉害，双肩和那晚靠在我肩膀上的阿南阿兰一样颤抖起来。

"对不起，对不起——"

什么？！我的血液一下子凝住了，我像根木头棍一样杵在那儿，一种不祥的感觉已经牢牢地将我攫住，"对不起"是什么意思？

"对不起，真的，等你这句话，等你的戒指，已经好久了。可你……老是……老是不开口，我以为……以为你没有诚意。就在昨天，我，刚刚答应了阿成，对不起，真的对不起。所以，我不能收下它，我不能欺骗你。"

……

就是这样的。找女朋友说完，哭着走了。

我也想哭，却哭不出来。最终，我拎回一包啤酒一气喝光。迷迷糊糊的，我打开电脑，我想找人聊天，我有好多好多话想说出来，我闷得难受。

阿南给我留了言：

"对不起，我刚刚是和你开玩笑。我心里确实痛苦极了，谢谢你陪着我哭。"

"当然不谢，我们是朋友嘛。"我还发送过去一个笑脸，尽管，我一点也笑不出来。

很快，阿南就回话了，看来，她一直在电脑边的。

"你说得对，谁都有痛苦的时候。"

我看到她的头像由灰变成彩色，我的心里突然感动，也更加难过。

"我请你喝一杯吧，老地方。"

"好。"

酒吧里当然还是老样子，昏暗的灯光，半旧的摆设，服务生让人琢磨不透的表情。阿南竟然还穿着上次来时的衣服。我们找好位子，点了单。阿南捻着胸前的珍珠链子凑过来瞧着我的脸。

"有心事？"她笑嘻嘻地问我。

我悲从中来，鼻子还未来得及酸就流下泪来。我拿手捂着脸，卑微得不值一提。但是，我的伤心多么巨大呀，压得我喘不过气来，我想找个肩膀，真的，谁的都行，只要他（她）愿意，哪怕，让我靠上一分钟呢。

我的头朝阿南靠过去。

"啊，我不许你开这种玩笑！"

阿南站起来，气冲冲地离开了。边走边咕哝："你当我是谁？和我来这套。"

死亡波尔卡·1995

一

哒——

苑小兵应声朝前扑倒。像在演一场戏，动作与 56 式冲锋枪配合默契。鲜血，在下一帧影像中喷涌而出，染红了他身前的雪地。在扑倒的过程中，他耸动了下肩膀。他身后已经第三次执行死刑、经验丰富的武警战士知道他那是下意识地要伸手，支住身体。但他胳膊被反绑着，像只没装满的麻袋捆着歪倒在地上，没有听到他想象中子弹掀开颅骨的咔嚓声。

头部着地前，他的眼里闪出万点星花。那一瞬间，他想起小时候和姐姐苑英一起把眼睛压在枕头上玩的挤花游戏。他们趴在枕头上，听到枕芯中谷皮簌簌地响着，眼前对称缠绕起层层不停变幻着的花纹，那是一种来自世外的、奇妙的感觉。他死去 17 年后，他姐姐上初三的女儿、他的外甥女从天猫商城买来一叠缠绕画摊在桌上。苑英打扫卫生时看到这些画，突然激动起来，手执拖把，张开嘴抻着脖子两边看看，脸一怔，紧接着，泪水哗啦啦流了一脸。她多么想告诉她弟弟苑小兵，她终于知道了，她们小时候挤花时看到的，就是这种缠绕画。只是，比缠绕画更小，并且，是无数个画面连缀起来的，在两只眼睛前有规律地不停地变幻，很美。

可是，没有人可告诉了。

和苑小兵那一刻一样。

他眼前的画，不再像小时候挤花时那样有规律地缠动了，而是散了、爆乱了，像点燃了一只不合格的礼花。他的头皮有些痒，有些麻，他想，这一次，他要输了。也不知道那一刻，他姐姐苑英在干什么，是在给他纳鞋垫，还是给自己织毛衣，还是坐在冰冷的屋里，被胸中的一腔惶惑和愤慨遏住，不知所措。

他忽然周身一热，像被一团火扑住，头脸，腿脚，像长出一层火苗。紧接着，他被血污糊住的双眼看到了地上离他头部两拃处，落在血污里的一粒子弹。它比他想象中细长，它半截扎入雪地，静静地站在那里，那么无辜，像一粒不小心从闪亮的糖纸中掉落出来的彩色水果糖。他张了张嘴，一股土壤和青草混合的微腥钻入他的鼻孔，他想打一个喷嚏，一运劲，一下子冷了起来。

他眼前，涨起一层白翳。他听到有人向他走来，更远的地方有人问："死干净了没有？"他能感觉得到腿在抽搐，具体是哪一条，已经分辨不出了。他突然想哭，他想皱起脸，咧开嘴，像小时候那样，痛痛快快哭一场。虽然，在来刑场的路上，他已经哭过多次了。

早晨，押送他的四个武警把他从囚室架出来，拖到车上，还不算太粗暴。从昨天夜里，他就止不住开始流泪，胸腔，像有一万只手在揉一团浆在醋酸里的麻，说不出的难受。后背和头皮紧皱在一起，发硬发沉，又感觉很脆弱，好像随时都会摧折开裂。他想大喊一声，嗓子早就像被什么捏住一样，一丝声音也发不出来，他看了看车厢上的玻璃，想象着一头扎进去，割断脖子；没出门时，他还想象着一头撞在墙上，他想用早一点主动的结束来逃避即将落到头上的恐惧。但他知道，在生命最后时刻，对于他，比任何人，任何时候都清楚：他必须，被枪决，在刑场上，在给定的那一刻，他的命运，已经被写在一张纸上，已经在世人面前宣读过。他没有选择，因为，他是个杀人犯，强奸杀人犯。

"是，是，是我干的。"

他想起那晚在审讯室里，他跪在地上，低头吐出一颗牙。

<h2 style="text-align:center">二</h2>

初秋的原野，是高下深浅的绿。

苑小兵走出坐落在田野之中的工厂大门，肩上搭着一条花衬衣。他好看香港武打片，最近看的武打片里，那个大哥，就爱在肩上搭一条衬衣。他在脑海中，虚构着别人眼中他与电影里一样又冷酷又俊朗的形象。他一只手抓着烟和火机，一只手拽着肩上衬衫的领子，大踏步走在通往死亡的小路上。

路两边的田地里，种着大豆，种着棉花，种着高粱和玉米。他心情很好，想到女朋友艳芳正在等他，他吹了声口哨，抽出一根烟，想点上时又放回盒里。他要少抽烟，他想，艳芳不喜欢他抽烟。他也想过把烟戒掉，但一想到电影里那个大哥吐出一个烟圈儿时那让人着迷的样子，他想还是以后再戒吧。

他向前走着，走在和煦的秋风里，天高而云淡，四下飘散着谷豆清香，他往路边一块玉米地深处走了两步，拉开裤链小解，他看到细弱的玉米棒子上，一只胖胖的黑褐色花纹的虫子正在摇头晃脑地往上爬，时不时拱起沉重的腰身，尾部拖出一道浅痕。他拉上裤链，吹出一声尖利的口哨，虫子应声支起头部，倏忽奔下去，紧紧地趴在棒子外壳上。它的惊悸，唤醒了他捏死它的冲动，但刹那过后，他收回已经伸出去的手，重新回到路上，轻快地向东走去。

正是傍晚，苑小兵看到右前方的大豆枝叶上，摇动着他不停地破碎断裂又不时聚拢的长长的影子。远处村落之上，炊烟渐起，几只麻雀在稼禾之上盘桓飞舞；南边另一条小路上，一个戴斗笠的农人拉着一辆地排车，车厢里黄绿一垛，他猜想，那是农人一下午从大豆地里拔除的缠满了菟丝子的大豆棵子和野菜，拉回家喂牛或者喂羊。他们家没有牛羊，他父亲每次拔了生满菟丝子的大豆棵子，都是倒在村边的沟里，无论如何，不能留在地里让它们在阴雨天有机会再蔓生开来，成为新的灾害。他在这块生他养他的大地上走着，走着，满野的绿，满心的甜蜜，他脚步轻快，几乎跳跃起来。

他走过一座水泥桥，将要走上朝东南的小路，那是通向艳芳家的路。那天晚上，他在艳芳家用了丰盛的晚餐。那一天，艳芳的弟弟在村北边的支渠里逮了一桶杂鱼。晚饭后，他和艳芳把余下的杂鱼都挤干净肚子，大一些的刮尽了鳞片。艳芳把它们盛在盆里，洗好后撒上盐，沾上面粉，就着炉子炸了。艳芳说这样可以存放好几天不坏。他看着艳芳做这一切，想象着他们婚后的时光，满心欢喜。忙完后，他们洗干净手脸，艳芳沿着他眼前的这条路一直送他到了这座水泥桥上。一路上，他亲了她无数次。他们坐在桥垛上，他把手伸进了她的衣服。后来，夜雾渐浓，他又把艳芳送到村边，再次沿着这条路，返回了厂里。

但他没有走上朝东南的通向艳芳家的路。

据一切可查阅的卷宗记载，他一直朝前走，一直走，直到走进大豆田，走进了那片连绵的玉米地，看到了那个叫霍小菊的女青年。

"是，是，是我干的。"

"终于想起来了，想说实话了？好，那你，详细说说吧。"

"是的。我走着走着，看到，看到那个，那个，啊，对，霍小菊，啊，对，对，那时候，我还不知道她叫霍……霍小菊。对，我看到受害人骑着一辆自行车从旁边的小路上拐过来，南边？北边？嗯，是，好，好，是北边。"

他吐出一颗牙，耸起肩膀擦了下嘴角的血，陷入了那个血腥的薄暮。

太阳偏西了，夕色笼罩四野，苑小兵看见自己走着，他衬衣搭在肩膀上，背影没有他自己想象中那么宽阔。他看到自己扭头看到了骑着一辆黑色自行车的霍小菊从北边的小路拐过来，他环顾四周，小跑了几步，紧跟在她后面。苑小兵在北刘村村民王丰年家的玉米地前拽住了她的车后座，圆脸的霍小菊慌乱地从车上跳下来，踉跄了一跤后爬起来往前跑，他扔掉肩上的衬衣，扔掉手里的香烟和火机，紧跑几步，拽住她的衣摆，而后一只手抓住她的头发，一只手捂上她的嘴。他看清了，霍小菊真是一张圆脸。

霍小菊的圆脸上，有一双很大的眼睛，她正在用这双大眼睛看着他，眼里满是恐惧。他抬起头，看到东天上那一弯浅淡的月牙。不远处有拖拉机开过，突突突地让他心慌。霍小菊开始喊叫，他捂着她的嘴，她喊叫得不高，但他还是很害怕，一拳打在她太阳穴上，霍小菊尖叫了一声，他抓住她的肩膀，把她拖进了王丰年家的玉米地里。

他拖着她走进玉米地深处，弄倒了一片玉米，霍小菊一边挣扎一边叫喊，他不耐烦了，松开她肩膀，骑在她身上，掐住她脖子。霍小菊的脸渐渐变成紫黑色，眼白眍上去，一动不动了，静静地躺在地上。他扯着她带花点的连衣裙摆，从头部把它扒下来。王丰年家的玉米地里，留着些正午阳光的燥热，他看到他对着地上赤裸的霍小菊出了会儿神。这个女人，二十四五岁的样子，带花点的连衣裙摆边上，是一丛灰菜，和他去艳芳家时在路边看到的那一丛一模一样。他还看到霍小菊有轮廓和艳芳差不多的乳房。她的小腹，红腻白嫩。他闻到她的气味，和艳芳的一样。他还看到霍小菊的脚上穿着一双肉色丝袜，艳芳，也有一模一样的一双。他不想把她和艳芳想得一样，但无论他怎么努力，她的脸，眼睛，身体，无一不是艳芳的样子。

晕了的霍小菊身体很软。他剥掉她的胸衣和内裤，脱掉自己的衣服，把她两条腿分开，像他千百次和艳芳在一起时想的那样，像他晚上和工厂里几个要好的朋友聚在一起看的毛片里的男人那样，趴在她身上，进入了她的身体。

很快，他就结束了。是的，他想再来一次，但有点害怕。在他想离开时，想起霍小菊只是暂时昏迷，他不认识她，但她极有可能认识他，他怕她醒过来指认他，他想，干脆，一不做二不休吧，他从裤袋里掏出随身带的弹簧刀，割开了她的喉管。

三

来人走到他头边，又问了一句："死干净了没有？"

没有人回答。

他被踢了一脚，仰面朝天。他眼中的白翳突然变红，又忽地变黑。他要死了，但他不想死。他想喊，他想喊他妈，喊他姐姐，他要喊她们来救他。他好像真的动了一下嘴巴，满嘴血腥气，他感到一大股血，正沿着食管和气管往上涌，塞在他喉头处，他很想大力地把它们咳出。但这一次，咳不出了，和在审讯室中的那次，不一样。

那次，他趴在地上，感觉肺部缩成一团，喘不过气，他努力睁眼，看到头边一只方头皮鞋。那只皮鞋，穿在一只刚刚踹向他胸腹的脚上，脚连着一只不长的腿，腿上边是一只肥大的肚子，肚子上方的肩上，缀着两只卷起袖管的胳膊，肩上方，托着一只有重下巴的头。

"认了啊，早该认了，要早认，大家都不用费这么多功夫。"

那只头说。说完，用卷起袖管的手，将一叠写满字的纸递到他面前。

他的头轰轰作响，那只皮鞋抬起来，轻轻在他臀部蹬了一下，他配合地顺势伸展了身子，趴了过来，捏起扔在他手边的一只黑色的笔，那叠纸，往他眼前又凑了凑，那只手伸过来，指着纸页下边一块空白的地方，说："签在这里。"

他捏着笔凑近那块空白，一只花腿蚊子嗡的一声，也许是从他额头上飞下来，在他眼前打了个转，落在他沾满血的食指上，头向下一扎，一动不动。他知道，它在吸他的血，他盯着它，看着它长长的肚子瞬间泛起一点红，他没有驱赶它，这些天，他流了太多血，一只蚊子的肚子，连半滴都盛不下。他望着那只蚊子，心里竟然生出些许感动，在感动中，他签下了自己的名字。纸和笔被取走，他把手向前伸了伸，把轰响的头靠在地上，手指保持着签字的姿势，看着蚊子吸他的血，蚊子的肚子很快鼓胀起来，像一颗红米粒。他突然感觉一股热流从胸腔涌上，他张嘴咳了一下，地上溅落起一口血，肺部一阵剧痛之后，在他竭力保持不动的食指上，那只蚊子，不告而别。

怅然中，他被拖出审讯室。

那天晚上，当他趴在囚室地面上，又一次想起艳芳时，苑小兵第一次感到了绝望。自从被抓进来，他就盼着她能来看他，每时每刻，他都盯着囚室的小窗，支着耳朵，听着随时都可能走过来的脚步声，他是多么想听到一声"你女朋友来看你了"的消息啊。没有，他知道，不会有了。在绝望中，他又想：这很好，他的艳芳，怎么会来看一个强奸杀人犯呢，艳芳呵！

他紧贴着地面哭了起来，他不敢发出声音，他的胸腔疼，腹部疼，头疼，浑身都疼，一动，到处撕心裂肺地疼。

生平第一次，他明白了他中学时的班主任、语文老师赵国良当初怎么也没能给他讲明白的隐喻是怎么回事。他感觉世界如一张蛛网，他被缚在网中央，他知道，那只乌黑可怖的大蜘蛛，离他，已经很近了。

不行，不能这样！他不要这样的隐喻。

他想着，艰难地爬向囚室的铁门，忍住疼痛，攒起全身的力气撞过去，他想叫一声"来人哪"，可他的声带在猛一用力后痉挛了，强烈的干呕过后，他再次趴在地上，口鼻中流出一些液体，他不知道是血还是别的。

就像这一刻一样，他已经不能分辨溢出他嘴角的是什么，他全身发硬，正在变成一块石头。东北风，缓慢沉重地刮过。但他却感觉很轻，他感觉是艳芳那条淡绿色丝巾，轻轻地在他脸上抚过。

四

有人扒了一下他的眼皮，大声招呼："行了吧，动手吧。"

说着一脚踏在他肚子上。

他四肢伸展，仰躺在白茫茫的冬天里。他的血淋淋的、残缺的头颅，好像在向这个世界申诉。他听到一阵脚步声，向他越走越近，最后在他身边停住。

"真的很年轻啊！"

他听到来人用轻快的嗓音说，他还听到几声金属器械的碰撞。他想告诉他，他才二十出头，他虽然经常感觉自己已经很老了，但那一刻，他想，可不就很年轻嘛，还不到法定结婚年纪，还没来得及把艳芳娶到家里。突如其来的抓捕，彻夜的审讯，枪声和随之出现在他胸口上的血洞，让他感觉自己有资格和他上学时那个政治课老师一样，在这个世界上获得某种哲思。

他那个姓周的政治老师说自己原本是一个哲学家，说校方安排他讲政治是对他巨大的侮辱。周老师在课堂上讲到兴奋处，会朝着教室屋顶掩挡住的天空伸展开双臂，做出即将要起飞的样子。苑小兵的政治和其他科目一样学得不好，但却对周老师很着迷，有几次，他装作到周老师办公室请教某个他宁愿一辈子都搞不明白的问题，听周老师说些话，什么话都行。在他看来，周老师的每一句话，都很有意思，带着很深的哲思。他想，这一刻，他终于踏出追赶周老师的脚步了，他也有了他的哲思。他想和他的周老师第一次给他们上课时一样，伸出一只手指着所有人，大声说：今天，是个不公正的日子，这里，是个不公正的地方！他还想说，他真的还年轻，但他的春天，已经湮灭在他身处的这个冬天里。

冬天，万物萧条的冬天呵！他是多么盼望一个特属于他的春天呵——大地柔软，万物复苏。

十年后，那个春天，姗姗而降。

一个身材高大魁梧的男人踏折了苑小兵坟边的一丛苦菜嫩芽

儿。这个男人，用面部有些松弛的肌肉和眼角的鱼尾纹告诉这世界——他已经历了不少人生的风霜。身材高大的男人在他坟前踱了几步，停住，看着荒草丛中他小小的坟头，说："这，就是么？"他听到一个陌生的声音问。"这就是。"他的父亲回答。身材高大的男人围着他的坟包转了一圈，点燃一支烟插在他的坟前，一闻就不是什么好烟，呛儿很呛，他躺在泥土中打了个喷嚏。

一只四脚蜥被惊动了，从坟腰一丛上年的枯草中蹿出来，迅速爬过身材高大的男人的皮鞋。后者低着头，看着小动物在皮鞋上留下的细碎的爪印，对他父亲说："没什么，我就是来了解一下情况。好了，你回去吧，我在这里坐一会儿。"

他父亲回去了，出了荒地走到通往村中的路上时，他父亲回过头，看到这个身材高大的男人还站在他坟前抽烟，他父亲不明白那是什么意思。他也不知道。

这个身材高大的男人，是个警察，是他们县公安局副局长。那时，男人虽没有对他父亲明说，但基本已经断定，面前坟包里的年轻人的死，有问题。

这个高大的警察坐在他的坟边，来时脑海里纷攘的念头渐渐静下来。警察想起前几天去相邻省份的益安县解押回来的通缉犯申方金的脸。那张脸上，一张两角下耷的嘴，这张嘴里，蹦出来的每个字都斩钉截铁。当时，申方金坐在益安县岔河路派出所的关押室里，表情平静，语调缓慢，他说他干了六回，四回强奸杀人，两回强奸。其中一回，是在十年前八月，迟州市西郊玉米地里，奸杀了一个年轻妇女。

那块地，是北刘村村民王丰年家的。这个高大的警察到地头核实时，北刘村支书听完他的话懵了：十年前，这案子已经破了，案犯已经被枪决了。王丰年在旁边点头附和。警察愣住了。多年的刑警生涯让他很快做出判断——案中有案。他"哦"了一声，没多说什么，扭头回了局里申请调阅刚审过的申方金和当年案犯苑小兵的卷宗。

　　申方金供词中描述的迟州市西郊玉米地里发生的一切，在身材高大的警察的脑海中鲜活起来。

　　十年前，八月，初秋的原野，是高下深浅的绿。

　　三十七岁的霍小菊骑着一辆蓝色自行车，行驶在西郊葱郁的沃野之上，她刚刚从附近的液压件厂下了班，心情不错，边走边不时按一下响铃。她穿着带花点的连衣裙，红色的塑料高跟鞋有力地踩着踏板，裙摆下一截小腿白皙顺滑。她踩着车，路两边绿油油的庄稼随微风起伏，她深吸着气，丁零零向前，驶过一口边上开着野萝卜菀子花的水井。她不知道，死亡的威胁下一秒钟一把攥住了她的车后架。她还未来得及反应就被拖进了玉米地，玉米叶子刺啦啦划着她的胳膊和脸，她尖叫着被扔到地上，她惊恐地用手支住地面向后退，被申方金一把逮在手里。后者一把扯去了她的一只丝袜，钢钩般的手咔嚓一声掐起她的脖子。

　　霍小菊又一次在别人的描述和确认中死去了。

　　申方金慢条斯理地脱下她的裙子，朝上掀开她白色的胸衣，褪下她洗得发白的粉红色内裤，在前一天刚下过雨，有些潮湿的地上，亵渎了她余温尚存的尸体。

过后，申方金提上裤子走出玉米地，走出一段距离，他想起了她漂亮的花点裙子，他想：何不拿回家给媳妇穿呢？他想着退回来，抓起地上的裙子，眼角的余光中，他看到霍小菊身边，一米多远的地方，有一串钥匙。他再一次回到路上，但很快害怕起来：他媳妇穿着这件裙子出门，岂不是很容易被人认出？他迅速折返回到玉米地头，把裙子埋在地头的沟渠边。

身材高大的警察抽完一支烟，看了看远处暗灰色的天际线，清了下嗓子，从口袋中掏出香烟和火机，点上一支，插在坟前，注视了一会儿，离开了。

五

踏在苑小兵肚子上的那只皮鞋，底子很硬。

他的口鼻溢出一些泡沫，这些泡沫，很快失去了他迅速降下来的体温的支撑，冻结成消失在即将到来的春天里的一团污迹。

那些缭乱的花，消失了。他身后的事，在来自西伯利亚的寒风里，拉开序幕。那只揭幕的手，长在一个身材高大的男人肩上。这个高大的警察放下自己的案卷分析笔记，颓然坐在椅子上。

判决书是四月份下的，上面分明说判决两天后行刑，但卷宗中，为什么还存着判决一个月后，案犯的上诉申请书？还有，行刑的现场为什么是一片雪地？也就是说，行刑时间在判决时间半年多后，也就是说案载行刑时间后案犯还活着？两天、一个月、半年多，其中的差距暗藏了什么样的玄机？

自行车的颜色，白色的胸衣，洗得发白的粉红色内裤，那串钥匙，一切，又似乎昭然若揭。

他面对的是什么？他要怎么做？

在层层黑暗堆积如山的夜里，这个身材高大的男人抬起头，盯视他头顶上耀眼的白炽灯泡，很快，双眼被刺痛了，他转过身，从桌上的烟盒中抽出一支，拿起一根火柴，可颤抖的手，怎么也划不燃。

同一时间，同一地点，一个女人，死了两次。

苑小兵和申方金，有一方在说谎，有人虚构了一场杀人游戏。而虚构的代价，必然是一个人的生命。

这个身材高大的男人扔掉火机和烟，躺倒在值班室窄小的铁床上。他咽喉发干，头轰轰作响，浑身无力。那一刻，他似乎已经预支了接下来十一年里每时每刻、都咬着牙、硬撑下去的气力。

十一年后的初冬，他听到了宣布苑小兵无罪的消息。那时，他早就被退休了，正拖着病躯提着一只篮子在菜场挑选芹菜，当他把一小把水芹菜放到电子秤盘上时，听到摊主的收音机传出一个好听的女声：撤销……原审被告人苑小兵无罪。摊主看到这个顾客，不知道是盯着菜摊上的茄子还是蘑菇，站了许久，后来，他从兜里掏出一把零钱，从中抽出摊主报出的数目放在秤盘上，取了芹菜，蹒跚而去。摊主感觉，这个顾客，在买了他的芹菜后，突然老了。

像苑小兵一样，刹那间，他仿佛走完了一辈子。

肚子上那只硬底子的皮鞋让苑小兵恐惧，他想起了刚进厂里上班时，有次和同伴们在一起讨论怎样枪毙人的事。有个从武警部队退伍叫冯国柱的同事说得很详细，他说到最后，要踩肚子，看肚子能起来，那没死，还要补枪，反之，就是死透了。他突然怕得要死，他怕他肚皮会弹起来，那样的话，他还要挨一枪，打胸腔打头，他拿不准；他也怕他肚皮弹不起来，那样的话，他就死透了。他死了。死了。死了。

　　但他不想死，他不能死，他还有，很多话要说。他恨透了这个世界，但同时，又那么爱她。他想说的有很多，但他没有力气了，他只是朝着天，嘴唇，微微启开。

　　他看不到他的肚皮弹起来了没有。踩他肚皮的人往回退了几步，走到几辆白色医务车边，几个穿着白大褂的人已经戴好乳胶手套，拿出工具。

　　第一个人，走过去，助手们把他翻了过来，划开他的衣裳。第一个人拿出刀划开他后腰边的皮肤，划开皮下的组织，取出他的肾脏泡在一只广口大玻璃瓶里，很快上了车走了。他又被翻过来一次，第二个穿白大褂的人走过来，从他胸腔中取走了心脏。第三个人和第四个人，分别取走了他的角膜和肺脏。他们分别上了不同的车，呜啦呜啦扬长而去。

　　他面朝天，躺在白皑皑的雪地之上，旁边是一块写着歪歪扭扭的他名字的板牌子。渐起的寒风抽打着他的身体。他想伸出手，整理下自己被剪开的衣裳，他不想把自己残破不堪的身体暴露在湛蓝的天空下。但他的手指僵硬了，已经开始发紫发灰，他不知道自己在那一刻已经失掉了生物学上的所有意义，他接下来存在的一切价值，在于他流出的血，已经开始孕育一粒饱满的种子，这粒种子在十年之后那个身材高大的男人心里生出嫩芽，迅速分蘖出枝枝权权，长成了一丛葳蕤的灌木。他也不知道这丛灌木曾被砍削斩截，这个过程他不愿面对也不愿深想，有些事，有些人，注定被这棵灌木刺穿，分崩离析。生命之舟荡漾于时间长河，一层层湮灭，一波波浮起。一切化归尘土后，于世间漂浮的，不只是一个个空洞的故事；闪着光芒的，是被灌木丛勒住腿脚胳臂和脖子，疲惫不堪、气喘吁吁之时，还咬着牙、咽下悲痛，用生命的斤两换取让灌木生长的阳光雨露，坚持着、坚持着，又过了十一年，看着茁壮的枝条顶端，开出一朵清丽的小花。

这一切，他都不知道。

同样，他也不知道他的家人在三天后，才收到给他收尸的通知。他们到县城的殡葬中心尸体保存处取到了一具穿戴齐整，头上扣着一顶鸭舌帽的尸体，一块金黄色的巾布盖在脸上。他哭得弯着腰的母亲朝他伸出的手被一个戴着口罩的男人挡住了，那男人迅速揭开他脸上的巾布的一角，对他母亲说："看一眼吧，赶紧处理了，又不是什么好事。"他的父亲，同样被挡住了。他姐姐苑英扑到他身上，用手在他胸前摸了把后被粗暴地拉开了。他姐姐没敢对父母说，她感觉，他弟弟的胸口，空荡荡的。这个秘密，藏在她心里，隔一段时间，她就拿出来，放在夜里，偷偷地对着它，在黑暗中流一会儿泪。多年之后，她的泪流干了，她把它拿出来后，对着它，发一会儿呆，她不知道怎样处理它。她弟弟是杀人犯，她在疑惑和耻辱混合的情愫里流的那些泪，没有生长出为一个杀人犯求证的经验和能力。

六

他呼吸着最后一口新鲜空气，踏上了最后的旅程。

他来不及想象二十一年后，他的姐姐苑英，手捧着他的无罪判决书欲哭无泪的样子；他也来不及想象，这一页纸，有多么来之不易。中间历经了史无前例的上诉，为确认嫌犯申方金为迟州西郊玉米地奸杀案案犯，案件一拖再拖，最后由最高人民法院指令跨省复查，两年后，终宣判他无罪。他哪里知道，一个人，要证明自己的清白，会用二十一年的工夫。他不知道在他身后，他血液中的那粒种子，在人世间疯长，穿透某个幽暗的角落，牵牵绊绊着长到阳光下，摇曳着，开出小花。

一个人，从来不是一个人。一个人的一生，也包含了所有人的一生。

砰——

所有人的头上，都挨了一枪。

真冷啊，他回忆着那声枪响，被推进了火化炉。

殡仪馆的工作人员把他从推车上搬下来，放在炉托上时，他多么想睁开眼，告诉他，自己还没有死啊。但他开不了口，他的嘴唇虽已经融化发软，但他的舌头，他的喉咙，还冻得结实。他说不出来，那个穿着灰色工作服的工作人员不知道他的心思，只是按规定正了下炉托，按下了开关，炉托载着他，进入炉膛，他听到哐啷一声，炉门关上了。

他听到，炉膛外面，殡仪馆院子里有些人，在他家人痛不欲生的哭号声中，长出了一口气。他们这口长气，在十年之后，那个叫申方金的人在益安县落网后，又吸了回去。但这一刻，他们很轻松，互相递着烟，吸了几口后，鱼贯钻进车里，呜啦呜啦出了殡仪馆的院子。他的家人，哭得头昏脑涨，不知道过了多长时间后，被喊了进去，抱出一坛碎骨。

他被安葬在村西北一片荒地里，坟头堆得不高，过度的悲伤让他父亲腿脚发软，实在没有力气堆得高一些了。左邻右舍，都不愿来为一个强奸杀人犯添一锹土。他找不出理由埋怨他们冷漠。

酿雪的天气，没有风，他在阴冷潮湿的墓穴里打了个冷战。

找奶娘

麻秋来的命运，对于麻庄的人来说，几乎早已是注定了的，就像他儿子麻多金的名字也老早就被花小朵取好了一样。

花小朵的性格跟她的名字有仇，十八九了还大大咧咧的。其实大大咧咧也不是什么致命的毛病，但对于一个花一样的姑娘来讲，对于一个被成群结队的麻姓男子天天盯着的姑娘来讲，对于一个没有父兄可依仗的姑娘花小朵来讲，景况就不妙了，因为大大咧咧通常是没有心计的人犯的毛病。人一没心计，又被这么多人惦记，早不出事晚出事，是说也不用说。论说麻姓花姓青年有出息的很多，家景好的也有的是，但要了花小朵的母亲老命的是，那天晚上，她找遍了沿河十八里的麻庄，数算来数算去，庄里独缺了花小朵与麻秋来。她回家跪在神龛前，念了三天佛，也没改变花小朵跟麻秋来私奔的下场。

这只能是种下场，叫结局就调高了它，那也不是命运，命都没了，还谈什么运。

当花小朵的母亲看着花一样的女儿肚子裂成河马嘴，麻多金连同里面血糊淋漓的汤汤水水一起滚落时，眼睛被一波又一波的红翳灼得滚烫。自此以后，一提花小朵或者麻多金的名字，她的眼睛与上半个头颅就像被火烧着一样，整个人燃烧着往一个无底的火山口堕。花小朵的母亲没有办法，她甚至没同庄里的人们一同阻止麻秋来要抱着麻多金进城就听从了巫婆花顺顺的"忠告"逃到了湖北。花顺顺说"火蛇"不过江，她的病到了江南就会好。她想来想去，倒有个远房的表弟可投靠，尽管多年未联络，不知道对方是死是活，她还是翻出了十几年前一个发黄的通讯地址，义无反顾地投奔了去。

花小朵母亲的出走进一步坚定了麻秋来带麻多金进城找奶娘的决心。麻秋来是个孤儿，自小东一口西一口靠吃百家奶长大，大点换成百家饭，总之是个"百家"养过"百家"嫌过的主儿。麻秋来发誓，不让儿子麻多金重蹈自己的覆辙。"覆辙"这个词，在麻庄被念成"覆儿辙儿"，将每个字都儿化音节一下后，便有了诸多意义。如果有人毛病改不了，会说：那没法，人家那是覆儿辙儿里带下来的。说人命贵这样说，说人命贱这样说，说人精傻胖瘦高矮俊丑，几乎一水地用到"覆儿辙儿里带下来的"这句话。麻秋来的这个"覆儿辙儿"里下来的东西太差，令他面对养育过他的麻庄人时，从"覆儿辙儿"里就自卑，那种如蚁噬骨的感觉又一次咬得他整夜整夜睡不着觉。

绝不能，绝不能让多金像自己一样。

想到这里，麻秋来拉亮灯，又一次端详着儿子的面孔。儿子的脸，这些天在他心中已经化成了一幅不老的图腾，每块胎青、每根透明的汗毛，甚至每个无意识的表情无不向麻秋来透露着一个鲜活生命对于他生命的重量、意义与逼仄。他感觉整个房间、整座院落、整个麻庄一下子缩进到牛角尖上，他得带着儿子多金走出去，哪怕他抽筋断骨，也要将儿子"覆儿辙儿里带下来的"东西改一改。

花小朵跟着麻秋来到了广州他打工的地方，靠着麻秋来每月千把来块钱过活。生活在火赤火赤的季节和地方，让他们霎时到了天堂。热辣辣的血从麻黑麻黑的慒慒之中不多久烧到了透亮，这种透亮，让两个年轻人先透过逐渐腐朽的老根发现了新芽，又透过青绿的枝枝叶叶看到了生命行将就木的苍黄与枯萎，他们嗅到了生命燃烧过的重量与味道，沸腾在骨头里的泡沫终究会积成铅，那些激荡的咒骂与快乐中的笑早晚都落寞成亘古不变的日出日落，潮去潮涨。不管激情的种子会产生光彩夺目的根须，还是会抽出黯然失色的苗芽，花小朵的肚子都一天天大起来了。一天凌晨，当麻秋来习惯性地伸手搭在花小朵的肚皮上，被下面一股巨大的力量顶起时，他们俩几乎同时感到迎接一个新生命的恐惧与无奈。虽然回家也会面临诸多艰难、羞辱，但想到这样的景况下，花小朵的母亲毕竟是会疼女儿的，比他们俩这样两眼一抹黑强。想着就穿衣起床，将不多的行李一捆，到工厂结工钱，工钱历来是会扣不少的，但相对于远方老家的安顿与可依赖，麻秋来甚至忘了时时灼痛自己的那种

"覆儿辙儿里带下来的"伤疤。

花小朵的母亲见了麻秋来对自家女儿的好,倒也放下心来,先替女儿有了嫁鸡随鸡、嫁狗随狗的安适与祥和。麻庄的女人,从来没有哪个像花小朵一样,五个月的身孕就不再下地干活了,其实她也没干过活。花小朵整天懒洋洋地或卧或坐,要不就两手扶住腰,如吃撑了的填鸭一样摇摆着挪出屋门晒晒太阳。麻秋来一天三顿好汤好水伺候。连当初最唾弃她的人,也不得不承认,花小朵的确是个幸福的女人。麻庄的人说女人是这样的:千人嫌,万人嫌,一人不嫌值了钱。

花小朵跟了麻秋来一下子值了钱,也为这个值了钱送了命。

麻庄的赤脚医生叫麻保才,去村西地里干活时见过花小朵一面,那时花小朵半躺在一把竹椅上,正在咔嘣咔嘣地嚼一块江米脆。麻保才立住脚,对在一旁端着簸箕做活的花小朵母亲说:"快生了吧,要起来走动啊。"花小朵朝着赤脚医生离去的方向努努嘴,接着放下江米脆,捻起块巧克力送到嘴里,舌头翻卷着,吃得滋滋有味。

过了预产期半个月,还是没有要生的迹象。过来过去的婶子大娘嫂子们见了花小朵都说:"哎哟,怎么还不放下呀,快放下吧,看,笨得。""笨得"这两个字,已经成了人们夸孕妇肚子大,将来生的孩子势必会出息的溢美之词,汉字就有这样的好处,褒贬不是随字定的,还得看吐出这字的人当时的情感倾向与心情表情,无论何事,大凡与一个情字关了联,就变得复杂不可道了,道出来的,也都是变了味了。当然,这样的字眼是要琢磨的,有时候越琢磨,越有意味。花小朵与麻秋来听了这样的话，心里自然乐得开出了大朵大朵的花。当然，花小朵死后，这些话和着惋惜、怜悯、嫉羡和慈悲再次撞荡着麻秋来的耳鼓：农村人就是农村人，还像人家城里人似的养胎？生就的骨头长就的肉，人哪，不能和命争啊，没那个命硬享那个福，到头来能怎么样！

一天夜里，麻秋来被花小朵一声惊叫吓了起来，摸摸身丁已经精湿，打开灯，血腥成一片。与后来进屋的花小朵母亲不同的是，麻秋来只记得花小朵翻开的下身像张白花花的大嘴唇，油脂有半巴掌厚，不知是从腹腔还是从胸腔抑或是干脆从花小朵的嘴里不时发出啵啵的声响，这声响让麻秋来想起村东那眼逐年干涸又时时冒着浑浊水泡的老井。麻秋来尚未明白自己的这种宠爱带给了花小朵多么致命的灾难，只是被随血水而下的麻多金弄得手脚无措，直到花小朵母亲进来抄起剪刀剪断脐带，麻秋来才回过神来意识到，花小朵没救了。

他算起，花小朵从中秋跟他私奔到当下五月诞下麻多金，跟了他不到三年，也就三十三个月左右。这三十多个月的时间此时在麻秋来脑子里变成白茫茫一片，走时的花小朵像粒紧致的花骨朵，让旁边的他揣摸不透里面究竟藏着何种奥妙；末了的花小朵像朵血淋淋怒放的红牡丹，积蓄了三年的热忱一朝涌出便不可遏制地灰飞烟灭了。

花小朵的母亲没有理由也实在没有气力对麻秋来愤怒或者埋怨，她这时也已经被一团团赤红赤红的火烧得没日没夜地大呼小叫，麻庄的人都相信这是种被鬼追赶着的惊恐。他们相信随着花小朵骇人的死亡，恐怖离奇的事情会永远伴随着这个家和家里的人。直到花顺顺拄着拐杖，对着庄里人和花小朵母亲说出那个救了全庄人性命的"上策"。

当然，麻秋来执意要抱麻多金进城，与庄里人猜测的害怕花小朵鬼魂的原因无关，而是忌着"覆儿辙儿里带下来的"东西。一次次的幸与不幸让他明白，在麻庄这块土地上，没有他麻秋来活人的地方，这块地方不待见他，这地方的水土不养他。这时他才想起了花小朵，活着的花小朵，想起花小朵时他哭了起来，不是因为自己溺宠着害了她的内疚与心疼，而是感觉花小朵花一样的年纪，因为受了他这么个不被麻庄待见的人的牵连丢了命的恐惧与宿命。他要加倍对麻多金好，将他欠花小朵的好一并都给他。他又认为，花小朵母亲要离开，他不拦是正确的，她留下，他非但不能替花小朵尽孝，十有八九也会害了她。想到这里，他又一次打点行李，最后一次环视了一下屋里屋外，不顾劝慰，比花小朵的母亲更义无反顾地离开了。

他要为他和花小朵的儿子多金，找一个只有多金一个人享用的奶娘。麻多金最好的奶娘已经不可能找到了，他相信如果花小朵不离开，她的奶会像奔腾的大河一样将麻多金养成一头又结实又俊朗的牛犊。但花小朵已经走了，不要他爷俩了，指望不上了。麻秋来想，花小朵大概是上辈子欠了他的，这辈子来还账了。不但给了他近三年的爱情亲情温情，还给他留了这么个大儿子，花小朵离去，他是舍不得的。麻秋来在心里发誓，一定要对麻多金好，他得给他父亲和母亲都有的好，让他比谁都幸福都好。当然，迫在眉睫的，就是先给他找一个还过得去的奶娘，这对多金很重要，他知道这样的奶娘在麻庄找不到，纵使在麻庄找到，他也不能要，他不能让麻多金和他一样，将那种受了人恩惠永远见人就不得不说、永远不能忘、永远想还也还不上从而永远低着人一头的"覆儿辙儿里带下来的"东西从出生就缚在身上。但在城里能找到，城里人是无历史的，没有那么多"覆儿辙儿里带下来的"东西，城里什么人都养活，什么人都能容，城里是水泥的，不是苗与根的，城里人是独立的，相互冷漠和躲避，也不会牵涉到什么。见面不问"吃了么"也不问"上哪坡去"，而是说"你好""早"等这么没有来由的话。街上碰到人不会祖宗八代地问这个是不是壮实那个是不是感冒好了，城里人的奶，吃了就吃了，不会刻在庄口木头墩子上，更不会划在土坯墙上，不会伸着葫芦蔓子爬起来没完没了，也不会沉落到哪家檐下的燕子窝里鸟雀们唱啊叫啊聒噪得人难受。城里人的好处可以交换，不会随着你长高一节附在你皮上肉上骨头上。城里人的好处，是可以用钱来计量的，两不亏欠。想到这儿，麻秋来坐在客车上，怀抱着多金，浑身轻松。他想他走出村时，右手搭过去的扑拉屁股的动作，早将生就在麻庄土地上的尾巴扯断了，那条尾巴，这时候估计还躺在麻庄的土路上扑棱扑棱无望地在打滚吧。

　　看着迅速向后面倒去的树木，麻秋来眼光迷离起来。他不时地低头查看一下怀里的儿子多金，心思却生到了远处，二百多里的路程，将怀里的多金养育大了，成了少年、青年、成功的中年，他也仿佛看到了自己的老年，住在儿子买的大洋房里，过着老太爷过的好日子。唉，想到这儿，他叹了口气，只遗憾花小朵不能与他一起享这个福了。他清了清嗓子，像是要宣布什么重大事项时的那种。他想，第一步，是要给儿子找个奶娘，让儿子同一切幸福的儿子一样，抱住个饱满的大奶子，能大口大口喝奶，享受一个幸福的儿子的最高享受。吃"百家"奶或不吃奶，会让自己的儿子多金"覆儿辙儿里带下来的"东西不纯正、不祥瑞、不吉利，会让他亏损一辈子的，也会亏损儿子一辈子，就像他现在一样。想到这儿他"呸"了一声，为了"覆儿辙儿里带下来的"被城里的不屑一顾，麻秋来嘱咐自己再不想这回事儿了，为了儿子，为了对得起义无反顾地跟他好的小朵。

找奶娘的第一步，还是得给自己和儿子找个住的地方，到了这里，麻秋来才想到，原来完成一件事情，得先完成若干件看似不相干的很多事情。他不但要找个住的地方，还得要宽敞一点的，要不，奶娘来了住哪儿，在哪儿吃饭，还得要解决如厕问题。如果找原来他和花小朵租住的那么个地方，棚户区，离公厕一里多路，那奶娘总得喝点下奶的汤啊水的，喝多了吃多了不免多上厕所，那要一天跑上几个一里多路，哪还有工夫喂他儿子，哪还有好心情，没好心情就会影响产奶，不能好好养着奶水就喂不好他儿子。据村里老人说，娘心不顺了，喂的孩子都要哭闹不止，这可不是麻秋来要的结果，他舍家撇业的，可不是为了糟蹋儿子来的。

这样一想，还得有洗澡的地方，找个奶娘来浑身上下没正味，儿子能吃得好睡得香，能好受得了？这样一想事情就多起来，麻秋来将积蓄从贴身的衣裳里掏出来，数了一遍又一遍，将钱分成一份又一份，哪份用来买饭菜，哪份用来租房子，哪份用来交近期的水电气费，哪份用来付奶娘薪水，还得留一份，以备多金有个头疼脑热的。这样一分，每份钱都少得可怜，吓了他一身冷汗。他这才意识到，和找奶娘同样重要的，是找份糊口的工作。

城里让他一下子清醒了。

清醒后他有些沮丧，感觉找奶娘是个麻烦事。但是，他又想，比找个奶娘麻烦的，是麻庄那种看人的眼光，这会要了命的。

麻秋来想来想去，还是奔着在这个城市打工的乡亲去，经介绍，又蹿了几天，才在近郊租了个不算便宜的住处。有公用的厨房和厕所，墙角处用石棉瓦挡挡，天暖和时还可以在里边洗洗，这环境让他有些满意。安顿好，他拿出奶粉袋子，冲了满满一大奶杯，一面塞到儿子嘴里一面对儿子说："儿子，再等等，爸爸一定给你找个可心的奶娘，奶多得你长十张嘴都吸不完。"

第二天，他弄了块三合板，在上面写了几个大字，第一排三个字：找奶娘；第二排三个字：找工作。写好了抱了多金，拿了块布遮一下怕晒着，就出门了。他想火车站人多，就直奔火车站去。

火车站自然人来人往，麻秋来看来往的女人奶子都鼓鼓的，哪个当多金的奶娘都合适。太阳慢慢升高，他怕多金热着，拿个硬纸壳当扇子轻轻扇着，身后竖着他写的牌子。刚开始，是他看来来往往的人，看来看去他眼里就自动过了滤，在他面前走动的人都成了奶娘，女人们一个个丰乳肥臀，奶子晃晃的，让他感觉再不让多金去吸吸，就流满了怀。其实他没有看人家奶孩子妇女流奶的经验，这些全是他想象的。他想象这个就像饥饿的人想象面包的香甜一样自然而然，没有费任何功夫和脑筋。渐渐地，他周围围满了人。人们看到一个在火车站售票口不远的粉绿色的墙前，蹲着一个胡子拉碴的青年（其实青不青很难看出），怀里抱着一个黄口小儿，身后是块写着歪歪扭扭的"找奶娘，找工作"字样的牌子，眼睛朝前紧紧盯着，看不出在盯着什么。

麻秋来没有发觉自己周围已经围了这么多人，但车站的工作人员不干了。一个中等个子穿着制服的中年人分扯开众人挤到麻秋来跟前，说："哎，干什么的？找奶娘，找工作。"他轻轻地念了一遍，但还是很粗暴地朝麻秋来挥了挥手说："快走，快走，影响卖票啦。"在他的经验中，车站龙蛇混杂，干什么的都有，不差这一个找奶娘的。所以，他没把麻秋来当回事儿。不过，麻秋来也没把他当回事儿，因为压根就没看见他。他的胸脯平平，被麻秋来的眼睛自动过滤掉了。所以，中年人一次比一次粗暴地说了几遍，到最后几乎要咆哮起来，麻秋来才挤了挤眼，眼光越过他落到一个胖女人身上，嘴里喃喃道："好，这个也好，好。"车站管理人员忌着他怀里的孩子，不好上前推推搡搡，反过身来张开胳膊驱赶着看热闹的人说："散吧，散啦，散吧。"麻秋来的眼光追着那个胖女人，嘴里喃喃着，一边抱起多金赶上前去，那管理人员手臂一横，说："拿着你的牌子再走。"由于脸对着脸，这句话吓了麻秋来一大跳，比他更受惊吓的是麻多金，他刚才还沉浸在他父亲为他做的美梦里睡足了觉，被这个粗暴的车站管理人员一声吼惊醒了，醒后比哭声先出来的，是一泡热乎乎的尿。这泡尿非常合时宜地从托着他的麻秋来手里胳膊上流下来，经由麻秋来的胳膊肘和腰部流到腿上，有几股小流不听话地肆意妄为，竟然直接从手部落下，哗啦啦一通好

119

雨，可惜下在火车站里面和管理人员脸前边，这个可敬的管理人员伸出右手食指，朝着尚对着远去的胖女人无限向往的麻秋来指了几下，最后咬着牙放下，只说："拿了你的牌子，走人。"

麻秋来一边给麻多金冲奶粉，一边自责地对着睁着眼看着屋顶的儿子说："都是爸爸没用，爸爸是个猪脑子，你说火车站有什么奶娘，火车站有奶娘也是远处的奶娘，能给我们解了围么？不能再说就是全世界都是奶娘，爸爸不去问人家，人家赶着脚呢，也顾不上看咱们的牌子呀。儿子呀，多金呀，你得好好的，吃啥也得长得好好的，先吃着奶粉，让爸爸给你找奶娘，爸爸明天去汽车站，坐汽车的才是近处的，近处的奶娘才好使。儿子呀，听话，听爸爸的话，你妈妈……"麻秋来正要说你妈妈死了，但一下子想到花小朵死时的情景，竟然惊起一身汗，自责地想：你真是个猪脑子，怎么这样想呢，要让多金知道自己妈妈死时这个样子，会怎么想？你安的什么心呀你……

麻秋来还想骂自己几句，但没张得开嘴，头一歪，趴在多金旁边睡着了。

夜里麻多金把麻秋来哭醒，麻秋来摸一把放在床头的奶瓶，冲好的奶早凉了，虽说是夏天，但喝这么凉的奶也要闹肚子。自责再一次把麻秋来的心揪得生疼，麻秋来起身，摇摇暖瓶，暖瓶里发出轰轰几声空荡荡的响，麻秋来不敢耽搁，快手快脚地到院子水管装了水，放在煤气炉上烧。屋里麻多金响亮的哭声将院子里的人惊醒了，实在沉不住气的老铁披衣出来，对着炉子前的麻秋来又像是对着他们各自想象中的不满说："不是我们说呀，各人明天都得干活，睡不着觉哪成啊，谁也不是铁打的。"

麻秋来没说话，背着不满的众人专心烧水，好半天水才顶着壶盖撒起欢儿来。麻秋来拿来搪瓷缸子和大铁碗，来回倒。一边倒心里一边委屈，到最后一面往奶瓶里冲，一面流出泪来，他心想：谁还想让自己儿子哭，谁不想让自己儿子笑？他将奶瓶塞到麻多金嘴里，看着麻多金吸得滋滋有声，泪流得更欢起来，苦命的儿子啊，吃奶粉还吃得这么香，你知道啥香啊，奶才香，娘的奶才香。想到这儿，他轻轻地对麻多金说："好儿子，明天爸爸早起，给你找奶娘，你放心吧，找不着可心的奶娘，爸爸，爸爸对不起你妈呀！"麻秋来一时难受得要命，说不出话来。看着麻多金吃完头一歪又睡着了，麻秋来轻轻为儿子擦去嘴角的奶渍，换了个尿布，端详着麻多金的脸，直到天麻麻亮。

麻秋来洗洗脸，也给儿子擦了擦，又冲了瓶奶，看着儿子美美地喝完，才再冲好一瓶，往旧上衣里面一卷，抱着多金，拖着牌子，又出了门。

汽车站比火车站近，人更多，四周是几个大商场。两边店铺几乎要通过车来车往抄起手来，各种行当，各色人等应有尽有，人多车多，带得路上灰尘扑面而起，麻秋来怕呛着多金，赶紧退到站旁几辆卖切菠萝块和哈密瓜块的三轮车后面，一面竖起拖着的牌子，一面小心查看着怀里的多金。

切菠萝的几个妇女倒是热心人，看后面来了抱着孩子的麻秋来，仿佛已经在心里知道了他的不容易。没顾客时先是回过头来友善地打量他，后来干脆走过来，一面与麻秋来搭着话一面拿手轻轻地触孩子的脸，这让麻秋来感觉自己心里，还有块这么柔软的地方。

这种柔软，让麻秋来感觉自己和切菠萝的妇女是一类人，是自己人。几句话下来，麻秋来对她们，像是一个迷了路的弟弟猛然看到村口老槐树下伸长了脖子张望的姐姐。说着说着，几度语塞。他的语塞让姐姐们心酸落泪，她们抹着泪，对麻秋米表示最朴实的同情和祝福，但一有顾客来，这种同情和祝福就被无情地打断和抹杀了，让麻秋来既迷茫又有些尴尬。这样几次三番，让他感觉自己像个说书唱戏赚铜钱的瞎子，磨破了嘴皮赚的不过是几个可有可无又不可缺少的铜钱，这些铜钱扔在地上，铛铛作响，但揣在怀里，又没它应有的分量。那几个切菠萝的妇女呢，这时候也不像个盼弟弟归的姐姐了，仿佛舞台上一人分饰多角的演员，忙来忙去，费尽表情，只为完成导演强加给的角色罢了。

想到这里，麻秋来往旁边挪了挪，离得她们远了些。

麻秋来搂着麻多金，瞅着脚底下起了皮的柏油路出神儿。他突然想起他小时候在麻庄东边的水渠里摸鱼的事。水渠里草多蛇也多，冷不丁就摸到哪一根，摸到了心下先是一喜，以为要逮条鳝鱼，谁知抓下来没看到尾巴先看到有红花纹的头。麻庄的女人们说，人怕蛇，蛇也是怕人的，见到一次人就蜕一次皮，托生一次哩。麻秋来想，自己小时候不知道让多少生灵又脱生了呢。这样想着，麻多金撒在地上的尿曲里拐弯地蛇行起来，惊得他一下子醒了。

抬起头来的麻秋来于是就瞧见了站在他面前的小文。

当然，小文说自己叫小文，小文还说自己就住在火车站后面的出租房的高层里，是被一个比她大二十多岁的男人拐出来的。还说听同屋在火车站卖小吃的嫂子说起有人在火车站为孩子找奶娘，说自己的孩子生下来没几天就死了，男人看孩子死了扔下她跑了。说起这些小文开始哭，一直哭到麻秋来的出租房，任麻秋来怎么劝也劝不住。小文的脸很胖，有些像死前的花小朵，但颜色却黑多了，让麻秋来想起了小时候吃过的高粱面窝窝，那窝窝……麻秋来来不及多想，因为麻多金已经开始哭了，不过这次哭声在麻秋来听来像是知道自己找到了奶娘在撒欢儿。找到了奶娘，麻秋来自然高兴，晚饭就收拾得像模像样。心说怎么也是小文到他家的第一顿饭，再穷也得讲究个礼数吧。饭后收拾碗筷的麻秋来吹着小调，斜眼看着给儿子喂奶的奶娘，心说：儿子呀，当爹的总算对得起你了，对得起你了。

　　当然，对于麻秋来来说，不是找到奶娘就万事大吉，一点遗憾没有了。白天的一些话缠在心里，现在终于平躺下身子，闭上眼睛，能理一理。第一就是这个小文，不像城里人，当然，一口普通话说得很好，举止倒城里人得很。但她说是被拐出来的，这句话让麻秋来怀疑她是农村的——城里怎么有这么笨的哩？想到这一层，麻秋来竟然有立即站起来撵她出去的冲动—— 我找的是城里的奶娘，不是你这种来历不明的村姑。但一想到麻多金吃奶的欢气样儿，这股心劲立时就消了。第二他怕这个奶娘狮子大开口，因为来了大半天了，她丝毫不提报酬的事儿，这让麻秋来心里没底。这也是更加断定她不是城里人的依据——城里人寅是寅卯是卯，一分钱的工一分钱的利，两不亏欠，不拖泥带水。这更是麻秋来咬着牙也要给他儿子找个城里奶娘的初衷，这马虎不得。奶娘一来，麻秋来就在屋里拉了个帘子，小文与麻多金靠在里面的床上，麻秋来睡门后的纸壳子。油布门沾了风呼呼嗒嗒地响着把外面的月光扇进来许多，与小文均匀的呼吸一起将麻秋来的夜搅得很乱。这时他突然想，如果小文开口要钱，他有多少工钱给她？如果到时候她嫌报酬少不干了怎么办？麻秋来翻个身，摸摸贴身的口袋，心虚得喘不过气来。他决定，明天就算去背死尸，也要赚到钱，有钱就有奶娘，就不用回麻庄，不用再长出那天离开时甩掉的尾巴。他暗暗咬了会儿牙睡着了。

这年头，只要肯扑下身子不惜力气，一份活计总比奶娘好找。蹿了不到半天，麻秋来就决定在一家钢材场干了。搬运钢材固然费劲，但老板说的实在，一天一结工钱，活好了还有提成。这让麻秋来心里要开出花来——只要肯多下力气，他不怕干不了两个人的活儿。事实证明老板是个干脆人，一天下来不但给他结足了工钱，还对他说如果有朋友想来干明天一起带过来。麻秋来拿着钱刚要道谢，老板一摆手说："甭谢，现在经济好了，人不好找啦，你刚来不知道底细，三五天后不跟我吹胡子瞪眼就够好啦。"麻秋来冲他笑笑走出钢材场，沿途买了两只猪蹄急匆匆往回赶。

早晨出来时，他找老铁嫂子盯着点，怕小文那边出什么意外。结果赶回来一看，小文已经做完饭了，一个炒菠菜，一个炖茄子，菠菜带着红嘴儿茄子去了皮，这又让麻秋来怀疑她本来真是城里人——农村做饭不是这个做法。麻秋来站在折叠桌子前冲小文笑

124

笑，小文说："甭笑，这顿饭是她出的钱，待会儿他还得补给她。"说到这儿小文低下头，麻秋来知道，她是想说说工钱的事儿了，于是把当天的工钱拿出来交给小文，说："这是我一天的工钱，都给你，只要饿不着孩子，凡事都由着你。"小文接过钱好像出了会儿神儿，那模样在麻秋来看来她对他说的话是满意的，也许——当然，别的，麻秋来不敢多想也来不及想。老铁过来叫他喝一盅，他以为老铁嫂子有话跟他说，放下筷子让小文多吃点就过去了。一进屋，老铁嫂子就摆着饭对他说："哎呀，秋来呀，你这是哪辈子修的福分，这样的奶娘找得值，这一天哪，把你屋里的东西，除了多金这个不能洗的都洗了。叫她停下歇会儿都不肯，一天里里外外的没停手。怎么样，人家要求也很高吧？是不是你早应下人家了？"老铁嫂子边说边做了个点钱的动作。老铁嫂子这样一说麻秋来心里更踏实了。老铁见麻秋来坐下，凑过来说："那晚的事儿，别往心里去呀，活累呀，睡不好就瘫了。"麻秋来笑笑说："哪能呢，多亏你们照应啊。"老铁说："你不往心里去，最好。唉，也是，你怎么会往心里去呢，都是一庄人；再说看着你长的呢，谁不了解谁？是不是？"麻庄是麻秋来最不愿提起的事，不过，他得硬支着耳朵听着。老铁又说："秋来呀，是这么个事儿啊，小朵她娘，你丈母娘啊，从湖北回来啦，在家烧得眼疼，在湖北又想得心疼，横竖都是个疼啊。"末了又握着麻秋来的手说："想外孙哪！非要连夜赶来看看你们，不放心你们哪！"一句话说得麻秋来鼻子酸起来，眼湿得挂不住，急忙把头低下去，说："我明天去接她老人家。"老铁说："不用你接，她跟小朵她表哥来，明儿十一点到车站，噢，十一点左右啊，反正车从来没准过。别怨她，烧眼就烧心哪，都要人命。"
麻秋来说："怎么会怨呢，就冲她不嫌弃我，我也当亲娘养她敬她，
对小朵，也是个交代。"

第二天麻秋来起来亲了亲儿子，嘱咐小文少干点多吃点，先到
钢材场干了会儿活，看天不早了就赶去车站。麻秋来还没进站门，
远远就看见花小朵的母亲、他的岳母扶着车门艰难地下车，他快步
跑过去接下来，花小朵的母亲就握着他的手再也不肯松开了，边哭
边说自己老糊涂了，说："我这么大年纪了还能活几天哩，不好生
看着孩子还往别处挣命去，真是老糊涂了啊，秋来呀，你可别怪我
呀，娘真是老糊涂了，怎么对得起小朵呀！"麻秋来再三劝慰，老
人家才止住哭声说："快，快去看看多金吧！"

不过，她再也看不到多金了。

麻秋来对着空空的屋子，像被抽去了脚筋一样瘫倒在地上。

很久很久以后的一个傍晚，麻秋来搀着老人在麻庄口下了车，
夕阳打在他们佝偻的身上，影子软软地粘在他们身下，像两条巨型
的尾巴。

折翅的老根儿

老根儿从部队转业了。

我娘赵二芳来了精神。

她下定决心，拼了老命要撮合我们，一来她认为让自己的闺女嫁这么个浓眉大眼、身板绷直、走过路见过世面的退伍兵，是件很有面子的事；二来这桩亲事挺划算的，因为老根儿回来前，其双亲已经下世，这样我嫁了他，赵二芳就可以多出半个、也许是一整个儿子。所以，赵二芳经常叫老根儿来我们家吃饭，有时候她自己去叫，有时候打发我或弟弟陈麦苗去。老根儿倒是一叫即到，到了后规规矩矩坐上小板凳，小心谨慎，有板有眼地吃饭。这样过了一年多，依照赵二芳的意思，老根儿就该托个媒人说媒了。但一直没有。赵二芳恨恨地对她的好朋友、邻家成三婶儿说："麦根成了'炼钢英雄'，不待见我们家麦穗儿了。"

说以上话时赵二芳无限悲哀，我猜她悲哀不只是因为老根儿"不认识"我了，而是因为她在心里度量了她女儿与一个"炼钢英雄"的距离。当然，这个距离不是他家到我家的一步之遥，而是看不见摸不着却又在她的心眼儿里的十万八千里。她据此认为她的女儿完了，像一个弃妇，从大好光明一下子坠进黑暗里。好在这个"黑暗"是渐进的，如若不然，依赵二芳的脾气，一定会喊着嚷着到老根儿家房楣框上上吊。但我却很开心，因为和赵二芳度量老根儿与我的距离后否定了我一样，打先起老根儿在我眼里就一无是处。

　　老根儿怎么成了炼钢英雄的我倒忘了。反正他成了"炼钢英雄"后，整天与陈艳花、陈艳玲、陈小珍在一起，不大和我说话了，也彻底不再来我家了。因为一炼铁，各家的锅啊盆的，凡是沾了钢的铁的，几乎都拿去炼成了一团又一团黑乎乎的"牛粪"，都吃大锅饭了，赵二芳再找不出理由让老根儿来我家了。赵二芳很着急，她不好意思托别人问，就自己去问，问完了回家将门哐当一声甩上，趴在炕上哭。我问咋了，赵二芳说："还能咋，麦根不要你了，你没人要了！""啊哈，呜——"我一边外往走，一边拿眼斜她一下，"你哭吧，如果你哭一哭老根儿就来娶我，那你哭死，我们就幸福死了。你再到大队部哭哭、到地里哭哭、到会上哭哭，咱们高粱粒子比球大、半年赶英超美、提早进入共产主义了。那不但我们向阳大队，整个县，全国人民都得感谢你。将你的照片弄个框子，挂在墙上，冲你背语录。"

　　赵二芳闻言顾不得哭，跳起来捂着我的嘴将我搋到墙上，说："死妮子，你不要命啦。"我打开她的手："反正不是不要命，就是不要脸。"

128

哼！他不要我，自然有别人要，连后街上麻脸歪嘴的大麦娘都有大麦爹要，我就没人要了？

我甩开赵二芳，步出家门。我在外边逛荡一圈，晚间回到家，看到赵二芳坐在灯影儿里黯然神伤。我说："行啦，行啦，别点眼了，我去问老根儿，他是不是不要我了，他不要，有人要！"赵二芳看我真要出去，在后面一边追一边喊："哪儿去，别出去丢人现眼了，人家不要你啦。"

我往东走，一会儿就走到大炼钢铁的炉院，老根儿正在同陈小珍说话，我拢起嘴，大声喊："老根儿，过来，我有话问你。"老根儿朝我这儿看了看，又跟陈小珍说了些什么，而后朝我走来。我拉着他胳膊出了院门，一直拉到牛棚南边儿。我问他："老根儿，你为什么不要我？"老根儿先是一惊，然后眯起眼，朝远处看。我推了他一把，说："你为什么不要我？我有什么不好？再说，你在我们家吃了那么长时间饭，那么多饭，要喂了狗还能转圈儿咬个尾巴尖儿呢。"老根儿低下头，看着脚尖："不是我不要你——"我说："你是不是嫌我长得不好看，不如陈小珍脸白？"老根儿红了脸说："不，不是。"我说："不是就好，模样嘛，其实一厘一厘（渐渐）地就看顺眼了。"老根儿说："不是，不是。"我说："好啊，不是就好，走。"我重新拉起他："走，到我家跟我娘说去，就说你愿意娶我，要不就说不是你不要我，是我不喜地跟你。"老根儿被我拽着，一路上踉踉跄跄地走到我们门口。老根儿说："我不能进去。"我问他为啥，老根儿说："我不娶你，也不娶陈小珍，我是'炼钢英雄''种田能手''养牛先锋（忘了，老根儿早已不在家住了，住牛

129

棚，养着队里的牛马）'，我不想娶媳妇，娶了媳妇拖后腿，让我啥也干不成。"

后来老根儿怎么走的我忘了。我只站在原地，眼朝前看着，什么也看了，什么也没看，直到赵二芳冲过来将我拽回家去。

第二天傍晚，老根儿来我家，放下了一只绿色的军用水壶，说谢谢我们一家对他的照顾。

老根儿没答应我，我却看上他了。具体怎么看上的不知道，只知道想起他那天眯着眼看远方的模样，低着头看脚尖的神态，还有在我们家门口说话时扯着衣下角的手——我很愿意想这些。想这些时我不再同赵二芳打嘴官司了，我自己一个人，有时候靠在屋山墙上，有时候是在地里干活，但更多的时候，是在夜里。夜里我挨着赵二芳睡，我一想老根儿，就翻来覆去睡不着，妨碍了赵二芳睡觉，她不满地嚷嚷："人家都说，睡如泰山出娘子，好啦，好啦，怪不得老根儿（她自从知道老根儿不要我，就不给他叫麦根了，而和队里年轻人一样，叫他老根儿）不要你，整夜整夜折腾，你生了疥疮么？"但不管赵二芳怎么嚷，我就是睡不着。

又过了段时间，赵二芳在晚饭时神采飞扬地说："陈小珍她娘不知道自己扒了几碗干饭，托人给闺女说老根儿，又被老根儿回了。"我看着赵二芳幸灾乐祸的样子，心里突然很难过，低头吃饭不作声。赵二芳说："穗儿，你该欢气呀，他不要你，我还感觉亏了他在咱家吃的那些饭。想不到他连小珍都不要，唉，小珍多俊呀！他呀，八成是有毛病，幸亏咱没跟他。"我说："你少说几句吧，你肯定还惦记着人家，要不，你不会说'又被老根儿回了'，回了就回了吧，还'又'。"赵二芳朝我翻了翻眼，没说话。

赵二芳肯定是对我的话介了意，没过三天，她就对我说让我跟陈生梁。陈生梁是大队书记陈生银的弟弟，赵二芳一定认为很不错。但我看不上陈生梁，倒不是陈生梁哪儿不好，而是我心里已经有了老根儿，看别人难免就鼻子不是鼻子、脸不是脸了。但老根儿连陈小珍都不要。唉，没办法，嫁就嫁吧。

陈生梁给我扯了身新衣裳，买了两副扎辫子的红头绳儿，给赵二芳买了四封点心，我们就到公社登了记，瞅了个日子陈生梁把我领了过去，背了语录，吃了喜糖，我就是陈生梁的媳妇了。

那天晚上，陈生梁先脱光了钻进被窝，说："媳妇，快进来。"我说："我不困，我还得纳会儿鞋底，还得堵鸡（关鸡窝门）。"陈生梁说："做媳妇还纳鞋底？做媳妇三天不干活，要不以后没好日子过，再说我们家没鸡窝。"我没话说，只得上炕，但坚持不脱衣裳。陈生梁说："脱"。我说："不脱，我怕冷。"陈生梁说："不冷，我暖和好了。"我说："暖和好了也冷。"我坐着不动。陈生梁说："哼，别装了，你是想着老根儿呢，一天了，眼珠子在人家身上拿不下来。"我说："你放屁。"陈生梁说："谁撒谎谁才放屁，你以为我不知道啊，老根儿找俺哥汇报思想了，说终身不娶，为实现共产主义奋斗终生，不想有别的拖累。你不也问过他嘛，他不要你，他谁也不要。"

我说："陈生梁，你是个私孩子。"陈生梁说："私孩子也比傻子强，放着大闺女不要。"

在街上遇上老根儿，我拉他到一边，问他："你为啥把我问你的话说给别人？"老根儿一下子耷拉下脑袋，但也就片刻工夫又抬起头，咬着牙，左腮边的咀嚼肌绷起，说："他怎么能跟别人说？还有没有原则！"我说，他没对别人说，他是说给他亲弟弟！

我说："老根儿你傻呀，他到处卖你，你还给他干得一股子劲。"老根儿想了想，抬起头看着我，认真地说："我不傻，我不是给他干活，我是给人民干，给党干。他也没到处卖我，他只是说给了他亲弟弟。"

我一甩手，走开了。

回到家陈生梁问我是不是同老根儿说话了，我说："说了，怎么着？我出门还不兴同别人拉个话了，什么社会了，社会主义，共产党的天下，新时代了，你还讲封建社会三从四德那套不成你？你小心我去告你，想复辟吧你是？"陈生梁说："没有，没有，我也就问问。"我说："问你也别问，我睡都跟你睡了，还能怎么样？"陈生梁嘿嘿地笑了笑说："睡觉，睡觉。"

一连好几个月，晚上我都把陈生梁想成老根儿。陈生梁不知道，以为我回心转意和他好了，满心高兴，干什么都一身是劲，回来对我也好。过了几年，他哥帮他在县城招了工，过了几年，我也来县城了。我们都上了夜校，先后考了大学。后来他分到供销社，我分到文化馆，我们俩有声有色地过起了日子。当然，这是后话。

我知道，好多人看着我，盼着我们出点什么事儿。我们大队已经好多年没花花事儿了，他们等不及了。唉，我倒想出呢，但我知道老根儿不给我机会。等来等去，我比那些人先失去了耐心。

收了心，自然觉得陈生梁好了。我把那个军用水壶收起来，不想再用再看见了。陈生梁反而又将它翻出来，说："用着，这么好的东

132

西，不用多可惜。再说，你不用了，倒显得我小气了，好像我容不了这物件一样。"我知道他说的是真话，竟然感动了，于是天天用着。

那些天，每次路过牛棚，我都有意无意地往里看看，看看老根儿在干什么，或者他在不在那儿。有时候看他握着铁锨在里头忙着，感觉他真是傻透了，有时候看不着他，又感觉心里头没着没落的。

那年秋天，陈生梁到了城里当了公家人，每月往家挣工资。我的脸上很有光，当然，比我脸上更有光的，是赵二芳，她甚至有次对着一群人嚷："俺麦穗儿亏了没跟老根儿，看，生梁多出息，成了公家人了，俺麦穗儿成了公家人的太太了。"她朝老根儿的牛棚努了努嘴道："人哪，命啊，人不能跟命争。"

赵二芳话音未落，看到倚在麦秸垛上的人一个个站了起来，老根儿推着辆洋车子从远处走了过来，胸前挂着大红花。

有人就说："老根儿真受奖了，看来是，我早听说了，这车子是县里奖的，县里奖到公社，公社再奖给他的。"又有人说："哎呀，人早就说了，老根儿要到县里当公家人了。嘘，那年陈生梁的名额，就该是老根儿的，可人家不是有书记哥哥嘛！"

看老根儿走近了，都围上去，七嘴八舌，说人，也说车子。有人先就看出来，喊道："凤凰牌的！真的，凤凰牌的，错不了。看，大梁上还画着金凤凰哩！"

有人就接上茬儿："老根儿啊，你就是这只凤凰哩，要飞啦。"

赵二芳晚上来我家酸酸地对我说："麦穗儿啊，命啊，人不能和命争。麦根那孩子是命好哩，他知道自己的命，所以连陈小珍也不要，人家要去找个公家闺女哩。"

我心里真不是滋味。

据说，老根儿的调动通知很快就会下来。

北刘村的书记捎信来，说陈生梁让我去镇上老郭处取包裹。我去找陈生银。陈生银说："正好，让老根儿和你去，骑上他的新车子，顺便把红糖买出来，一会儿让你嫂子拿糖票。"

回到家，我的心一个劲儿跳。想到坐在老根儿的凤凰车座上，既激动，又忐忑，又怕从此落下闲话。但想到是陈生银让他跟我去的，就坦然多了。

第二天一大早，我起来洗脸，打扮，直到感觉头齐脚齐的，才出门。老根儿已经在路边等我了。他站得笔直，脸并不对着我们家的方向，凤凰牌自行车和他人一样，直挺挺、明晃晃地耸立在路边。看我出来，他扶起自行车把，用脚蹬开后撑，推起车子说："坐上吧。"我说："不用，你先骑上，走起来，我自己能跳上去。"老根儿没说话，蹁腿上去，将车蹬起来，我紧追几步，跳上去，说："老根儿你多加小心，我要往里坐坐。"我知道老根儿攥紧了车把，便用手撑着车架，将屁股坐正了。车子还是晃了几下。

老根儿蹬着崭新的凤凰牌自行车，虎虎生风，让我感觉老根儿真要变成只凤凰飞起来，那我，就是他灿烂漂亮的长羽毛。但想起我娘赵二芳那晚对我说的话，我的心一下子沉下去，再也高兴不起来了。

我盼着老根儿能主动跟我说句话，说什么都行，实在无话，也可以说天气很好啥的。可他啥也没说，只是在前边一个劲儿蹬车，车在崎岖的土路上颠簸，车后架的铁杆子硌得我屁股生疼，我怀疑是老根儿故意整我。不过又想不会吧，我总是没惹到他，想跟他总不是害他吧。风从前边刮来，里面掺杂着老根儿的味道，让我心跳得更厉害了。

待取了东西，买了红糖往回走，老根儿还是不说话。走到快半路的时候，我越想越不甘心，总感觉老根儿应该对我说点什么。我想，他怎么不问问我开不开心，问问陈生梁对我好不好等，我想我一定说很好，陈生梁对我很好，生活很好，一切很好。可他还是啥也不说。这让我感觉他越来越比陈生梁好，我一切骄傲都比不上他的沉默。我比他未来要娶的公家闺女，寒碜不知多少倍。而老根儿，只在前边呼呼地喘气蹬车。

我问：

"老根儿，你要调到县城当公家人么？"

老根儿：

"听生银书记说过，调动通知还没来。"

我：

"调到城里，你高兴么，盼么？"

老根儿：

"说不清楚。"

我：

"咋会说不清楚呢？都说你这个看不上，那个看不上，是算准了自己会找个公家闺女呢。"

老根儿：

"没有。"

我感觉这样绕来绕去，永绕不到我想说的话上，所以索性敞开门问：

"老根儿，我心里有过你，你心里有我么？"

老根儿不吭声。

我捅了捅他后腰：

"你说话呀。"

老根儿依旧不吭声。

我说："老根儿，你再不说话，我就不跟你往前走了，我自己走回去，我就说你嫌沉，扔了我跑了。"我猜我这样说他一定着急。我等了会子，他还是不说话。我没招儿了——本来，我也不是有招的人。

北刘村快到了，我知道过了北刘村，很快也就到家了，我可能再不会和老根儿有这样独处的机会了。其实我没有很复杂的想法，我就是很想这样坐在老根儿后面，一直走下去。

老根儿不说话，我虽确信他心里有过我，但气他不说话，不把我的话当话。又想到他很快就成公家人，找公家闺女，我的心都快碎了。我难受得不知怎么办好。想哭，又想骂人，想把老根儿痛打一顿。

到了北刘村旁的五干渠桥时，老根儿停了车，撑好车子，到五干渠桥底下小解。我站在当处，看着不远处我们村，绝望的泪珠在眼眶里打转。

老根儿——

我心里叫着。

就在老根儿扎腰的时候，我呼呼跑下桥到他身后，二话不说把手伸进他的裤子里——

一瞬间，老根儿在我手心里忽地坚挺起来，然后又以同样的速度软下去，弄得我一手精湿。老根儿喘着气，将自己从我怀里手里拽开去。

我刚爬上桥面，老根儿已经拽着裤腰跑出去老远，我骑上车去追他，直追到村口，我喊不住他，看着他穿过村道，钻进牛棚，我把车子停在他门口，回了家。

第二天、第三天、第四天，一连好多天，我都没见到老根儿。我为自己做的事后悔。我以一个过来人的不尊重侵犯了老根儿的纯真，我后悔不迭，盼着能有机会弥补。

可一直没见到老根儿，又一天，陈生银过来问我，说："是不是老根儿到镇上见了什么人，知道他调不成了，或者遇到了什么事儿？"我心里一惊，说："没有啊。那天办完事就回了，快得很，顺得很。"陈生银应着道："噢，噢。那咋回事儿，老根儿这几天不吃不喝，不走不说，和傻了一样。今日我去镇上，听说调动名额下来了，我准备给他说说去，再这样下去，还怎么去县城上班。"

不知陈生银怎么问的，反正老根儿没去县城，没去当公家人，当然也没找公家闺女。后来我却稀里糊涂地到了县城，成了公家人，和陈生梁团聚了。对这些，我啥也不敢问。

但我心里有事儿。见到村里或邻村来的人，我就拐弯抹角地打听老根儿，有时候人家说："还是那样，没神了。"也有时候说："不知道，没怎么听说。"

又一次，陈生银来县城办事，在我家住下。我倒没问，他与陈生梁喝着酒说："在村里我没敢说，我看哪，八成是中了邪了，萎萎缩缩了几个月。唉，死前对我说，一定把他埋到五干渠桥底下，你说，这哪儿是埋人的地方？"

137

重点怀疑对象

我伸个懒腰，坐起，摸索着披上睡衣，转身将两腿奔拉下床沿，闭着眼一只只挑起拖鞋，看似我一天的生活就这样开始了。

到这儿为止，还是一个极其普通的早晨。

老马嫂子一早牵着狗经过，嗒嗒嗒有节奏地喋着舌头，招呼她的狗跟得她紧些，一边抽出点空子，大声吆喝食堂资格最老的师傅张大柱一定给她留两根炸得最酥最脆的馃子。李国华和他老婆在厂宿舍空地上练剑也有一会子了，老朱像往常一样在边上大喊："跳，再跳，你们这大神，跳得越来越花哨了。"矗立在厂办的大落地钟也嗡嗡地敲过七下，把比我更懒的人也给唤了起来。照往常的样子，我穿戴好后会先洗刷，然后到厂食堂吃两个包子喝一碗小米稀饭，再然后到厂办提上壶，一面哼着《我只在乎你》，一面去水房装满水提到办公室。相对于工资来讲，我的工作相对轻松。甭说我，就是让个五岁孩子，也能有惊无险地完成，没准儿比我干得还认真还好。所以，除了偶尔有些郁闷外，我对现在的生活比较感恩，一个农家孩子，能来到这个据说效益很好的厂领份工资，做个城里人，虽然这里离城里比我们家离城里还远。我的意思是说尽管这样，到这时候我还是会过得相当不错的——如果不是接下来发生的事。

我刚把最后一只拖鞋挑在脚上，还没来得及下床在衣架上取下衣服，我的门就咣啷一声被踹开了。真的，我根本没有反应的时间，等我意识到还没穿上衣服，他们已经半是拉半是架着我到了我们厂最北边的一间库房。这个库房我来过，我偶尔会过来帮保管老孟找一些较细碎的东西，老孟眼神儿不好，厂长怕他在车间里不安全才让他来管仓库。前几天我来时见这个库房角落里堆着些叫什么稀什么酸的化学粉末，一袋袋的，像成垛的面粉。别的除了墙角的蛛网和几道地上老鼠和人经过的痕迹，便什么也没有了。可今天库房里除了两张排在一起的长三抽桌和几个桌子后面的木椅子，还有个小马扎，扔在紧靠粉末袋子处。

他们将我拉进来，把我扔到粉末袋子边的水泥地上，我像旁边的小马扎一样斜歪在地上，闹不清为什么会受这样的待遇。还好，我有嘴，我双臂围抱着上身蹲下来。我听到我自己说：我犯什么错误了，你们怎么敢这样对我？同时我又想起这样的话在来库房的路上我已经问过无数次了。他们没有一个人说话。他们铁灰着脸，再一次把我推在地上，咣当一声锁了门。

我蜷缩在角落里，一会儿便冷得瑟瑟发抖。如果说刚才我还心存疑窦，还在过滤自从来这个厂里后的一言一行，想找到受这种待遇的根源的话，那么，过了一天多后我就基本急疯了。

我在的这个地方极其偏僻，不能说是兔子不拉屎的地方吧，但来了七八年时间，在这里见过的陌生人屈指可数。这种情况当然不包括和我同一时间来这里上班的财务刘小果，之所以不叫他会计或出纳，而叫刘财务，是因为刘财务既是出纳又是会计，弄得人们感觉只用一种称呼就是看低了他。当然，这样的尊崇之下，他会很累——我们经常看见他办公室十二点钟还亮着灯，我们是怀着崇敬和感恩的心情看这扇窗子的，如果他好多天都不亮一次灯，那我们的工资和奖金准得拖了再拖。每次他叫着我们的名字，财大气粗地将钱递到我们手上，我们都会在那刻弯下腰来，不住地对他说：谢谢，谢谢。并且从不当着他的面将钱再数一遍，尽管他桌子上放着个"现金当面点清"的字牌。我们领到钱，拿回自己宿舍，指头上沾上唾沫，对照记忆里工资表上的数额数了又数，还好并没有错。我将其中的大部分拿回家里，留下一百块买日常洗化，当然，我如果买衣服和鞋子什么的，可以另向父母申请，因为我们家穷。我还有个哥哥，我的哥哥还没寻到媳妇，连我都已经过了待嫁的年纪，从我父母对哥哥的操心和他自己心急火燎的急迫中就可想而知了。所以，一切得省着，一分钱掰成两半花根本不能描述我对金钱的态度与渴望。

刘财务就这样干了七年多财务，赢得了上下一致好评，副厂长王树荣甚至想把他的外甥女说给他，王树荣的外甥女据说还是大专生，只是学校差了那么一点点。但他这个计划没实现，因为刘小果的祖父打听到，王树荣的外甥女尖嘴猴腮，眼窝牙突，一副贫苦的克夫相。王树荣对刘小果说时脸冲着天，平日里甩麻将的胖手抹着头发，俨然一副救世主的架势。因为我们地处偏远，青年人的对象问题历来是令人头疼的。但是刘小果并没有如他说的那样——只瞅了一眼就爱上了他的外甥女，刘小果的理由是：人，不能只为了自己，再艰难也要认真考虑家人和下一代。说到这里有必要交代一下，刘小果的祖父是个神汉，老头子曾在我们来上班的第二天造访了我们厂，他兴冲冲而来，像个巡视疆土的皇帝，一进大门就双腿叉得与肩平，一手拄着拐棍，一手扬起，对着我们厂区指点江山。嘴里从念念有词到滔滔不绝，从一进来看到的厂办门口处的两棵大桑树说到最后一间库房，也就是后来关我的那一间。老头子越说越来劲，不停地走来走去，拿步子丈量着从这儿到那儿的距离，竖起拇指，揣摸从树尖到厂长办公室的高度，老头子告诉我们厂里人，说我们厂长天主富贵，厂长办公室正是我们这一处风水的龙椅，没有我们厂长我们厂立马就得垮台，垮得比本·拉登的飞机撞的世贸大厦还快。站在旁边的刘小果几次想打断祖父都被厂长满是崇拜的眼神挡了回来。刘小果欲言又止，厂长听得有滋有味，至午饭前的时间里点了无数次头外加十几次拍手称赞。午饭时，老头子在我们厂食堂里足足扒了八碗烧得有点糊的红烧茄子，对我们一致十分痛恨的张大柱的手艺赞不绝口。我们厂长亲自端茶倒水，史无前例地对这个出于关心前来造访的职工隔辈家人表示了十二分的尊敬。

我们厂长是个称职的领导，除了平时有些夜郎自大、刚愎自用外尚未发现什么致命的缺点，平时与同在厂区的职工打成一片，年底为检查团又能穿起名牌西装，头发上打上发蜡，并且在午饭时一夫当关，将各个检查团的无数个领导喝到桌子底下去。有人说他贪污受贿，这和我们又有什么关系呢，不管他贪了多少受贿了多少，只要按时给我们发放工资，我们就很知足，过年过节再发点苹果、梨、油盐酱醋，我们就会像现在这样感恩戴德了。别看我们厂，噢，好多年前就改叫公司啦，但是我和厂里的老职工一样，习惯上叫厂，别看我们厂偏远，但效益很好，生产一种稀缺的化工原料，目前国内有生产能力和条件的只有三家，其他两家都在江南，并且所有产品均出口。这样一来，对于我们来说，还是卖方市场，卖方市场的厂长自然是很牛的。但我们厂长非常有数，牛在外头，一进厂门就和气起来，厂里的人都被他弄得心里热乎乎的，干活也就特别卖力，我们干活特别卖力厂里效益就特别好，效益特别好我们厂长在外头就更牛，回厂就更和气。他眯起眼睛，和职工开各种各样的玩笑，有莽撞的职工在开玩笑时还说过操他媳妇，他说完吓得一干人等鸦雀无声，但到最后还是厂长先哧哧地笑了，说："不怕夹死你？"我们厂长就是用这张笑脸招待了刘小果的祖父，让顶了一辈子高粱花子的老头子一下子沐浴到了和城里人一样的阳光雨露，一脸皱起的褶子告诉我们他此刻是何等的开心与荣耀。身心俱暖的老头子坐在桌前，一改指点江山的神情，坐在厂长跟前像汇报工作一样，一顿午饭的工夫就将他一生的重大事件和不太重大的事件都汇报了一遍。当然，他们这顿饭从中午十一点五十三分开始一直吃到晚间十点二十，其间我们厂长上过五次厕所，每一次我们都以为他一定不会回来了，可他却故意跟大家作对似的，每次都一边拉裤链，一边迈着四方步走回去，每次走进去都能给刘小果的祖父无数

142

的信心和荣耀，想要报答当然得将自己浑身的解数使出来。不过对刘小果的祖父来讲，能证明他一身本事的事件不是他一进厂门时指着那两棵树，说门前栽桑，总不是吉照；也不是他说的关于一切风水的话，比如他指着我们用了十几年的木圆桌，说这张桌子正摆在屋中心，周边无物，说明主家身世伶仃，又指着桌面上那圈模糊的金线说这倒是主金主贵的征兆。厂长显然对老头子言中了他的孤儿身份十分赞赏——实际上这个我们全县人都知道——这个赞赏一下子鼓励了他，使他突然想起了一些能足够使人信服的大事。因为厂长不但是嘴上赞同，他一边拉着裤链往里走，坐下后还小心翼翼地往油光满面的刘小果祖父杯里添茶水，这一举动让老头子思维更加清晰，口齿更加伶俐。厂长推心置腹地说出他感觉一生干得最好的一件事是帮助一个成分不好的职工家属平反，办得最不好的是前年一不小心将内裤穿反，被他老婆骂了三天三夜。厂长这样一说感动得刘老头无以言表，在飞速旋转着的脑细胞里一下子拣出一件已过去好多年的大事。他说他之所以今天能来我们厂，与我们厂长有了这个缘分，都归功于他三十多年前成功地阻止了刘小果的父亲也就是他的大儿子与赵银蝶的婚事。还说赵银蝶其实长得不赖，当时家景也很好，他坚决不接受赵银蝶当他儿媳妇的真实原因也不是因为她的放荡，而是他总结了几十年的从业经验，看出赵银蝶将来无了嗣。事实证明正如他所言，赵银蝶后来找了个吃皇粮的进了城，由于不能生儿育女被她的干部男人踹出家门而发疯。刘小果的祖父进一步解释，说近来在我们厂附近蹀躞的女疯子就是赵银蝶，还说刘小果回家一说他就知道是她了。刘小果有天晚上加班回宿舍晚了点，怕拉灯惊起同宿舍的门青山，便摸索着上了床，那天晚上刘小果刚刚伸出手去就被枕头上一团乱糟糟的头发吓得一跃而起。门青山在梦中拉亮了电灯，惊魂未定的刘小果发现他床上赤裸地躺着白天还在院墙外捉虱子的女疯子。这个女疯子四仰八叉地在他的床上呼呼大睡，棕黄色的小腹上赫然趴着只大蝴蝶。当时已进腊月，这景象让刘小果惊奇不已，同时发现的当然还有同宿舍的门青山，最后还是门青山反应快说只是一块记。但刘小果说那是因为他眼近视正好那天没戴眼镜。当他们确定疯子小腹部的蝴蝶是块胎记而不是真蝴蝶时，就用扫帚将她打起轰出去了。哄走后刘小果和门青山激动起来，关于女疯子身上女性特征的一切，他俩谈论到天亮。

刘小果的祖父就是这样告诉厂长的：小腹上有蝴蝶痣的女人不能娶。赵银蝶的小腹部就有蝴蝶痣。随后老头子讪笑了下补充道，他是通过赵银蝶眼角的一条细纹看出来的。他还告诉厂长，他当年成功地阻止了这场本不应该有的婚姻，才使得我们有了一名精干的财务，为此厂长还拉着刘小果祖父的手，说："真是个明慧的老人，您一定再吃一碗红烧茄子。"

本来他的造访中，有意义的事件就是这些，也就是说，这是他来造访行程中的高潮，但事实证明不是，他走后的一个动作和一句话使得我在他造访几年后被推到了风口浪尖。那就是他走时冷不丁在送他的人群中选定了我，并且盯了我一眼，还指着我说："赵银蝶年轻的时候很俊，和这孩子差不多。"我对天发誓我身上并没有蝴蝶痣，虽然我和赵银蝶一样到了该嫁的年纪仍然没有嫁出去。但对于一个二十七八岁的年轻女子来讲，他这一句话无疑宣判了我婚姻的死刑。那时我对刘小果已经有了那么些意思，所以，我劝自己一忍再忍，没有当面抛出半点不敬的言辞。我想，我要真嫁给了刘小果，就天天去气他，非气爆他的肺管子。

刘小果的祖父走后，刘小果对我郑重表示了歉意，说让我别当真，别人也不会当真的，还说新社会了不会有人对这套感兴趣。但他话还未落地，就公开同马真真好上了。我想如果不是他祖父这样说我，他说不定就真和我好上了。接下来，厂里人因刘老头此行给予我的异常关注让我感觉无比温暖：他们关注起我的婚姻大事，这令我无比高兴，我知道自己已过了待嫁的年龄，有人操心自然是好事。因为我虽然长得不坏，身材也饱满有致，但我们的厂子实在是太偏了，偏远的厂子和那些一年到头不变的脸面没有一天不在提醒我年华易逝、及早嫁人的真理。当然，我如果能分到个刘小果这样的差事，整天在银行和税务所之间跑来跑去，还能跟着厂长出去吃吃喝喝，其间能见到形形色色的男女的话也就好了，我的婚姻大事也许就不愁啦。可我只是个厂办烧水的，偶尔在主任武上海到别的办公室打扑克时接接电话，闲得实在难受还可以扫扫地、擦擦玻璃，再就是到同在一层的厂长办公室给他添个茶水。厂长办公室我一般不去，除非我拎着壶倒满暖瓶和主任的茶杯以及我自己的杯子后还有剩余的开水。我们这里是盐碱地，打不出地下淡水，附近又没有一条河经过，生活用水要用大水罐车跑二百多里拉回来。我就是在这部车上对小刘有了好感，才一步步掉进这个旋涡中去的，其实就算没有这趟差，我对刘小果的印象也不坏，虽然他文化没我高，长得也矮，但他干着我不可企及的工作，现实让我有了更加现

145

实的能力和耐心，使我知道了退而求其次的可行和必须。

在本厂解决个人问题未必是件坏事儿，一来我们厂效益可观，婚后不至于太捉襟见肘，和我们村的一些人似的累死累活也混不够一年的吃喝；二来一起工作有个照顾，也让家里的父母放心。这是我现在总结的，我那时从不爱这样唠唠叨叨地分析和诉说。那时我内心清静，生活单一，整天住小公室、宿舍、食堂和厕所之间游荡，手里不是拿块手纸就是提把水壶。但从那次之后，我发现自己对刘小果有了深深的好感：一路上水罐车狂奔中，刘小果的话也和车轮拨起的石粒尘土一样噼里啪啦地越转越多。他先是同我和司机谈起他的家人，当然，他的祖父就一语带过了，因为我们那时几乎和他一样熟悉他祖父。他又说起自己的父亲和母亲，他的母亲是上海来的知青，当年为了躲避劳动嫁给了当会计的他父亲，他的母亲弹得一手好琴，还鼓励他的父亲读夜大，而后考上了省里最好的大学。他说他父母一辈子没红过脸，待他的祖父母也极为孝顺，还现身说法，让刘小果也学着他们，到他们老时也这样孝顺他们。刘小果还告诉我们说他父母如果在天有灵的话一定希望他能就近找到人生伴侣。刘小果越说越多越起劲，让我越来越感觉到刘小果这是在暗示我什么。司机也非常合时宜地对刘小果说："那还等啥，远在天边，近在眼前哪。"刘小果看了看我，笑笑回过头去继续和司机说话。我的脸上却热了又热。我猜想刘小果回厂后一定会向我示爱，可是等了一个月也没有，但我并没有太多失望，因为刘小果常来找我聊天，有好几次还替我将水倒在暖瓶里，我也会到三楼他的办公室去。渐渐地我们几乎无话不谈，让我感觉颇得琴瑟之趣，直到他和马真真好上。

　　我没能嫁成刘小果，但我和刘小果的接近却一步步将我的关注度在刘小果祖父那一指后再一次迅速提升，我长得像赵银蝶的消息甚至传到了镇子上。有次我到镇子上买香皂，有个妇女老远就指着我说："看，这就是那个长得和赵银蝶一样的女人，小肚子上也有蝴蝶痣。"我想刘小果的祖父当天或许是喝得稀里糊涂的，说了这句纯属无心的话，说不定他指的都不是我——那时已经夜里十点多钟，外面已经黑漆漆一片，谁可看得清楚？可我为什么没有像其他人那样迅速跳离那死老头子所指的方向呢？那句话那天经那妇人演绎后变成了利刀，刮削着我的声誉和本来难有的美满婚姻。从那以后，我不但很难再在内心里为刘小果的祖父找到开脱的理由，就连刘小果本人，我也讨厌起来。我感觉他越长越像他祖父，站立时叉着腿，抬胳膊抬手时，一副指点江山的样子。在我对刘小果丧失了仅有的好感后，他再不来我们办公室，我也再不去三楼。直到他和马真真好上的那段时间，人们却以为我们真谈上了，只是碍着大伙的面子再不好意思紧着接近。这让我毫无办法——人们的感觉与事实总在背道而驰，越岔越远。

　　我和那个妇人并不认识，不然也不会对她的印象像现在一样，除了因掉了扣子露出粗黑的半个奶了和肚皮外，其他记忆荡然无存。我想如果能记得她的样子，我一定挨家挨户去找，将她从人堆里指认出来，我不指望人们会信了我的话，破除对我不吉祥的印象，但我内心里这口恶气，一定得出——为此我将不惜一切代价。在我被审问时我还提醒他们，我说被审问的不应该是我，而是那个

147

露着半个黑奶子的女人还有刘小果的祖父，他们闻言面面相觑，听我讲完缘由后哄堂大笑，我说："你们不要笑，要不是他们，我就会很容易地嫁出去，我将生儿育女，相夫教子，再不和刘小果有半点来往，你们自然也不会怀疑到我头上，还叫我什么重点怀疑对象。"真的，如果不是他们，我很可能会很快嫁出去。就算我嫁不着别人，也会嫁给刘小果，因为马真真后来将他甩了。他与马真真初次约会，就迫不及待地将手伸到马真真裤子里，吓得马真真大呼小叫也挡不住他，他熟练地解开马真真的扣子，手在马真真背后一扫，她的胸罩就开了——马真真说这是刘小果在跟厂长出去吃喝时在饭店小姐的身上练就的本事。

刘小果就这样失了恋。但我是不太嫌弃他的，男人大几岁没什么，而我也已经这么大了，又没有一点骄人的点缀。刘小果又有这样的好工作，找小姐又有什么，反正会报销的，也不花家里的钱，无所谓。我如果嫁了刘小果，他的这个大错就铸不成，因为我只需要过安安稳稳的日子，一定不允许他朝公款伸一次手。

想到这里，我对他们说："你们的笑证明不了什么，既证明不了我和刘小果到现在还好着，也证明不了我有嫌疑，也许应该被审问的是你们自己。是你们工作失误，才导致刘小果有机可乘，卷着款子跑了，和我又有什么关系，刘小果又没有将钱给我。"

我感觉自己有理有据、刚正不阿。我相信他们很快就会向我道歉，放我回去，我还想不能就这样算了，我要找律师，我要告他们，我只穿了内衣裤就被他们拉来库房，一路上得有多少男人看了我。他们得赔偿我。

可我这样还没想完，其中一个最强壮的胡金峰在众目睽睽（其实只有八目）之下竟然走到我面前一把撕下了我的内衣裤将我强奸了。他强奸我的理由在今天的我看来依然异常充分。胡金峰说："你真可怜，自己找不到男人，被刘小果玩够了一扔了事，我们厂现在没有人同情你，谁让你同刘小果好？谁让刘小果带着我们厂的巨款逃跑，害得我们全厂发不出工资？你还为他打掩护，你这窝藏犯！今天知道害怕了吧，不过不要紧，让我安慰安慰你。"说完他很快就在其他四个人的帮助下给我扒光衣服。此后好几天时间我都怀疑这是他们和刘小果串通好的祸害我的阴谋，直到确定刘小果被开除出厂我才否定了它。我忘了当时我有没有叫喊，也许没有吧，也许有，但有与没有有什么两样呢？谁会为我这么个貌似淫荡而不祥的女人说话？

我被压在冰凉的水泥地上。我的头在胡金峰的冲击下一遍遍地撞击着白灰墙，从而使因盐碱起泡的石灰土纷纷落下，一会儿便落得我满脸满眼，我不得不闭上眼睛。他见状扭头对他的"观摩团"说："看，她多享受。"他得意的笑在他从我身上爬起来后僵在脸上——他发现我的大腿根部和底下的水泥地上有一汪血迹，现在这汪血已经干在了我们厂最后一个库房的地上，变成了黑色。但片刻后，他对众人说："我太强壮了，对不起呀，我会向上级领导报告，说你不是他们说的那样是刘小果的情妇和同案犯，不是个为我们厂的人所不齿的婊子。"或许，在我们厂，很多人认为我被胡金峰强奸是值得的，在他们看来我还应该感谢他。因为据说他没有食言，果真向我们刚上任的新厂长做了汇报，说我不是像他们最初判断的那样是刘小果的玩物，是个婊子。甚至在他们耳语了一阵后，我的"重点怀疑对象"的身份也不成立了。新厂长说他办得不错，但还不够好，因为刘小果还没有归案。新厂长说："你们干什么吃的，把事儿办砸了，会给我惹上很多麻烦不说，真正的犯人却一直落不了网。"说着说着厂长也越来越气，又把胡金峰骂了个狗血喷头，新厂长骂胡金峰的理由比胡金峰强奸我的理由充足一千倍，新厂长说："你看什么时候了，你还有心思搞女人，厂里的货款重要还是女人重要？女人只让你舒服一会儿，可货款收回来，够你舒服好多年。"新厂长的话说得头头是道，这让胡金峰很惭愧，他向厂长保证，说只要打开我这个缺口，很快就可以找到刘小果的下落，找到刘小果，那笔巨款也就追来了。胡金峰一席话又让新厂长感觉引咎辞职的老厂长是多么愚蠢，这么现实可行又简单的办法放着不用，他滚蛋是十二万分应该的，这么愚顽守旧的人不滚蛋，全厂人将解放不了思想、抓不住机遇，也就不能大干快上。最基本的，连被刘小果卷走的货款也追不回来。他和胡金峰一样，也越来越坚定地相信，只要摸着我这棵藤，就一定能很快地抓到刘小果这个瓜。抓到刘小果这个瓜时的情形在众人七嘴八舌的描述下让我心灰意冷，无地自容。我虽然被胡金峰强奸了，但仍然不能够容忍曾经让我心动过的刘小果是光着屁股被胡金峰他们从被窝里揪起来的，同时被揪起来的还有一个操什么口音的鸡。

　　按我自己的意思是无论如何也要去告他们。但父母赶在我的前面接受了新厂长和胡金峰的讲和。他们拿出刘小果卷走的挥霍剩余款的九牛一毛，毫不费力地将我父母在我以命相要挟时好不容易做的决定来了个一百八十度大转弯。我父母拿了钱，给我哥盖了处阔气的大宅子，还外带盖起了他们住的三间砖屋。因我的工资有限而使他们贫穷娶不到儿媳妇的历史眨眼就终结了。我还没有从被强奸的噩梦中走出来，我侄女已经开始流着口水喊我姑姑。父母每次当着我哥哥和嫂子的面儿都说，多亏了闺女，才让他们过上了这样的好日子。其实说白了他们也是要面子的人，因为他们应该说多亏了闺女被强奸，将"被强奸"这三个字省略了。

除了刘小果被开除回家跟他祖父坐在街边看风水看相外，我们厂其他一切都好像没有改变。要不是我那天在检查团来之前半个小时跑到新厂长办公室脱光衣服说再不开除胡金峰，我就告他强奸我，我相信胡金峰现在也还大摇大摆地在厂区走动，在车间里巡视，趁机在女工们的屁股上捏了一把又一把。我这一招很管用，我除了在出门时被他在胸前摸了一把外大获全胜，虽然，他是打发胡金峰到了厂里下属的养猪场当了副场长。但他总是走了，我以为他走了，我们厂里的人就会忘了他，也顺便忘了我被他强奸过的事实。我天真地想刘小果被开了，人们就会忘了我像赵银蝶，胡金峰再一被开就再无人想起我被他强奸过。但出乎我意料的是被开后他还经常会来我们厂，并且先来我的办公室，有几次我真想提起开水烫死他。但想到我身单力欠，终不是他对手时就悲哀地绝了念头，坐在角落里在胡金峰得意扬扬的注视下将下嘴唇咬得稀烂。

到后来我终于意识到我的处境已经不单单是能不能解决终身大事的问题了。我在厂里成了个比赵银蝶还不如的角色，厂里的人见到赵银蝶还能好心地朝她扔点剩馒头剩菜，我敢保证我要朝他们开口，他们也会给我，只不过是直接泼在我身上。我明白自己是个什么东西后曾经多次向几位年长的大妈、大姐哭诉。她们开始还能比较耐心地看着我哭，时而说几句宽慰我的话，有时候还颇大方地给我递纸巾，但当她们发现她们的丈夫也对我略有了同情心之后，就将我拒之门外了。李倩倩在关大门时还挤伤了我的手指，可我一点儿也不恨她，谁让我那么急切地想找人倾诉到了不顾现实的程度呢。前几天她丈夫在厂里开大会时拿手在桌子底下摸我的大腿内侧，我啊的一声惊叫，声音比台上新厂长歇斯底里的骂街，不，骂厂还大声。新厂长不和老厂长一样眯着眼睛给人很和气的感觉，新厂长在开会时闭着眼睛，龇着一口黄牙，拿猪脚般的胖手敲击着桌面："你们也不摸摸良心，对不对得起自己拿的工资，还到处散布什么我们的产品有毒、会得职业病的谣言，累是累了点，脏是脏了点，但不脏不累你们凭什么拿这么高的工资？眼下倒闭的、破产的厂子多得是，你们不想干有人排队等着干，还有的女同志，不好好干活，整天伺机作祟，唯恐天下不乱。我告诉你们，闭上你的嘴巴！"新厂长讲到这儿突然睁开了眼睛，吓得上班时爱大呼小叫的女工们下意识地捂上了自己的嘴巴！我猜新厂长见状心下一定窃喜，心想，保不准这一骂就真见效了，活能干了，钱又挣不完了。但不巧的是他刚想压下心中的不快转怒为喜时，我不合时宜地在下面大叫了。

我摆动着手，向新厂长和参会同事们解释我这样是因为李倩倩的男人摸了我的腿。就是嘛，他竟敢摸我的腿，他哪来的胆子摸我的腿？今天又没有王小果、马小果、朱小果卷款逃跑，再说就是他们卷款逃跑了也和我没有干系，我又没有对他们有好感，更何况李倩倩的男人也不是胡金峰，胡金峰是保卫科长，自然有审查嫌疑犯、抓住罪犯、追回货款的权力，李倩倩的男人是什么呀，他只是个普通的搬运工，怎么能这样对待我？我以为这样一说新厂长就会领着像当年胡金峰那样的一群保卫人员一哄而上把李倩倩的男人拿了。可新厂长坐着不动，屁股生了根样的，眼里根本没我这个人，耳朵像长了驴毛般听不到我说话。李倩倩的男人也没有因我的喊叫吓得藏起他那魔爪般的脏手，反而将手抱在胸前，像欣赏大片一样退后几步看着我。倒是李倩倩，隔着好几排座位冲到我面前，一边骂一边抓烂了我的脸，还将我的衣裳撕得七零八落扬长而去。

可过了几天我就已经忘了这个，想向她诉苦了。让谁说也万没道理，这不是疯了吗？

我意识开始模糊，一次我早晨起来去吃饭，发现食堂大门竟然锁着，我不能容忍这种情况发生。这是让我父母感恩戴德、让我全家除了我都过上好日子的厂啊，怎么能有这种玩忽职守的现象存在呢？在该开饭的时候锁上门不知去向，这还了得。我先是踹了几脚门，而后大声斥责和唾骂，我说："你们拍拍良心，对得起你们的工资吗？这工作累是累点，脏是脏点，但现在倒闭的、破产的厂子多的是，我们不想干还有人排队等着干呢。"我话音未落，各个宿舍里的麻将声、毛片里的呻吟声、酒桌边的猜拳行令声、呼噜声、磨牙声、家属院里的吵闹声一下子停了下来，不一会儿人们就跑出来将我围起，说："她疯了，真的，我向你们保证，她一定是疯了。"另一个说："真的，比我娘还真。"又有人接应道："可不是，现在才夜里一点多,她竟然要吃早饭,人一疯,是不是那肠啊、肚子啊的就都乱了,全疯了。"人们就哄一声笑起来,笑声中有人高叫:"是不是她的那儿也疯了啊,让她疯吧,我还从来没见过疯了的那儿呢。"

人们在暧昧声中一哄而散。

我坐在食堂门口,恐惧得发抖,不是害怕他们会来欺负我,是害怕我可能真的快疯了。直到太阳出来,我才发现自己手里抓着那天他们逮我去库房时套在屁股上的细条纹的内裤。我又发现我竟然没穿衣服,我没穿衣服他们为什么没人说话呢?啊,我惊恐地捂住自己的嘴巴。我的光身子没有成为他们取笑的对象,有也只能有一个原因,那就是对于他们来说,这,已经司空见惯了。

我就这样抓着内裤在初升的太阳下回了我的宿舍,我将内裤套在腿上,然后站上床,将它慢慢地提上来,这个内裤包裹着我的屁股,我用双手从前到后仔细地抚摸了一遍,它贴在我身上,没有丝毫褶皱和线头,完美得还和那天我初次穿上它时一模一样。

新厂长将我父母叫了来,对他们说我实在不能在厂里待下去了。倒不是担心我成为他们的负担,而是怕我疯疯癫癫的,和赵银蝶一样,白天待在垃圾堆里,风一天雨一天晒一天,死活没人管,夜晚不知就会被哪只饿狼拖进窝里糟蹋一番再撵出来。还说那次受了欺负,说到底厂里还帮着讨回了欠款。他说的是实话,那天胡金峰又一次强奸完我之后,突然一拍脑门儿,茅塞顿开,对他的"观摩团"说:"哎呀,我怎么这么傻呢,你说这人有了钱,会去哪儿?"他的这句话把那几个蠢蛋问得瞠目结舌。胡金峰提上裤

154

子说："王八蛋，他还能去哪儿，一定是玩女人去了。"所以他们一口气跑到相邻的镇上，将正和鸡鬼混的刘小果逮了回来。新厂长手一摊说："不好处理呀。"对呀，真是不好处理，刘小果已经被开除了，新任的财务又不和我好，再被人强奸了说啥也不可能再让家里建一座新宅院，娶一房新媳妇了。厂长一番话说得头头是道，我父母千恩万谢地将我领回了家。

刚开始父母还轮流守着我，过了段时间后开始农忙便顾不上我了。加之既不见我光着身子往外跑给他们丢人，也不打我侄女致使我们家绝后——我嫂子生下我侄女后就因病切除了子宫，我又没有好机遇再让追款的人强奸好让他们休了我嫂子再娶房新媳妇。所以他们已经没有什么好担心与牵挂的了。我也可以随着猪啊牛的在田地里跑，又可以梳完了辫子溜达到镇上去。

当然，再不会有人对着我的背影指指点点——对一个公认的疯子指指点点的，有什么快感可言呢，他们有很多还没疯的、新近被欺负被强奸被拐卖的对象好说，我在他们眼里连个狗屁都不是。可我还是认出了当年指着我说我像赵银蝶的那个露了半个奶子的女人。我现在疯了，疯了的我脑子转得贼快，我一会儿想白云，一会儿想地上的蚂蚁，一会儿能想太平洋，一会儿又想起我家里哪个角落里被我藏下的红糖包子。连我这么好用的脑子，也想不明白，那女人穷得邋遢得都到了露着半个奶子的地步了，怎么也算露点吧，她怎么还有这样的闲情逸致去诬陷一个素不相识的未婚女青年？她正指着街边的一个算命先生骂得起劲，说："你满口喷粪，我从来就没做下过什么亏心事儿。我要真做下污人贤良的亏心事儿，天打五雷轰，让我头顶生疮，脚底流脓，让我不得好死。"说着一脚踢翻了算命先生的摊子，绝尘而去。

我认出算命先生是刘小果变的，这就是那个对我说他父母美满的爱情和婚姻的刘小果，我只是拿不准他是不是已经正式接受了他祖父的衣钵而像他祖父一样理直气壮地在太阳地儿里信口雌黄，半闭着眼说尽来来往往的男男女女。刘小果显然并没有认出我。他的目光从我脸上一跃而过，盯上了我身后的一个瘦男人，一边嘴里叫着："嗨，这位大哥，修得仙风道骨，颧若弓虹，眉赛貂尾，必是长寿、儿孙满堂、享尽荣华富贵之人。来摇一卦求个好签，准保你寿上长寿，好上加好。"瘦高男人像他眼里没我一样眼里没他地推着自行车走过去。我歪着头挡在他和高瘦男人之间，他还是没有认出我来，他怎么会认出我来呢，我又不提着水壶了，他也不再半夜里亮起灯，为我们做工资表了。我敢保证我们厂里的人早都忘了我俩。想到这里我激动起来，突然很想他们。我那么好的时光都在厂里度过了，我将无限美好的感情给了厂办和刘小果，厂办却将我父母叫了来把我弄回家，我站在刘小果面前他也认不出我来。我突然想去厂里看看。

我赶到厂里时已经下班了，人们像我没离开时那样在食堂里吵吵嚷嚷，为了你碗里肉多、我碗里肉少争得不可开交。闻到饭菜味我也饿了，我走进食堂，在我的碗柜里一把掏出搪瓷缸子和饭盒，站在队尾。人们终于发现了我，但他们显然和刘小果一样认不出我了。新厂长也发现了我，他气急败坏朝另一队喊："胡金峰，你他妈的兵怎么值的班？怎么把赵银蝶放进来了！"胡金峰肚子更大了，他听到厂长骂他，将胳膊在一个女工肩头拿开走了过来，走过来后将盛满菜的饭盒子咣一家伙砸我头上。

夜里我醒来，满天都是星星，那星星忽闪忽闪眨着眼睛跟我说话，无邪的样子像我的小侄女。我流下眼泪，我很伤心，在伤心中我想起现在应该在宿舍才对，怎么会在这么个地方？我四下看看，原来这是我们厂院墙外的垃圾堆，他们把东西弄来，取了对他们有用的，再把没用的扔在这里。想到这儿我放声大哭，展开双臂扑在垃圾堆上，像是久别的情人。

阿叹的火车

夜风吹开老式的弹簧轴木门，咣当一声惊得阿叹抬起头。大约，他看到了斜对面墙上的旧石英钟。

"我已经能看到大海了。"

午夜已至。

偶尔有车沙沙地经过青年路口，灯光流淌进窗子，把窗前的阿叹镀成一尊被时光遗漏的木雕。每次来店里，阿叹都说："我累了，我要休息休息。"阿叹休息的方式很简单，就是喝杯酒或者咖啡，聊聊天。如果没有人陪，他就端着杯子，凑在窗台边独坐着。也有时候，小声地自言自语。

我明白他话的意思，他是说他如果没有请假，这个时候还在值班的话，他和他的火车这个点已经行驶到青岛的海边了。在我的印象中，阿叹戴着一顶巴拿马草帽，甚至光着膀子，手里攥着一根长长的舵杆，脚下是一堆又一堆闪光的炭块。阿叹看着前方，不时弯腰捡起地上的铁锹往锅炉里塞几块炭。其实，我是将小时候见过的一种简易的渔船动力的一部分和某部描写海盗的场景混合后捏造出了阿叹正在驾驶最老式的火车的样子。这些风马牛不相及的碎片拼凑起来的巴拿马草帽下的火车驾驶员阿叹其实并不像阿叹本人，因为阿叹长得并不粗犷，面部线条不够硬不说，眉宇之间常萦绕着忧郁。但既然是想象，就没有办法让它太符合事物原本的样子。有一次，我将这种想象告诉了阿叹，阿叹听完后用很开心的语调对我说，他很中意这样的形象。只可惜，他只是坐着，穿着铁路制服，尤其不符合浪漫情调的是，不但没有浪漫的铁锹和煤炭，他还必须记得填写行车记录。

我问他好不容易请一天假，为什么还牵挂着工作，牵挂着他的火车。他笑了笑说：

"唉！一切都是不自由的。哪怕你已经离开岗位，离开家，躲到一个没有人认识的地方。"

阿叹将胳膊肘支在桌面上，双手捧紧了一只直筒玻璃杯。这是阿叹经典的姿态。玻璃杯里有时是白酒，有时是啤酒，很少的时候才是咖啡。这个杯子是他自己带来的，他出门之前用一纸盒盛好，放在吧台的最下层，下次来时自己再拿出来到卫生间洗一遍用。可能，除我之外，这个城市很少有人能想象得到眼前这个男人，当年以怎样的不羁离开南部山区的家乡，跑到这个毫无亮点的地方。当然，连我也不清楚，生活究竟是以怎样的情节和方式造就了现在这样的阿叹。一个对自由无限向往的男人，捧着一只玻璃杯，对着我，或者歪在窗台上，对着我后面涂鸦的墙壁念念有词。阿叹认为，人常常是分裂的，不单单是身和心的分裂，同一个人，同一颗心，也常常是与每一个初衷南辕北辙。

阿叹一遍遍地回忆年少时往这座城市奔袭时的每一个细节和片断，这一片和那一片重叠起来，常常因记忆的磨损和变形，将这些情节改变和扭曲。我想，可能，连他自己也不可能准确地指出哪一个片断是准确的回忆，哪一个是对回忆的重组和虚构。甚至，好几次，我在吧台后面偷偷地盯着阿叹看了大半天，怀疑他的整个过去的人生，包括现在坐在窗台前的他，都是他虚构的。在我写下这些文字时，我也怀疑是我虚构了阿叹这么个人物，好像只要我全选之后摁一下清除键，阿叹以及与他有关的一切就会在这个世界上消失。我害怕这样的想象，我害怕自己总有一天，也会被全选后完全清除。尽管，我现在还说不清楚，这里边究竟蕴含着怎样的玄机。做了这样的多次虚构之后，再听阿叹讲起所有的一切时，我常常把自己快速代入，有时候，我会因他说起的某件小冲突紧张得喘不动气，也会因他口中的一个雨天感觉浑身冷丝丝的，不得不跑到后面的住处加一件衣服。

这个子夜，当阿叹再一次重复讲起他离开家乡，在苍茫的天地之间向北一路走来时，我仿佛看到了阿叹老家县城重点高中通往校门的路两侧的梧桐树正在摇曳，树叶哗哗地互相拍击。他脸上毅然决然，向北，再向北。一座又一座圆顶的山丘被他抛在身后，不成流的小河边长满了苘麻和灰菜，草丛间蚂蚱在跳舞。河水中一缕缕的水草，好似我想象中远方一个让阿叹着迷的少女的柔软长发。那

160

一团团散铺在山坡和河谷低地里棉絮般的羊群在他经过之时抬起头，咩咩地发出一声又一声的询问。他感到氤氲在山丘之间的湿气，在满含着清苦的草木味道的空气中疾行，他还能嗅出两边山石有一股坚硬而又腐朽的铁锈的气味。这些气味使阿叹的后背微微发麻，他知道那是他的父母一路望着他的背影时自知是于事无补的挽留和诉说。

后来，阿叹看到了那辆盛满了一袋袋谷物的拖拉机，他从来没有想到，第一次流浪会与这样的东西发生联系，直到他爬上去坐在坚实的粮食上，在巨浪一样的公路上颠来颠去，看到灰蒙蒙的天空下越来越近的这座重工业城市时，一种截然不同于阿叹家乡山里苹果树甜滋滋的味道嗅入了他的鼻腔。阿叹的心脏简直要从胸口蹦到天上。

"好吧，好吧，就这里吧！我已经走累了。"

阿叹说完这些沉默了一会儿。

这座城市，不是阿叹的目的地。是阻挡在城市上方和天空之间的灰层给了他特别的安全感，他决定在这里留下来。而原本的计划中，他的目的地应该是一座海边城市。一边是坚实的陆地给予他的无与伦比的安全感，一边是望不到边的大海。这种看起来全部由水构成的世界曾给了他最为浪漫的想象。她没有一块地方是不动的，没有一块地方是经年不变的，每时每刻，都是全新的。水和水之间，从没有恒定的边界和阻隔。阿叹认为自由就是没有边际，时时都在交互融合，随波荡漾。刚开始，他想，也许，他累了，在这里，落一下脚，也好。谁知这一落就是近三十年。也许，还会是一辈子。好多的事，阿叹说不清楚——他也不想说清楚。对于阿叹来说，清楚本身就是一种界限，一种阻隔，一种堵在他心里的疼痛。

但我认为，阿叹在为什么要留在张店的理由上做了假，因为后来我知道他落下脚不久后认识了Ｄ。或许，他无心做这种假，而是因为他和我一样，尽管品咂过许多遍，对这些细节究竟的意味还是不可能知悉。

黄昏时分，当年的阿叹和Ｄ一前一后，沿着柳泉路东侧人行道尽头的台阶攀上铁道高高的路基。城市里的好多人，是候鸟，来了走了，远了忘了。但这些砂石、铁轨还在这里，它们也许还能清晰地回忆起某个黄昏的男女青年。他们脸上的表情有些茫然，茫然之中又透着一股难以言说的对他们尚未涉足的人生的好奇，还有极力压抑这种好奇而笨拙地涂抹在脸上的虚浮的庄重。阿叹站在铁轨旁长时间望着灰扑扑的城市，看着穿行在灰尘和夕色中的车辆与行人。当年铅灰色的天空下同样灰扑扑的城市再一次展现在他眼前，到现在他也说不清自己以什么样的姿态在这里演绎着他不可预知的人生。因而，那时他庄重的表情之上，萦绕着对漫涌而来的生活的向往和恐惧。阿叹站了一会儿。然后向后面抬了抬手，示意Ｄ向前走。这样，他们沿着铁轨向东，用小腿拨拉着杂草和飘浮在杂草之上的垃圾，还有在上一年冬季被寒冷和季风夺走水分和绿色的草叶。阿叹在前，Ｄ在后。阿叹边走边诉说着远方海边的那座城市。我想，关于这座城市，Ｄ有可能会认为是威海、青岛，也有可能认为是烟台或者日照。因为阿叹对她诉说之时，不时抬起下巴朝前一指——这座城市应该在张店东边，这个方向的海边，也就是这些地

162

方了。阿叹用了很多词来形容那座城市的美。阿叹具体用了哪些词谁也不可能知道。但阿叹说他记得很清楚，有一次，D听了老半天后突然停下脚步，拿手捏下沾在她发梢的一根灰菜梗说：你说的这个地方，只能是在天上，地上根本不可能有。阿叹说他被D说愣了。

我相信就是在那一刻，阿叹决定留在张店，而不是他身边的人认为的因后来那样的不得已。D毫无想象力的决绝让他感觉远方真的有些太远，让他感觉他的身躯和肩膀已经在纺织厂那一包又一包的棉纱的折磨下和那些草叶一样干枯。他想，他已经走不到更远的地方去了。

后来，阿叹说，也许，是他的虚幻让D看到了从来没有想象过的一个世界。而他这个棉纺厂的搬运工在形容那个城市的海浪时，用了"一缕缕的金线"或者"大把大把的顺滑和柔软"这样的词，这种形容既让D感到新奇，同时又让她熟稔安心。因为D是纺纱工，"一缕缕"或者"大把大把的顺滑和柔软"对于她来说是确实而真切的。虽然，这种确实和真切发生在阿叹不着边际的想象之中。

D的现实，成了把阿叹拴在张店的一根绳索。

这一点，阿叹说他早就知道。只是，没有这样明确地说出来。在今天的、捧着玻璃杯的阿叹看来，再"没有脚后跟儿"的一个男人，早晚也会遇上像D这样的一个女人，也就安营扎寨了。阿叹用了"安营扎寨"这个词来形容他决意留在张店，留在D身边。但给我的感觉却是他随时都会拔营而去。我也常常看着阿叹推开门走出

163

去的背影想：也许，这一次，没准就是这一次，他就这样一去不回。

我曾一度认为是D终结了阿叹对远方的大海的向往。但其实不是，恰恰是D，点燃了阿叹要走向远方的决心。说起这些时，阿叹用了当下流行的"引爆"一词。与这个词相联系的是一个夜晚，还有城南的几条铁轨。这样的景物，使阿叹常常充满了宿命感。

D引爆阿叹对远方的渴望发生在一个晚上，我想应该是秋天的夜晚，因为阿叹说那一天，月亮很亮，D的小腹上泛着一层蓝光。阿叹还说，风有些冷，他在风过之后清醒了很多。

阿叹说那时候他与D已经交往了一年多，但那时候男女交往是慢热，他们还从来没有过什么亲近的举动，也从未有涉及过婚嫁的言辞。那一晚，一见面他就注意到D背了一个鼓鼓囊囊的皮革包。还是他在前，她在后，攀上铁轨路基。他记得那天柳泉路南首的涵洞桥下聚着一大群人，看情形是一场群架的尾声。他们没有逗留，攀上路基后朝东走了一段时间，D朝着西边望了望，好像是在查探那群打架的人还在不在的样子，但他们已经走出很远，夜幕已经降临，何况涵洞之下又那么低。阿叹由此断定，虽然这一夜的发生都是他的主动，但却充满了阴谋的味道，是一场带着上海霞飞牌护肤霜味道的阴谋。在他回身提醒她跟上时，D提议坐一会儿，并且拿出包中给他准备的酒，还有用草纸包着的博山硬炸肉和花生米。阿叹用牙齿撬开瓶盖，拨拉开纸包捻了两颗花生米放入口中，随着一股热辣的液体向身体深处滑入，阿叹走进了他命定的人生。

路基下北边不远处，是当时供销系统排列得齐整的六栋居民楼，楼的旁边是梧桐树。阿叹说起那一晚时，顺带着告诉我梧桐树

164

叶面是蜡质的，夜晚反着楼上人家窗口里的光。由此，我想，那晚的情形，在阿叹的回忆中光影闪烁。阿叹说那天是东北风，因为他咀嚼着炸肉时，闻到了一股磷酸或者菊酯的味道，他虽然已经在张店城区游荡了三四年，但还是搞不懂这些复杂气味的所属，比如汽油和柴油味道的区别，比如汽车尾气和烟囱中烟气味道的区别，甚至他连新华牌肥皂与本地产的大花皂的味道都分辨不清楚。但他熟悉农药的气味，虽然它们有很多种。他家里种的麦子、苹果、桃树，每年都要喷洒好几次。也是在这一刻，他想到了几百里之外的父母，想到他们是不是还在火气冲天地抱怨指责，或者在抹泪。他懊恼起来，然后顺手抄起了 D 带来的酒。但是后来有几次，他又说是 D 主动将酒递到他手里的。就整个事件来讲，这些都可以忽略不计。可以肯定的是，阿叹在从城东北角的农药厂上空刮过来的风里心情有些变化。就此，阿叹有时候说是"变得很差"，有时候说"心里不是滋味儿"。

阿叹在菊酯或者磷酸味道的东北风里喝光了 D 带的酒。阿叹确切地说是喝光了，我保留了怀疑。因为就阿叹这几年在店里的表现来讲，他不可能喝光一瓶白酒还能干除了呕吐以外的其他事。有时候，大半瓶啤酒，就能让他舌头发直，像南方人那样把"火车"说成近于"火拆"，把"张店"说成是"脏店"，把"咖啡馆"说成"咖啡拐"，最后一个，可能是久居张店，受了当地口音的感染。可阿叹说起这一段时，一再坚持说他喝完了一整瓶酒，还说喝完后他还把酒瓶远远地扔到了路基下一个变压器房的屋顶上，发出哐当一声。

接下来发生的事我是不可能知道得足够详细的，特别是真实的细节。我只是通过阿叹只言片语的感叹和微熏时无意间泄漏的蛛丝马迹重构了当时的情景。有一次我将此大略地说给阿叹，阿叹说："嗯，你还挺会编故事，不过，大体上也就这样吧。"

我想他的承认更重要的不是因与事实差距的大小，而是阿叹和我，算不上朋友，甚至算不上一个熟人。他只是我店里的一个常客吧，也并不比其他的老顾客更常来。我只知道他的外号叫阿叹，而并不知晓他的真实姓名。这种距离感让阿叹感到莫大的安全与随适，成为阿叹少数时候与真实的情感对话时的一层面具。阿叹在这层面具的保护之下纠正了一处偏差，他说："不对，我不可能看到她的胳膊，她没有脱下上衣，只是，只是——"

我明白了。

阿叹与 D 干那件事时非常仓促。

月凉如水，夜风习习，阿叹在省略了多处细节的激情之下脱掉自己的上衣扔了出去。那是一件浅灰色小翻领的长袖衬衣，是阿叹游走在张店城唯一一件体面的行头。激情过后，同时被悲伤和沮丧涨满胸腔的阿叹找了好长时间，才发现它软塌塌地躺在铁轨边上，被拎起之时成了仅在领部有所连接的两片破布。阿叹认为是呼啸而来的火车碾碎了他明日以及更多个明日的体面，同时又认为这分明是老天对他强烈的暗示。因为在不久以后，他到了铁路局，成了一名学徒。

阿叹拎着那两片破布懊恼地转过身来，看到 D 仍原地躺在月下的冷风中，一动不动。幽蓝的月光洒在她的小腹和大腿上，他第一次看到了 D 的身体，像一块月青色半透明的石头。阿叹停住脚，随后听到了黑暗的草丛中的头部发出的嘤嘤的哭声。

婚后好多好多年，阿叹都为此自责不已。

阿叹常说"要不是那瓶酒——"，后面阿叹还有很多话。关于他青年之时的未来那无数种可能的话阿叹往往会选择咽下去。他感觉是那瓶酒让他"犯了罪"，婚后的那些岁月，他的勤快、顺从、呵护，还有那些无数次嘴角和眼角配合得恰到好处的笑脸，都是在为那晚的行为赎罪。有一段时间，他甚至认为，天下所有的婚姻，都是在为某件不可告人的秘密赎罪。

"我是被那辆呼啸而至的火车惊得跳起来的。"

阿叹把这句话分别在冬季、春季和夏季重复了十几次。每次说起时都像第一次说时那样，带着一脸近三十年前火车轰隆隆驶过时刹那间他的惊恐。

我一度确定阿叹落入了D或者是D身后的出谋划策者的圈套。但后来的一些事情又使我改变了这个看法——作为一个外人，永远不可能知晓阿叹与爱人之间细密的一切。

阿叹跳起来后下意识地整理下衣饰，紧接着想起了他的翻领衬衣。我以一个过来人的经验感觉这事儿非常奇怪，作为一个初入了禁区的小年轻，阿叹为什么没有继续后面理所应当的温存，而是跳起来寻找一件衣裳，尽管，它是翻领的，在那时算得上是一件时髦服饰。有一次，他惊叹完他的跳起来后，我戏谑说："你还真是会过日子。"我看见阿叹唰一下拉下脸来，将手中的玻璃杯拧出吱吱的响动。

很多时候，最为真实的东西，是不能说破的。人的尊严，也恰恰在适当地掩饰起来的体面当中。虽然我的咖啡馆开了没几年，但是，我还是见过一些人的。

——哪一个来咖啡馆消磨时光的人，没有一些打定主意要烂在肠子里的故事呢？

阿叹说，那辆穿过黑夜呼啸而来的火车，让他想起远方的城市。那城市面对着大海，里面全是无边无际的自由。由此，阿叹认定，一个人在最向往自由的时候，一定是已经被某种东西牢牢钉在了命运的铁床之上。所以，阿叹捏着两片破布回转身，看到月青色半透明的发出嘤嘤哭声的D时，绝望地一屁股蹲在了铁轨边粗粝的石子上。

很长时间，我都感觉难以想象，一个男人，如何能在原始激情的支配和顺从精神的召唤之间转换得如此疾速和不可思议。

"就是这样，我好像是在最应该将远方放下之时重新想起了她，并且，我相信，如果火车跑得再慢一点，我一定会一跃而起——抢在天亮之前，到达海边的城市。"

阿叹看着远去的火车，在月青色半透明的D身边流下长长的两道热泪。我能想象得出，阿叹的泪水肆意流落到下巴上，借着蜡质的梧桐树叶的反光，结成两串透明的珠子——不知道D是否留意过。

过了许久，阿叹再一次转头看到D时，D已经整理好了衣衫，原地坐了起来。坐起来的D拿手不停地抹脸。阿叹这时候还未意识到自己的命运将要改变，或者说他还不知道在刚刚逝去的一刻，他已经种下了命运的种子。他下意识地抬起肘部抹了下脸，站起来走到 D 身边，弯下腰，将手伸给她。啪——D 没有按照他的想象将手交给他，而是出其不意跳起来给了他一记耳光。他捂着脸，一动不动，好像对此早有准备。就算现在，近三十年后，阿叹也没能想出更加合适的回应或者说反应。作为一个男人，作为一个站在古老人类道德发展史顶端的男人，他只能捂着脸，对着世界弱化自己尊严和情感的存在，直到一束刺眼的光直射住他的脸。

　　摇晃手电筒的人是光华路派出所铁路村片区的片儿警。直到很多年后，有次跟一个同事在美食街练摊时，阿叹才了解，片区的警务人员夜巡，按规定不得少于两个人。那时候阿叹的儿子已经在淄博市实验中学上初一，D 也早就从棉纺厂下岗开了好几年超市，他们已经搬过四次家，从当初棉纺厂不到二十平的单身宿舍换成一百八十平的错层洋房。世界变得真快，人生真的像梦一场。我当然明白，阿叹说起这些的意思主要是强调当年这个片儿警是一个人夜巡的。

　　单独夜巡的片儿警向上戳了戳大盖帽儿，下巴一抬让 D 离开了。阿叹则在他一只手的示意下跟他到了片区派出所。阿叹还记得他跟在片儿警后面，向东走了两百米后转下铁路，穿过西二路拐上兴学街，然后往南一拐，进了光华路口右手边的一个亮着灯的小院子。阿叹·进门就被安置在一张原木色漆面的高背椅子上。片儿警掩上门后一抬手关掉上了电灯，借着值班室里间屋的灯光拉开抽屉，掏出一个十六开的大本子翻开，从胸前衣袋上拔下钢笔问着阿叹的姓名单位住址，在本子上划拉下几行字。划拉完之后掏出烟，弹出一只，想点上，擦燃火机后又想了下夹上耳朵，低头对着本子

169

问："知道山根儿要吃枪子儿了么？"

得到阿叹的肯定回答后，片儿警说："现在是严打期间，山根儿干的，也不是杀人放火的事儿，是不是？你知道你这一出，是什么性质么？"

阿叹感觉后背开始一收一缩的，像有许多虫子在爬。他看着背光的片儿警，脑海里浮现出远方海边的城市，一边是错落的房屋和参差的楼房，马松尾和法桐模糊而齐整地点缀其间，路灯依稀，灯下是弯曲的海滨路，灯光映射不到的地方，恰恰闪烁着银色的光——那座象征着自由的城市，在片区值班房中铺展开来，阿叹能听到海浪轻柔抚摸着岩石的唰唰声响。也是由那一晚开始，阿叹成为了一个哲人。

阿叹说自由的可贵，就在于它常常从最绝望处闪出光来，并且耀得人睁不开眼。

阿叹的对面，是一面紫红色的锦旗。其实不是一面，而是几面，很多面，很多面锦旗整齐地悬挂在墙上。阿叹只看定了一面，上面的正文一共八个字：热心为民，救死扶伤。"扶"的上部分脱胶耷拉下来，让阿叹脑海中一下子浮起街道办大妈臂上的红袖箍和医生护士的白大褂。阿叹看着那个脱胶的"扶"字，慢慢弓着腰站起来，阿叹说他本是想问问怎么办，能不能从轻处理。但到嘴的话变成了："轻点，能轻点吗？"

片儿警乐了。

片儿警脸上的笑让初经人事的阿叹嗅出了一股隐秘而邪恶的味道。阿叹的脸更热了，但这一次不是因为紧张和恐惧，而是因为窘迫。阿叹抬起手摸了下滚烫的脸颊，感觉脑子里有千万只苍蝇蚊子在飞，在一片嗡嗡嘤嘤的眩晕中，阿叹听到片儿警说："那是你未婚妻？不是的话，你这算什么行为，心里有点数吗？跟山根儿差也差不到哪儿去！"

阿叹被反锁在值班室里间过了一晚。

他缩在墙角，突然想起他离家时追出他老远、在他身后苦苦地喊他停下的母亲，还看到他的母亲第一次出门到张店来看他被行刑。枪毙犯人的场面，阿叹从未身临其境。但是，他仿佛看到自己被反缚着双手，背后插着一只旧木板，上面用红漆标着他的名字。一颗子弹从他的前额射入，他的颅骨翘起来，像他家乡六月里各家各户门前绽开的芍药。他的母亲应声倒地，引起围观的人群一阵骚动——

阿叹抬手摸了一下自己的前额，冷汗再一次同骨缝中渗出的害怕一起从每一个毛孔冒出来。他闭上眼，靠在墙上，终于被绝望和恐惧折磨得筋疲力尽一歪头睡着了。睡着的阿叹紧紧抱着他那件破衬衣，最后被哐当一下拉开铁门的声音惊醒。

与声音一同被他感知到的，是 D 明丽的玫红色上衣。

实际上，天还未亮，团团蚊蚋围着悬在外屋屋顶中央的灯泡乱舞。阿叹惊得跳起来，看到 D 耀眼地站在值班房门口，手里提着一只用电光纸折成菱形的小纸包。后来阿叹知道那里面是包着红绿色闪光糖纸的水果糖，是 D 带给片儿警的"喜糖"。

阿叹说那一刻，他想起来他母亲在家中正房西北角供奉的观音像。他想他再回家时，一定要给观音像披上一件玫红色的新衣裳。

但过了几个月，到了秋天，婚期将近时，他打消了这个想法，并且怀疑自己落入了 D 一家人伙同亲戚布好的一个圈套。随着交往的频繁和公开化，阿叹对 D 的脸越来越熟悉之后，发现它整个像一片丘陵地带，眼皮鼻子嘴唇耳朵，没有一样不是肉墩墩的。这与他初出家门向着与自由相匹配的海边城市狂奔的初衷一点也不一致。自由总是美丽的，特别是拥有大海的自由，是极具风情而俏丽的。有一次阿叹实在忍不住问起 D 是不是认识一个叫王城虎的人。王城虎就是那个单独夜巡的片儿警，阿叹通过四个人，打听到了他的姓名。D 摇着头的一脸茫然在阿叹看来完全是装出来的，阿叹进一步提示她："王城虎，就是那个，那个，你没忘吧，那个片儿警！"问这话时，他们站在健康街一家出售结婚用品的门店前，阿叹用网兜提着一只白底儿红花的搪瓷脸盆，脸盆里放着肥皂盒、两只红框的镜子、卷成一卷的大红喜字和用来装饰屋顶的拉花。D 提着一兜橘子，捏一只在手里，已经剥开了半边橘皮。D 显然是不好意思了，将橘子握在手里低下了头，说："还说这个干什么。"阿叹说："他为什么让你走了，偏偏留下我？你是怎么知道我在值班房的？你不认识他，你家里人有没有认识他的？"阿叹说完故作轻松，转身走向结婚用品店门旁边一个吊炉烧饼摊询问价格。

也许，摊主已经看出他的心不在焉所以并没回答他。他站在摊前，背对着 D，好长时间听不到她的回答。等阿叹转过身，才发现 D 已经走出很远。D 还穿着夏日里那件玫红色上衣，略显臃肿的腰身上搭着两条又黑又粗的长辫子。等阿叹在新村西路路口追上 D 时，发现 D 咬着嘴唇，脸涨得绯红，那只剥开一半的橘子被攥出的黄色汁液渗出指缝，滴落到浅灰色的裤筒上。

　　从此，阿叹认为女人征服男人的工具不是漂亮的脸蛋，不是鲜活的身体，更不是某些身外之物，而是隐忍。阿叹说如果当时 D 将手里的橘子扔到他脸上，骂他个狗血喷头，或者干脆给他几记耳光，他也是忍着。因为以他的个性，他不可能有别的举动。但是，也许，半个月后的婚就结不了啦。谁能知道呢。

　　到了冬天，D 已从当日手指缝里滴落的屈辱中恢复过来，浑身上下洋溢起圣母般的光辉，进入足月待产的期待之中。一天夜里，她斜倚着床头，看着阿叹伏在床边一张三抽桌上抄写单位思想政治学习笔记时，满足地抱着肚子告诉阿叹，是她舅舅出面找了派出所的领导保他出来的。阿叹抬起依旧深陷在爱情与阴谋的黑影之中的脸，向上拉直肋骨，慢慢地出着将信将疑的气。此前，他好多个夜里做了同样的梦，梦见 D 仰躺在他进入张店城搭乘的那辆拖拉机上，在灰褐色的空气中，生出一根长长的绳子，将他紧紧缚住，拖在地上。D 还得意地给他说起她这个舅舅的各种神通广大。D 直说得口干舌燥，微微喘吁，在喝下一大搪瓷缸子兑了麦乳精的水后不等擦干净嘴角乳白色的水珠，就沉入了阿叹从来不认为自己会出现的梦境中。阿叹合上笔记本上床，发现自己在黑暗中竟然还在对 D 的舅舅咬牙切齿。D 翻了卜身，坚硬的腹部触到了阿叹的手指，阿叹张开手，轻轻捂住，硬邦邦的婴儿的外壳融化了他心底的那一部分。他拿出手隔着棉被搭在 D 的肩上，轻轻拍打着，像一个哄着婴儿入睡的母亲那样，心情，也很快平复下来。但不知道过了多长时间后，阿叹在将睡非睡之时完全清醒了。他听到了潮汐的声音。后来经过数不清的夜晚，搬过几次家后，阿叹才不情愿地相信那是东北风伙同一切在风中颤抖的同谋欺骗了他。潮汐的声音让阿叹辗转反侧，再一次认定自己的命运已经交由了海天相接处的茫茫大雾。他烦恼地起床，喝下大半缸子凉水，过了一会儿后又慌忙穿好棉衣在呼啸的寒风中趔趄着钻进了公共厕所，任凭凛冽的寒风剥削着皮肉之下的懊丧，后来又是在这种懊丧里，阿叹决定第二天去感谢那个将他从一个火坑中拽出来火速填进另一个火坑的火车站中层干部。阿叹想，不管怎样，王城虎嘴里那颗无情的子弹，是因这个中层干部，才没有射进他的颅膛。

一次拜访带来了随后不断的拜访。某一次，阿叹坐在客厅一个小马扎上，表露出来的对纺纱厂未来经营状况的担忧，使他到了火车站，岗位几经轮换之后，成了一名火车驾驶员学徒。

在得知第二天就可以登车学习的下班途中，阿叹难捺心中的激动，几次走近墙角，高抬起双手攒成空拳举起来、转动着，心里的得意无以言表。他看见自由的海浪在他面前浅灰色水泥墙上起伏荡漾，时而呼啸翻滚，宕出的浪花撞击着他胸腔——

——直到第二天他一个弹跳跨进驾驶室，左瞅右瞅也没有见到他想象中的方向盘。

"上火车之前，我以为火车驾驶员也应该和大货车司机一样，挺腰直背，气昂昂地往驾驶座上一蹲，握紧方向盘，拿脚踩上油门，呜——哐当哐当——启动啦，厉害着呢！"

阿叹懵了，在经过证实火车确实没有方向盘之后，阿叹沮丧地倚在门框上，耳鼓里全是啪啪啪的细微的爆炸声，他知道，那是梦想破碎的声音。

"你听到过那种声音么？啪啪啪的每一声后，都有余响，像是一根极细的钢丝崩断后震动空气的余响。"

我太困了，困得抬不起眼皮。不一会儿，蒙眬中听到操作间水响，感觉到阿叹走进吧台。后来，阿叹好像不满地嘟哝了几句。等我一觉醒来，阿叹已经不见了。我转过身，看到他的杯子，在吧台最下层闪着碎光。

我知道阿叹还会再来的，虽然我没有听到钢丝崩断后震动空气的余响。但是，阿叹说了，在这个世界上，只有我能想象他戴着一顶巴拿马草帽，光着膀子，手里攥着一根长长的舵杆……

姑娘十八

我一扫满身疲惫，扭头穿过马路向东边广场走去，我掏出手机看了眼时间，只看了眼，没有看清几点，这不重要，看时间的动作让我有了种赶时间的严肃感。我在赴一个约会，这时我想到已经很多年没有单独和女孩子约过了。这样想让我更加激动。这时候，我还是没有记起那个女孩的容貌，只记得一张肉乎乎的嘴唇，闪着油光，像刚吃过肥肉。能确定的是她明显涉世未深，那天，她和我告别时，她紧抿着嘴角，青涩得如同我们老家村后野地里一株尚未打苞的苘麻。我加快脚步，四下逡巡，熟练地躲过人行道上一前一后两个骑单车的少年，我想到一只在自家后山觅食的老狐狸。

收工后，我洗了手脸出门，原本想到旁边牛肉汤店凑合一餐好早回去休息。这家店 15 块钱一碗的牛肉汤里只有三片牛肉，看着一大片，可纸一样薄，极具欺骗性，粉丝泡一天，还诡异地脆生，老板娘的宽度能赶我两个。当然，这样说有点不厚道，是吃牛肉汤，又不是吃老板娘。好处是近，不用溜几步腿儿就到了。我刚推开牛肉店门时收到了核儿的微信，她留言我说：大帅哥，为表达上周歉意请你撸串儿吧，在大串联等你。我看着短信对话框上方一团让人头晕的涡状圆纹和"核儿"的昵称，恍惚了一刹那后想起核儿粉嫩粉嫩的嘴唇，当即转头往大串联走。上周歉意？想起来了，上周我同几个哥们儿喝酒时约过她，她说有事没有过来。我心里笑起来，这妮子，送自己入虎口，还要找个理由。

　　我走到广场路口，沿路西边向北走，远远看到路灯下一片方桌之间有个女孩子站起来向我招手，我努力回想核儿的模样，脑海中终于出现一个小眼睛、眼皮肉肉的、鼻梁低平的一张脸。越走近，形象也越具体起来，隔着二十几米远的时候，我想起那天她额头上一颗小粉粒儿。我在考虑见面后我该怎么打招呼，我说过，我已经很多年没和女孩单独约过了，要想让她对我产生好感，继而——得先有个融洽和谐的氛围吧，第一句话，很重要。我该说"你好"还是"美女，让你久等了"？都不太好吧，不是太板就是有点装，再说，握不握手呢？

　　"你怎么这么慢！"

　　一切细节我都没想好，核儿就跟我招呼了。确切一点说，在我离她两张方桌远的时候，核儿埋怨起来，嘟起嘴，做出自以为很可爱的样子。我说着抱歉，心里生起点窃喜，这样的语气多亲近哪。我掂量着她这种直白的嗔怪能拉近我们之间多长的距离走到她在的方桌边坐下，看到她上身穿的，还是那天那件紧身的衫子，胸前还显着两道虚空的塌陷。那都是因为过厚的胸罩和过小的咪咪，但也许是她选了尺寸和罩杯形状不合适的胸罩的原因。不说了，好像我是流氓似的，我就是对细节特别上心，当然，说我有点强迫症我也不反对。但这是追求完美的人的特征，不是吗？就是因为这点，所以，等我的顾客特别多，我的顾客，瘦条和大刘永远也甭想抢去。特别是那些女的，都指着我振动着她们或长或短或宽或窄的声带："不，我要等那个光头。"这样的声音，让我无比舒畅。核儿也管我叫光头，但核儿叫起来和别人不一样，声调、表情，哪儿哪儿都不一样，核儿发出"头"音时，嘴巴嘟起来，和现在差不多，好像真要把一个什么物体吐出来，让我立即就能产生一些不太好意思说出来的反应。

"人太多。"

我说着，坐下来，扯过油污的菜单子，一张菜单子，就那么几样东西，我翻来覆去地看，我在想下一步。我这个年纪，早已知道自己的优势和劣势，十几年的家庭婚姻生活，也让我早已参透某些在年轻时不得要领的细节，掌握和熟稔了某些手段。捧着纸夹站在我身旁等点菜的是一个十七八岁的小伙子，我低声报着菜名和数量，他"嗯，嗯"地应着，飞快地在纸上划拉，不时抬起眼皮看着核儿。核儿朝旁边看着，但一眼就看出，她知道小伙子在看她。她此刻，一边脸上是矜持，另一边是得意。

"我已经点了羊腿肉、牡蛎和对虾，都是烤的。"

核儿可能看我点得多了吃不了，适时提醒我。

但我转念一想，就不对了：她提早点了菜，分明是要买单。核儿在我想时招了下手，小伙子拿着菜单跑到她旁边伏下身让她看，核儿也没像认真看，说："嗯，不错，先上着，我们不够再点呀。"

小伙子小声说："你们点得挺多了。"我摆了下手，说："先这样吧，拿几瓶啤酒过来。"小伙子抬头看看我，又回头看了看核儿，最终，直起腰进去了。

核儿有点烦的样子，翻了个白眼，拿起面前的果粒橙瓶子往嘴里灌了一口。我目不转睛地盯着她的嘴，我猜测她感觉到了，她让瓶口和她的嘴分离开，咬着下嘴唇，剜了我一眼，朝着小伙子的方向说："讨厌，啰啰唆唆！"说着又看了我一眼，挑起一边嘴角，笑了下，探身取过我的杯子倒茶。

我愿意看这种微微羞涩的表情。我已经很久很久，我也说不上多久，没看到过爱害羞的女孩子了。当然，核儿也算不上爱害羞，她就是在我盯着她的嘴看的时候才会这样，确切地说，是一种不自在吧。

"你又在打什么坏主意？"

核儿见我不说话，开始找话说。我想她这样说，只不过是一个年轻女孩在一个我这种年纪的男人面前的本能的骄傲罢了。什么叫打坏主意？我自从接到她微信，乱七八糟的想法像雪花一样在脑子里扑簌簌地飘落就没有停过。不过，我不是毛头小子，早过了冲动的年纪，虽然不是什么有身份的人，但出来混了这些年，说话做事早就开始拿捏分寸，时时为自己留着安全的退路。能到手固然好，到不了手，也不是扯下一块皮来。我也还没笨到非要对她说从来没打过她坏主意，这个年头，这些的话一出口，无异在头上顶块弱智的牌子，还兼有修养不够之嫌。

我飞快地转动着脑筋，我真不想动脑子了，我有点累了。但在姑娘面前怎么能说累呢，她又不是你什么人，我的意思是说，不是你老婆，也不是女朋友什么的。这不礼貌。我笑了笑，说：

"你怎么不上大学呢？"

话一出口我就后悔了，因为我记得好像问过，果不其然，核儿撅起嘴，说："你都问了八十遍了。是不是我这个年纪，不上大学就会死？你不会以为我不上大学，是个问题青年吧。我就是不想上大学，姑奶奶就不想上，咋地！"

我赶紧竖起拇指夸她有志气，我说我就逗你开心。核儿乐起来，接着问我有没有人说我像一个人。还没等我回答不知道，她就说："没人说你像蒋介石么？太像了，特别是笑起来，简直一模一样的。"又说我可以去做特型演员，根本不用化妆。

我故作惊讶，捏着下巴，说："真的吗？从没有人说过呀！我一个剃头的，能像这么一大人物？"

核儿乐了，抓起一串儿刚送过来的鱼豆腐伸出牙齿撕下一块，说："我就知道，你们那里的人，天天盯着人家后脑勺了，没头发的地方根本不看。叫我说呀，你比蒋介石还要帅，你的脸型，比他的还要正，但是——怎么说呢，可能，你太好眯眼了，没他看上去精神——嗯——可能是你累吧。"

我心里要笑出声来，但装作很严肃的样子，说："是吗，是吗？"

我对这个问题早不感兴趣了，上小学时，语文老师第一个说我长得像蒋介石让我多么兴奋啊，那时候，我还以为我长大后也会做出一番什么惊天动地的大事。当然，我早就不这样想了，我一剃头的，他一总统，长得再像也没什么好牵扯的。甚至说的人多了，弄得我心里有点烦。感觉说我像他好像对我的恭维一样，他们不知

180

道，我心里其实越来越拒绝这个话题。

但核儿明显很兴奋，她得意地看着我，小眼神儿像帮我找到两袋金子。我心里也挺高兴，和这么年轻的姑娘一起吃饭，听她咯咯地笑，本来就是一件让人心情愉快的事。再说她注意我的长相，让我也高兴，怎么也说明她认真看过我吧，这个，很重要。认真代表着一种兴趣，种种情分，都是从兴趣开始。

"不要随便夸人帅呀，会让人多想的。"

我说着，直视着核儿。

"天哪，还多想，怎么多想？你不会怀疑我要泡你吧？"

核儿说完嘻嘻笑起来，让我吃了一惊。

但很快，我想这是她们年轻人说话的一种方式吧。虽然这样想，我还是有点激动，话题，突然往前跨了一大步。我不是没遇到过这么直接的女孩子，而是在我印象中，核儿朴实，还未完全褪去农村野地上的青草气。

"梦寐以求，受宠若惊，这么漂亮的大美女，哈哈哈。"

说完我感觉到了别扭，什么叫漂亮的大美女？核儿撇了撇嘴，不屑地说："我这样的要叫漂亮，那你们店里的孙姐，那不成了绝世大美人儿啊。"核儿很巧妙地把话圆了。

核儿是个聪明的女孩，第一次见时我就感觉到了。核儿知道自己不漂亮，和知道自己的嘴很漂亮一样。和一个与自己的年龄不相称的清醒的姑娘说话，是一种享受。人活着，就是时时处处在演戏，一分一秒，都有自己的角色，人，不但要演好自己的角色，还要引导和配合对手演好，演好这一来一去、一分一秒，是人活着的乐趣和责任。与聪明的对手演戏，戏永远是活的，一推一挡之间，水乳交融，让人心里轻快舒坦。要遇上个愚笨的人，他会像棵树桩一样杵在地上，你得围着他转，把你累得够呛，他也许还感觉你莫名其妙。

"唉，哪有什么人想泡我，我一穷二白，都说女孩虚荣，嘿，现在男孩子们比女孩子现实多啦，没一个是省油的灯。真是想早生二十年，你们那年代，人多淳朴啊！没准儿就好多人喜欢我这种心灵美的呢？是不是？唉！"

核儿抓着肉串儿感叹道，好像经历过"我们那年代"。灯光昏黄，核儿的手背和手指上泛着一层细芒，还有手腕、上臂、肩膀，透出一股强劲而又清新的荷尔蒙的味道。她这话不好接。我一时拿不准她这样说是什么意思，我认识她没多久，也应该没有过分的举动吧。虽然，我看着她的肩膀，就想起别的地方来，联想起别的姿势来——甚至，今天晚上……

核儿开始说起她邻居家一条狗，说起她高中时学霸班长，说起前不久一个去她店里调戏她的猥琐男，说起有个雨天出门遇到一起群殴，还说起某部宫斗剧中一个妃子怎么怎么过分，说适合她上位的办法其实很多种，编剧真脑残。核儿边吃边说，说得滔滔不绝。

"年轻真好，干一杯吧，敬你。"

我说着举起杯来，我看她不紧不慢地跟着我喝酒，判断她酒量不错。但没想到她竟然激动起来，端起杯一仰头灌下去了。核儿站着，将酒杯倒转过来。

"干杯，干杯，他妈的！来，再敬你！祝大帅哥甩开膀子，把全城的人的头发都剃光！"

核儿说着站起来哈哈笑了一通，一仰头把酒倒嘴里，抹了抹嘴角的泡沫，倒过杯子。

"哎哟，没看出来呀——"

我真是有点吃惊了。

核儿看看我，撇起嘴，不屑地说："哼，就知道你当本宫没见过世面！"

核儿的剃光全城的话让我想起去年秋天来店里的一个秃顶男人。那老兄约莫五十来岁的样子，右侧的头发留得很长，向左边梳着，盖起光溜溜的秃顶。他洗过头坐到我面前的椅子上，我为他披好披巾，封好脖口，拿梳子将头发往下整理好之后，突然很伤感。我看着他的秃顶，像看着我的明天，人类的明天。我第一次想到了自己的死，想到我也是有死亡的人。我前面长长的余生好像一下子缩短了，我看到自己躺在一扇破旧的门板上，在我们村边的一个草棚子里，周边跪着我寥落的后人。当然，这个场景是我十来岁时，二爷爷葬礼的情景。但我的，大约也是如此吧。只不过，我再不会有门板上的尸体，那太奢侈了，我只有一个小小的骨灰盒。

从那之后我坚决地剃了光头，神经质般地每天刮一次。没有及时刮剃冒出的头发茬儿，我视为一场大骗局。但每次照镜子，看到我泛着亮光的光头，我都像看到了死亡，每次看到头发茬儿，就像看到了一场弥天大谎。后来我从心理上拒绝照镜子，但又不得不照，我无法在工作时把顾客的头像和镜子中我的形象分离。生活对于我，成为一场折磨。我无从逃避，因为我只会理发，除了理发我一无所长。家里还有半打人指望我的手艺。他们最怕的就是我在城里干不下去再回到镇上。就像那天晚上，我为那个秃顶男人吹干头发，贴心地将右侧长发梳到左侧，遮盖住他油亮的头皮后，我毅然决然地走进了城西红灯区。真的，我抱着视死如归的心情，在一个很白、嘴角上有痣的姑娘的轻抚后，我雄赳赳地进入了她的身体，这是我第一次进入妻子以外的女人。她叫第一声时，我感觉电视里那人说得对，女人和女人是不同的，我暴风骤雨一样攻击她，我在她尖叫声里汗水淋淋，那一瞬间，我逃脱了死亡的阴影，我第一次由于快感吼叫起来，而以前我认为这样有失体面。几秒钟后，我又想，女人和女人，没什么不同。那姑娘推开我从床上爬起来，为我抽下安全套擦干净身体。我闻到一股让我作呕的气味，我想，我再也不会光顾这样的地方了。但第二天，第三天，我又去了。每次我都得出和第一次去时一样的结论，那就是——我再也不会去了。每次从那里出来，听着身后有细碎的脚步声，我知道死亡其实一直跟着我。

那段时间，我与每一个可能与我谈论死亡话题的人讨论死亡。讨论牛头马面、死神、阎罗王、地狱、黑白无常、撒旦的模样和行为习惯、勾魂、审判的用语和方式。每个人，都有不同的看法。我甚至办了借阅卡，一连好几个上午去图书馆查阅相关的资料。我认为我有权利和能力把注定在前方某个时点等着我们的东西弄明白。但半年多一无所获。一个阴天下午，我闲着没事儿刮刮头皮，我看着镜子中额头上那四条半横纹，我想，其实，死亡就是我们自己。

我想，从那以后，我的世界里，分两种人，一种是意识到自己会死亡的，另外一种是还未意识到的。起先，我以为这大约可依年龄分，但观察与交谈过一段时间后，我不这样认为了。很多大爷大妈，虽然嘴里口口声声说不行了不行了，其实内心里，并不认为自己有一天会死，死亡对这部分人来说，是个童话。

对于死亡的认识直接进入了我的身体，我能感觉到一种像水银一样沉重的物质从我的腰间沉向下肢，那天看见核儿像头小母羊一样跳进理发店的门时，我想，拥有这样步伐的人，该是多么轻快幸福。那天，我一边给核儿修着发梢，一边以两个世界的人的心态和她絮絮叨叨。走时我还送她到门口，看着她走出很远。

"怎么，想什么呢？喝呀！"

核儿拿手在我面前一晃，把我晃醒了。我把杯子放在桌子上，重新满上酒，说："没想到啊，核儿娘娘原来海量，失敬失敬。"

我们又干了几杯。

我已经感觉到了一点什么滋味，怎么说呢，就像一个明明知道要跑三十里才能到海边游泳的人，走出家门还没溜开腿儿呢就一脚踩进细软沙滩，抬头一看眼前蓝天通透，碧浪翻滚。在稍稍的吃惊之后有惊喜慢慢从心底浮上来，一个敞开喝酒的女孩，总让人感觉比较容易得手。说出这个我有点不好意思，但谁不这样想呢。

这种想法让我有点恍然，我们各自重新满上，一连又干了好几杯。我开始问核儿家是什么地方的，家里姐妹几人，父母都干什么，什么时候来的这里，活儿累不累，与同事关系处得怎么样；核儿喝啜着酒回答我，后来我还问她有没有男朋友。

"他妈的，什么男朋友，想泡我的，都是些穷矮矬，一开始，我也不明白呀，本宫就这么倒霉？后来我明白了，是因为我自己太差，太差！我发誓了，不混好了，我才不要谈朋友，让那些自以为

185

是的货们见鬼去吧，等我混好了，给我舔鞋我都不要，哼！"

夜深了，雾气压下来，刚才吆五喝六的人慢慢走散在这个城市的大街小巷，烧烤店的伙计已经开始往檐下堆积桌椅，我在拿捏能邀请核儿到我那里去吗？还是我送她，到她那里去？我还没有把握，但又感觉放过这个机会特别可惜。看得出，核儿也乏了，她坐在矮凳上，双手捧着下巴，看看我。我问她饱了没有，她直了直腰，想说什么的样子，过了一会儿又塌下腰，她叹了一口气说了句什么，我正在招呼老板过来结账，没有听清楚。

让我窃喜的是，核儿并没有要求结账，连让都没让一下。这是个好兆头，我想着站起来，提议送她回去。核儿好像还没有准备好似的，"嗯"了一声，说："好，好啊。"

核儿脚步踉跄，边走边嚷嚷自己要怎么样怎么样。我跟在她后面，顺着人行道往北。街灯迷蒙，路面如起伏的波浪，偶尔过往的行人车辆在我们身边拉起或疾或徐的风。过了路口之后，我问她住在哪儿，她指着远处看不见的地方，说"万家"，又说："你送我到小区门口就好啦。"

我说："那怎么行，那我太不负责了，你要是进了小区崴了脚，会骂我的。"

我怕核儿立刻会发现我的图谋不轨，核儿站住，晃了几晃没说话，过了一会儿，她扶住身旁的树，笑了笑，说："哎呀，我租的地下室，我从不敢让人知道我住哪儿，怕人笑话。"

"那有什么可笑话的，创业嘛，马云创业时，房子也不大。"
我想让她开心起来。

"我这叫什么创业，别笑话我了。"

核儿说着在路边停住，伸出一只手示意我也停下，小声，但我听出她很郑重地对我说："我其实，刚才就想问问你，你们店里还招人吗？前段，前段我去时，看窗下边贴着招聘启事，今天我去看，没有了，没有了。"

我不由自主地"噢"了一声，也许是刚吃过饭，用餐巾纸擦拭过的原因，核儿的嘴唇上不再油光了，但依然圆润，扎着我的眼。我看着她的嘴，一下子明白，原来，核儿约我出来，就是为了这个呀。我有点，怎么说呢，不是滋味。她喝成这样，还没忘了说这个，可见刚才一直揣着这句话的。这个小毛丫头，竟会算计人。但我转念又想，她这是有求于我呢，有求于我……

见我不说话，核儿转身又朝前走着小声说："嗯，你们一定招到了，是吧？"

核儿的语调很悲伤，我有点心疼她了。

"你不在超市干得好好的吗？怎么想起来换工作了？我们店里活儿也不轻，洗头工啊，洗个十来天，手指就粗了，可能钱比超市高点，但这钱，不好赚。"

核儿没说话，扭头开始继续向北走。我点了支烟，追上她。

"你信不信？刚才，和你喝着酒说着话，我做了一个梦。"

我看到核儿显然没有从失望中缓过来，但礼貌地瞪起眼。

"梦，什么梦？不过，不过，你刚才确实出神儿了。"核儿竖起一只手，确定地道。

"不想知道我做了什么梦吗？梦到了一个美女。"

核儿撇着嘴，挥了下手，说："咦，这么低级的梦，在梦中，那个美女和你一起喝啤酒吧？别尽拿我开心了。"

核儿开始摇头，说："唉，我说什么就是不高兴上学什么的，说着玩呢——唉，不过呢，算了，这是我自己的事，算了，我再注意别的地方招不招人吧。哎，好，你就说说你做什么梦了吧，要真做了的话。"

我说："我梦见我初恋了。"

"哎哟喂，"核儿嘲讽地叫起来，"还初恋呢，编，接着往下编——"

核儿扭过身，上上下下打量着我，好像喝醉的人是我。

"是不是梦见，梦见她，她穿着补丁衣裳，拖拉着一串儿黄毛孩子，一看见，一看见你就哭了？"

我说："那倒不是，我中学时，在镇中上的，我左边隔着一条过道，是一个短头发的女孩。头发很短，像男孩一样。"

当然这是我顺口编的。我根本没有在镇中上过学，当然，过道和女孩也子虚乌有。

核儿说："她，她学习很好吧？是学霸吧？你，你，常抄她作业吧？"

核儿打了个酒嗝，我不得不说，她说对了，我就是想这样往下讲，但她一说，就绝了这条路。

"不，学习嘛，还行吧，和我差不多吧。我从不抄别人作业，我学得也不错呀。"

"你是跟别的同学打赌说能约她出来才追求她的吧？"

确实，我也真是想这样说的，但又行不通了。

我说："你到底想不想听了？"

核儿乐了，说："想听，你讲，再不打搅你了。"

我说："那女孩是一个物理老师的女儿，但那老师没教过我们。我每天偷偷地瞅着她，课间时装作趴在桌子上睡觉，从指缝里偷看她，慢慢地，让她发觉了。一到课间，她就把脸偏到那边去，背对着我，或者干脆跑到教室门外面。"

核儿说："哎哟，那，那是她也喜欢你呀。"

我说："对呀，对呀，现在我知道了，她害羞，是因为她也喜欢我呀，但当时我不知道，我以为她躲着我，是讨厌我。所以，弄得我很伤心。"

"哎呀，你真是笨哪！"

核儿拍了我一下，惋惜地说。

我说："是啊，我这样伤着心，就考高中了，我们都顺利考上了高中，但我家境不好，就没去上，在镇上跟了个师傅学理发了。"

"你是不是周末常去一中校门外偷偷地看她？"

核儿又说。

我摇了摇头，说："没有，一中在县城，我在镇上，我没有去看她，但是，我从同学处打听了她的班级，我给她写信。"

"天哪，天哪！"

核儿惊呼起来，说："情书，太浪漫了。那，那，她呢，她，她回你了吗？"

我说："回过，只回了一封，不咸不淡的话，信里夹了一片楸树叶子，后来就再没回复过。我知道她学习任务重，时间也紧，常回信会耽误学习啊。三年很快过去，我出徒了，她也该上大学了，

189

我也知道她一定会考上大学的，我把她的回信拿出来，拿着到镇北水塔下读了两遍，烧了，把那片叶子嚼烂咽下去了——"

"哎呀，你真，真是，好变态呀！"

核儿叫了一声，问："那后来呢？"

"后来，后来就不再联系了，我天天剃头，也很累，后来自己在镇上开了店后，更累了。有一回，一个同学的母亲来店里烫发跟我聊起来，说我们那班里她认识不少呢，我想起她来，就问认不认识。她想了好半天，终于想起来。'是，是，我知道她，唉，一个好孩子。'我看她的表情心里不祥地一抽，果然，她说：'收到南京大学的录取书了都，到书店去的路上出了车祸，截了一条腿去，寻死觅活的，学也没上，她妈还天天看着她。'"

"天哪！"

核儿捂了下嘴问我："你去看她了没有？你应该去看她呀！"

我说："去看了，我到县实验中学去看她，噢，我们那个物理老师，在她上高中时调实验中学去了。我买了水果和两包糕点去看她。她和她妈在家里，我已经不像在学校那么忐忑了，我进门时，看见她拄着拐杖，站在院子里晾一件杏黄色的上衣，大门开着，我还是敲了敲门，她看到有人进来，架起拐杖快速移动到门口，打开门叫她母亲出来，自己进去却再也不出来了。我对她母亲说来看她，她母亲很高兴，对着里面喊她名字，说你同学来看你了，一面请我到屋里坐，我们往屋里走，她母亲想打开时发现门在里面闩上了。她在里面让我走……"

"哎呀，她是感觉自己，残疾了，不完美了，不想再见你了，看来，她当时是非常，非常喜欢你呀，好伤心呀！"

核儿扭头看着我，伤心地说。

我说："是，但我回到镇上的第二天，才想明白。这样想后我心里特别难受，思前想后，思前想后，感觉心里还喜欢她，这么说吧，我这么大年纪了，也不怕你小孩子笑话了，我确定自己爱她，第三天，我又去了县城，她家门还是开着，我走进去，叫了几声她的名字，没有人应，我走到屋门前，发现屋门上挂着锁，我把给她买的一顶带着蓝蝴蝶结的太阳帽挂在她家院子里晾衣裳的铁丝上退了出来。走到校门口时我又不甘心这样回去，又回去，敲开她邻居家的门问，一个和我差不多年纪的男孩出来告诉我，说她昨天割腕了。她母亲上邮局寄了封信的工夫，她在房间割了腕。我问还活着么，人家告诉我，早不行了，他爸妈都去殡仪馆帮着料理后事了。"

"唔，"核儿说，"好悲惨哪，你那天去，去看她了么？"

我说："去了，但我赶到殡仪馆，早没有人了。那天，我赶回镇上时，天已经黑透了，我掏出钥匙，半天才打开门，我进去之后在沙发上躺着，一点不想动，我在黑暗中，把开始喜欢她到现在的点点滴滴回忆了一遍，我后悔把那封信烧了，一点念想也没留下。后半夜，一只流浪猫蹿进店把我惊了起来，我打开灯，把猫赶出去，在锁门时，发现门口躺着一封信……"

"啊！"核儿慢慢停住脚步，看着我。

"对不起！"

路灯下，核儿泪光闪闪。

我点了点头，说："说起来心里特别难受，我不再往前送你了，你自己回吧，小心些。"

向西，再向北

三姨太不是三姨太，三姨太是个男人。

人们之所以给三姨太叫三姨太，是因为三姨太太像三姨太了。

我们都走不出历史文化怪圈，这可能和后清民国的影视作品冲击荧屏有很大关系。我分析之所以不给他叫二姨太或四姨太、五姨太或别的什么姨太，或者干脆给他叫太太，就是因为影视作品中三姨太形象往往更女人、更媚惑、更复杂，比别的姨太、太太给人的印象更深刻，让人咂摸不透进而不断回想与体味。那旗装紧裹的腰身，自然而优雅的兰花指——

王美丽第一次听到他同事给他男人叫三姨太后，呸了口道："变态！"不过转头看了看他后就笑了，笑完后说："是咱们长得精致了，他们那是嫉妒。"三姨太听后，装作小解，跑到卫生间照镜子，嗯，是精致，他心里想。但他的嘴让他非常介意——边缘过于

192

圆润了，即使紧闭起来，也显示不出哪怕半点威严。

不知道三姨太这个绰号谁先叫的，反正大家认识他的时候，顺口就叫三姨太，"三姨太，上班啦"或者说"三姨太，你家里来电话了让你回一下"，就连他们科长，有次来办公室，张嘴就说："三……"本来想说三姨太，说出"三"后摸了摸下巴，硬生生地将下嘴唇推了上去。谁也没有研究过大院里到底是谁先叫的，或者再下点功夫，寻根问底一点，稍微地上一下心，探究一下三姨太的来历，可是没有。如此，三姨太这个称号，干脆像天上掉下来的一样，长了眼，吧唧一下贴他头上了。

近几年机关里刚进的新人，干脆自发地或者在前辈们有意无意的提点下叫他三姨。对嘛，前辈了嘛，十几年熬出来的。

如果说一个大男人，心甘情愿地对别人叫他三姨太的行为听之任之，甚至将后生们的三姨称呼接受的话，那可能会有些违心了，不大符合客观实际。但要说他真的对这个称号很介意，万不接受，也不大确切，因为如果他真的不能接受的话，这个不大雅的称号说什么也不能跟他十来年。

三姨太最近很烦。

倒不是因为以上讨论的问题。

他上个月参加了毕业十年的同学聚会。

当他沮丧地发现，自己完全失去了当初从校门直接进机关的心理和现实优势，却又不得不硬着头皮坐在众多的某长、某总、某教授之间时，他感觉自己猥琐异常，一如当年一入校，坐在美丽娴静的吴乔身边一样。

当他又一次坐在了吴乔身边，心跳脸红却再也不是因为少年时的青涩和不安了。

　　在他确认了自己的感觉后，他听见自己的心咔吧地响了一下、两下、三下——

　　所以，聚会回来后，连续几天他一改回家就进厨房做饭的常态，竟然窝在沙发上直到王美丽回来也不动窝。他一般是坐在客厅那个最没有光线的角落，脑袋抵靠在沙发靠背上，紧紧地闭着眼睛，但只有他自己知道，这次，绝不是闭目养神。

　　王美丽起初以为他病了，嘘寒问暖地伺候了他两天。在三姨太心里刚有了那种久违了的初婚时的甜蜜温存之后，王美丽认定他只是无端地逃避家务。这一发现让王美丽很烦。王美丽的烦和三姨太的烦不一个模式，她不窝在沙发里闭上眼睛，而是将窝在沙发里闭着眼睛的三姨太一尖嗓子吆喝起来，把三姨太吓出一身汗。

　　再不能这样下去了，三姨太擦着额头上的汗想。

　　所以，那天下班之后回到家，三姨太还是坐在客厅那个最没有光线的角落，脑袋抵靠在沙发上，但没有闭着眼睛，而是瞪大了眼睛，盯着他最喜欢的漂亮女主播。

　　咔吧一声门响之后，王美丽回了家。

　　王美丽看了看三姨太，也许是感觉很奇怪，所以她也没进厨房，而是换上拖鞋走过来挨着三姨太坐下来，坐下后的王美丽将脸挨近了三姨太的脸，确切地说是将她的眼睛盯在了三姨太的眼睛上。三姨太左右地闪着，像是以便能看到电视屏幕。接下来三闪两闪，闪不动了，慢慢垂下眼睑后站起来去厨房。

王美丽看着三姨太走进厨房的背影，狠狠地将外套撕扯下来砸到沙发上。

　　三姨太切着那根黄瓜，不知道哪根易感神经起了作用，竟一时间哽咽起来，他看到自己的泪水滴滴答答落在切好的黄瓜片上，他想不明白是为刚才与王美丽对峙的挫败，还是为因聚会造成的在现实中的迷失，还是别的什么。

　　他将那盘混合了他眼泪的黄瓜端上了餐桌，看着王美丽和儿子大口大口吃下去。他盯着王美丽由于咀嚼而不断变幻出各种形状的嘴，想象着如果他刚才滴在黄瓜里的如果是三氧化二砷，当然，我们一般叫它砒霜，或者如果是《夜宴》上说的那种辽东鹤顶红和大漠黑蝎子粉的混合物，那此刻王美丽的神态、形态、呻吟、绝望，他尚想象不出自己果真面对这种情形下的王美丽时的心情。但他知道，如果真是这样的话，王美丽一定痛苦地趴伏在地板上，嘴角流着血，身体蜷缩起来，说不定还哭着求他赶紧把她送到医院。但医院是没有办法医治的，所以他还是不把她送医院了吧。他只能束手无策地看着她继续流血，继续蜷缩，然后没了气息，然后……他盯紧了王美丽不断扭曲着的嘴唇和由于吞咽而蠕动着的脖颈，踌躇着自己会不会因为故意谋杀了她而去公安局自首，如果自首的话，儿子一定是没人管了，他也会在一声枪响之后结束自己"万恶"的生命；如果不去自首的话，警察总有一天也会找上门来，如果他逃跑，会在逃跑的路上被人摁住。也许那是一次演练般的抓捕，跟随了记者，扛着摄像机，一个美女记者也许会拿了话筒，带着一脸阶级仇恨，咬牙切齿地向电视机前的人们播报：犯罪嫌疑人在逃跑过程中被公安干警围堵捕获，据了解，犯罪嫌疑人名叫吴振华——更现实一点描述的话，这个记者在说了通讯员某某报道之后，会下意识地整理一下表情，以便留给观众她的最佳视觉表情。当然，他也许，更可能，平静地坐在客厅的沙发上，就是他往常最爱待的阴暗角落，看着警察走近，他会极有风度地伸出自己的双手——一切有理智的罪犯都好像是以这种方式被缚的，一种大义凛然混合着儒雅淡泊的神态。当然，下场也是儿子没了人管，须发苍苍的父母会痛哭流涕、捶胸顿足，兼有巨大的丧子之痛与恨铁不成钢的愤恨——早知道这样，还不如当初打断了你的腿，哪怕是当猪养着你。过了阵子，小姨子也许拨动她自以为无比伶俐的舌头，说："我就说嘛，凤凰男！"当然，那时候，无论谁，无论以何种方式对他，都无所谓了。

"你有病？！"

在妻子的一声怒斥和儿子熟悉的怜悯目光中，三姨太如刹那融化的冰人一样打了个冷战收回了自己的目光和想象。

洗完了碗，三姨太没能像往常一样坐下和王美丽一起看没完没了的言情剧，而是破天荒地走进了书房。他打开灯，关上门，背靠在门上，环视书房中熟悉又陌生的一切。当然，现在的书房，早不是当初刚搬进来时收拾的书房了，墙上的壁纸已发暗发灰，失却了当初的亮丽，书橱也由于年深日久而发出一缕缕衰败的味道，他轻轻打开一扇扇门，伸手摸摸书排上的灰尘，放在鼻子底下嗅了嗅。他拿来抹布，搬来一盆热水，小心翼翼地擦着一本又一本书籍，回想着当时买下它时的每一次欢欣与窃喜——

那时的王美丽漂亮大方，甜美可爱，她由她单位里的王大姐领到三姨太面前，当然，三姨太当时好像还不叫三姨太，而是叫那个响亮的名字——吴振华，也像王大姐说的那样，名校硕士生、满腹经纶、风流倜傥。

才子佳人似的恋爱总是被人普遍看好，甚至是羡慕称颂。虽然王美丽只是大专生，但王美丽的姨夫是三姨太所在单位当时的一把手。倒不是三姨太想通过这桩婚姻而取得什么，是周围的人们一致认为三姨太会因了这桩婚姻而自然而然地该得到什么。三姨太那时思想纯净，一派生机勃勃。那时候的王美丽也小鸟依人，温婉的样子常常让三姨太感动不已。想到自己跳出农门已是造化，又想到考上研究生已是上天垂怜，而今得到王美丽这般佳人，感觉自己幸运得已不能言说。

不消说，婚后的三姨太自然将王美丽当成娘娘似的养着，呵护着，但王美丽却没有将三姨太当成婚前的大树和王子。不知不觉几年过去，直到有了儿子，三姨太在围城的角色就彻头彻尾堕落成肉体精神的双料奴仆。在王美丽高兴的时候陪着她笑，在她不高兴的时候陪着她郁闷，在她烦的时候还得当出气筒，在她拿他与别人的丈夫比较时当陪衬物。这一切，三姨太还都得乐呵呵地接受并收藏下来。虽然，他常常感觉自己需要的是激励与点燃，而不是点评与比较，更不是逆来顺受和面对褒贬的麻木不仁。

但是，在以前，三姨太除了偶尔有些烦之外，并没有感觉特别痛苦。

是的，在以前，在同学聚会以前。

是那些某长们、某总们刺激了自己吗？三姨太一边擦书册一边认真地摇了摇头。不是，是吴乔吗？三姨太将擦拭好的书册放好，痛苦地低下头来。

　　吴乔不是某长，也不是某总、某教授，而是一个纯粹的家庭主妇。这与当年她给三姨太的印象非常不符，但她滋润的脸庞和温婉的笑，确实是在告诉三姨太，她很幸福。三姨太望着吴乔端着杯子的手，突然想起自己紧紧拥抱着她，并将坚硬的身躯牢牢贴紧她的那个夜晚，就是那个夜晚，吴乔让他成为一个男人。他看着吴乔羞涩地低下了头，知道她也和他想起了共同的心事。他们那晚从咖啡馆出来，沿着人行道往西走，街旁的无心法桐，影子落在墙上、地上，错落而斑驳，一如三姨太那时那刻的心情。

　　他们俩不紧不慢往前走，从咖啡馆到宾馆的那段路，仿佛一辈子也走不完。向西，再向北。拐过街角，路逼仄起来，除开两侧新辟的人行道，当中的车道也就仅能错开车而已，街两边的法桐抄起手来，像为他俩搭了个长长的、宽宽的花棚。是的，花棚，三姨太想。

　　突然，三姨太"咦"的一声往吴乔那边一躲，身子几欲撞到她，吴乔伸了手，一扶，站停路边。三姨太很奇怪，说："刚才什么东西挡在了我的脸上？一定是有什么东西，挡了我一下。"吴乔前前后后走了几圈，说："没有，没有啊。"三姨太想：怎么会呢，分明是什么东西挡了我一下，嗖地就过去了。吴乔说："没有，什么也没有。"说着伸出手来，在空中唰地一划，证明给他看。

　　吴乔就这样，站着，左臂从一侧伸出，接着很快伸直举过头顶，唰一下划个大半圆，这样一道有些晦暗的光线在三姨太心里倏地闪过。

这一丝光线，将三姨太照得五味杂陈，说不出话来。

对于和吴乔的见面，三姨太感觉意犹未尽，是想和她重温那个旧梦吗？不是，也不可能。但为什么感觉如此遗憾，以至于归来这么长时间，心情还不能完全平复下来？

三姨太想，都是那只手镯做的怪。

毕业前，已知结合无可能，他们很冷静地谈了次话后，三姨太买了只很细很细的银手镯，送给她。三姨太买这只手镯时，考虑了很长时间，起初，三姨太想，我要送她一只白金的，黄金太土气了。但到了离学校最近一个商场金店时，却发现，一只白金手镯，是他父母劳动两三年的收成，他的手在柜台上面抖起来。

辗转反侧一晚，他才无奈地决定，送她一只银的吧，几十块钱，还买得起。就是这只银的，付钱时，也让三姨太感觉犯罪不已，这是父母的血汗钱，他太不地道了。

毕业后好长一段时间，特别是与王美丽谈恋爱后，他经常为这只手镯懊悔不已，一想起来就难受得要命。他心想，我为啥俗气地送她一只手镯呢？还不如一只小小的戒指、一本书或者干脆送她根雪糕，随心　化，多好，为啥非要送只手镯给她呢？又土气又小气，怕是吴乔回身就会扔到一边，还会在心里嘲笑他。想到吴乔会嘲笑他，三姨太都有些喘不过气来。

他在悠长杂乱的回想中整理好了书，轻轻合上书橱门，擦干净书桌和椅子，然后关了灯。他手握抹布坐下，他想让自己静静。

如果吴乔嫁给了他，会像现在这样幸福吗？他们还会坐在一张小桌边，面对面，共同默默地回想一下当初的甜蜜与热烈吗？她会不会也像王美丽一样，嫌他没出息，嫌他不浪漫，从而让他沦为一个供养家庭的机器和伙夫、杂役？他知道自己又犯了"三姨太"式的错误。人生没有撤销键，问"如果"也不是男人该有的做派。可如果，还是如果，他当初执意让吴乔留在这个城市，她肯吗？她嫁了他，还会戴着他送的那只不值钱的银手镯吗？

三姨太被这个简单而又复杂的问题搞得很疲惫。这时他决定，到外面走走。

他从书房里走出来，站到客厅里刚打开电视坐下来的王美丽跟前。

"你想出去散一会步吗？"

"散步？外面的天会冻死我的。"王美丽说完又沉浸在肥皂剧里。但须臾她站起来，很快追到将掩合的门口，一把抓回三姨太攥在手里的抹布，没等他反应过来，回头又将大衣塞到他手上。

很快，他孤单地走在黑暗和街灯永恒冲突的冬夜里。他从小区门口向东转弯，没有向北到街心公园，而是向南，再向东，一直来到本城最繁华的步行街。

他感觉闷，他想到一个人多的地方，他想看到有活力的东西，他需要一些颜色和声响的刺激。

霓虹灯闪闪烁烁，让整条大街处在跳跃和闪烁当中。街两边是音像店、服装店、网吧、迪厅、书店——这让他认为，自己在十几分钟以前做的决定真是英明。

街上行走的大多是些年轻人，他（她）们几乎是弹跳着、随着音乐的节奏弹跳着走路。灰暗的夜幕下比白天更加花红柳绿，三姨太迈着并不悠闲的步伐，在各个店口逡巡游弋，最终，他还是相中了一家书店，推门进去。里面人很多，也有一些学生模样的孩子们。有的在书架上翻翻弄弄，有的举了书大声报了书名，向坐在门口的店员商讨着最优惠的折扣，有的干脆捧了书，站在过道里，旁若无人地读。还有的在几乎人挨着人的过道里艰难地穿行，仿佛在进行一个摩擦棉衣的游戏。三姨太以顺时针顺序在这个不大的书店里走了好一圈，最后在外国文学的书架前停了下来，他看着曾经亲切的人名：海明威、高尔基、马尔克斯、托尔斯泰、塞林格——但他一本书也没碰。他不想让这里的任何一本书籍，重复他书橱里那些书的命运——它们一定都伸长了脖子，望眼欲穿，像极了旧时后宫企盼皇帝临幸的佳丽，在一日日的心灰意冷后，极不情愿地凝视着镜中的花容渐枯、青丝泛白，在几乎不流动的时光里一步步走向自己的宿命。又想到自己何尝不是一本书呢，自己就是本落满灰尘的旧书，过气的书，藏在角落里，空有一肚子心事。

他看着这些书，像看了遍老电影，又像检阅自己从未意识到的、确实存在的、从来不应被忽视的——真实而又落寞的心情。

看看表，已经十一点多了，想到王美丽可能的冷脸，他推开书店的门，加快了往家赶的脚步。

向西，再向北，他裹紧大衣，免得寒风像王美丽讥讽的目光一样将自己刺痛。向北的小街上没有街灯，这时候已黑咕隆咚一片。当初也许平整的水泥路面被时光的雨雪侵蚀得四分五裂，三姨太本能地将手从大衣口袋拿出来，在空气中划拉着，用手作桨，推自己前行。走着走着，他忽然感觉腿脚像碰到了一个什么活物，他被绊倒了。糟糕的是被绊在了泥水里，他迅速爬起来，抖着衣服上的污水。

"对不起，对不起。"

黑暗中，一个女声说。

本来心里只想爬起来往家赶的三姨太很恼火，听到这个可恶的肇事者彬彬有礼的道歉声，三姨太更是火冒三丈——将别人弄得如此难堪，自己却在一旁矫情地显摆修养。

"有病啊你？真是有病，这么晚了趴这里绊人。"

"趴这里绊人"，这句话在以后很长时间里，给了三姨太莫名的诙谐。嘿嘿，谁会在寒冷的冬夜，顽强地趴在地上，只为绊倒一个或两个莫名其妙的行人？当然，她最可能的结果是，趴一晚上，也绊不倒半个人，因为她趴的这个地方太靠路边了。一般人不会这么贴边走。想到这里，三姨太一惊——自己从什么时候开始，习惯了贴着路边和墙角走路了？

"对不起，对不起，我，不是有意的。"

"不是有意的？但你是有病的。"三姨太自己也不知道怎么了，要在平日，他难以想象自己会这样尖酸刻薄，顶多在心里埋怨两句，懊恼地爬起来走人而已。

"对不起，对不起，我，我真是，真是饿得走不动了。"

三姨太怔了一下，但没多想，鼻子里哼了一声就快步回家了。

王美丽穿着睡衣，毫不掩饰自己的幸灾乐祸，待在卫生间门口看着三姨太洗掉了满手满脸的污垢，脱下了满是污水的衣服。"哼哼，承认吧，心甘情愿地。你就算去散个步，没有我，也会搞成这个样子。"王美丽得意地说。三姨太看了看她，心里找不到可以回敬她的话。心下对她更是恨了一层，心想，当年思辨敏捷的自己硬是让这么个女人弄成了猪一般的脑子。试问在校时谁敢与他针锋相对，他可是曾经拿过"最佳辩手"奖杯的。可眼下竟然连句准确地表达自己愤慨的话都找不出来，真真是……

等躺下，王美丽一边逗弄着他，一边说："你知道吗？你们单位后勤那个冯顺子，出书了。"

三姨太拨开她的手说："出就出呗，人家出书你这么兴奋干吗？关你事？"

王美丽复又把手伸过来说："不关我事，他到我们办公室来办事儿，顺便送我了本，我读完了，还真像那么回事儿呢。"

"切，他那种水平也像事儿，我就成曹雪芹了。"

"真的，不信你看，我拿给你。"

"不用，你自己看吧，我没兴趣。"

"臭脾气，你是嫉妒吧，还没兴趣。"

"嫉妒？等着，三个月我给你写本儿，不比他的差。"

"真的，你说的是真的？"王美丽一听他说要写书，一骨碌爬起来看着他，"你其实完全可以写书的，你一定比他棒。"

三姨太没有说话，心想：是不是所有女人都是这样反复、无原则的，听风就是雨，简直了！不过说起书来他当年还真想过，那时他是个热血沸腾的文学青年，写过不少的豆腐块儿。但后来，再准确一点是婚后，有了儿子后，看着一同进机关的同事提拔后，帮着资历和自己难分高下的人搬出了现在他们住的这栋楼、搬进了新居后，再面对自己的"铅字儿"，他便难以提起当初的心情了，更打消了当时这样那样实不实际的关于写字的念头儿。

写字，三姨太想，如果写字是炒盘土豆丝的话，他不知写了多少了。在全心全意地关照起一家人的"肚子"问题后，他几乎再打不起写几个字的主意了，不是不打，是打不起了。写字是个纯粹活儿，他想，也许纸面满是柴米油盐，但也难经得起现实的鸡毛蒜皮。

如果写字连自己的问题都解决不了，那写字，还会有什么意义。他讨厌无病呻吟，虽然更憎恨行尸走肉。

王美丽看他不说话，感觉没意思了，大概。伸手摁了灯，一会儿就睡着了。

三姨太睡不着，去了趟卫生间，他坐在马桶上看着搭在浴帘杆上的滴着水的衣物，很自然地想起那个绊倒他的女子。"饿得走不动了"，三姨太想，她当时是这样说吗，什么叫饿得？饿得走不动了？他苦恼于自己想象力的贫乏，想象不出女子的容貌和当时的心情。

第二天吃过晚饭，他迅速地收拾好碗筷，问还未在沙发上坐定的王美丽说："想出去走走么？"

"不去。我不想弄身泥回来！需要叫儿子扶你去吗？哈哈哈。"

不管怎样，这正是三姨太想要的结果，他飞快地转过第一个弯儿，在向南的小路上放慢了脚步，走到昨晚他跌倒的地方时，他看见一个女人，不过也许是个女孩，站在街边，借着尚未完全黑暗的天光，显出一副很美好的样子。三姨太拿不准她是不是昨晚绊他的女人，他没找出理由让自己停下来，就这样魂不守舍地在步行街逛来逛去，好不容易挨到快十一点的时候，又往回返，走到向北的小路口，他停住脚，向前面的黑暗处望开去。这条小街像条隧道，连接着这端的他和那端的未知。

他踏上了追赶未知的路程。快走到那个地方的时候，他让自己慢下来。

"往前走吧，我不会再绊你了。"

是，是那个女的，三姨太知道这个声音就是来自他走过时看见的那个很美好的女孩。

这次轮到他说对不起了，但那个女孩又一次说了对不起，还告诉他昨天她真是快饿晕了，还说如果不介意的话，可以到她家坐坐。三姨太受到诱惑了，他立即在心里把这个女孩当成了那种女人，但他还是利落地答应了。

几步就到了，让三姨太惊诧的是离这么近，竟从未发现有这么个所在，沿街高大的楼房掩映着这排低矮的简易平顶房，虽不是"不知有汉，无论魏晋"的陌生杳远，但已经足够让三姨太感叹无所不在的隔阂和人活于世的孤寂。这个女孩所说的家是间小屋子，有三姨太的四分之一个办公室大小，放着一张双人床和一张学生用的课桌，课桌上乱七八糟摆着口红、梳子、几件卡通小玩具等女孩子的东西。从门后处墙上到床头墙上扯了根细铁丝，零零落落搭着粉粉白白的一些内衣内裤、毛巾等。头顶上吊着个白炽灯泡。女孩让他坐，他看来看去，也只有坐在床上，如果坐的话。

他就在床沿上坐定了。

三姨太看着小课桌上的小物件问她：

"你是，是——？"

"嘻嘻，你是问我是那种女人吗？——嘻嘻，我是。"

三姨太原本担心他这样问她可能会赶他出去，至少应该表示一下愤怒。但她很坦诚地答应下来，倒让他不适应了。

接下来三姨太拿不定主意接着坐下去还是应该站起来走掉，或者再说些什么。

他正犹豫着，那女孩走过来，伸手慢慢脱了他的衣服，将他送到了被子下面，接着也脱了自己的。

在人家被子下面再告诉自己应该以柳下惠为榜样是可耻的，当然，这是后来王美丽和他闹翻时他倾向于安慰自己的想法。当时，他绝对是实践凌驾于理论之上者。拿通俗的话说是实干家，先行者（与他自己经历的纵向对比来讲）。他一向对王美丽讲，男人不像女人——男人的动物性要多一些——所以，他淋漓尽致地又发挥了次属于动物的一面，在这个陌生女孩的身上。他明显感觉女孩有着和她年龄不相称的熟练和放纵，但他还是异常兴奋，他甚至从女孩起伏的胸脯和微张的嘴唇上看到了生活的希望和一个全新的自己。

他一下子回到了当年，回到了中学、小学时，回到了生他养他的那个小山村。那起伏的山啊，流淌的河，山一脉脉，像大海一样的山，那么广阔、连绵，一波连着一波，那山哪！还有那河，他家门口的河，像路一样的河，蜿蜒着，喘息着，他无数次在里面清洗、翻腾、扎猛子的河呀！

206

当年尚年轻的父母送他出山，看着远处脉脉的山峦，满心希望，眼下已衰朽的双亲盼他回去看河看山，望穿了双眼。

末了他伏在那女孩身上，心想，我不起来了，一辈子就这样了，就这样一辈子了。接着哇哇大哭，眼泪鼻涕弄了女孩一胸膛一肚子。不知什么时候，女孩也哭起来，比他哭得更响亮更痛，到最后，他们就这样旁若无人地哭，他一边哭一边从女孩身上下来，到最后他们俩都趴在床上，哭变成了哀号，女孩比他更像头恼吼的野狼。

到末了，还是女孩先起来，帮他穿了衣服，他坐上床沿，那女孩很懂事地收住哭声，光着身子跪在地上为他穿上皮鞋。他将手伸进衣袋，摸着那钱，迟疑着，不敢掏出来，他怕女孩会砸到他脸上。

但临出门前，他还是将钱掏出来给女孩，女孩笑纳了。

他打开门，女孩拽住他，在他右脸上亲了一口。这个吻被三姨太的脸记了好多年。

三姨太一出门，就挓挲开双手跑了起来。这让他感觉变回了幼年时去河西沙土地里偷吃甜瓜被看瓜的大叔追赶的光腚小孩，他只偷吃了一口，却付出了狂奔后的一身大汗和父亲愤怒的两鞋底子。但现在他不怕了，他知道没有人会打他，并且也许还有人感谢他。是的，那个女孩，确实在他走后，对着昏黄的灯，一张张捻着验证了钱的真假，她很满意，对他很满意，他是她很少遇见的慷慨客人。虽然他在床上也让她有些陶醉，但是，与前者相比，后者可有可无。

三姨太被自己驱赶得气喘吁吁，到他家楼下的时候，他为了调整心情，在楼前慢悠悠地为刚才的欢愉做整理运动，他原想直到恢复到他平日里那股松散懒怠的心情再上楼，但无论他怎样搓脸，深呼吸，一样无济于事。他咳一声，拉紧脸上的肌肉，使劲瞪眼，像舞台上正待发怒的武生。又咳了一嗓子，拉开楼道的铁门。往楼上走时，他仍然感觉脸有些发紧，于是在黑暗中，他使劲闭紧嘴巴，皱起鼻子，挤起眼。反复了好几次，仿佛好了一些。

王美丽在等他，他解开大衣扣子一拉，像模特展示时装一样对王美丽说："对不起，让您失望了。"说着换了鞋，将大衣脱下来，想先进卫生间洗个澡。但王美丽紧跟着他说："你不用洗，我知道你去鬼混了。你以后就在沙发上睡吧。可耻！"说着走进卧室，砰一声关上了门。

这个世界真可笑。

也真是奇妙。

三姨太想。

他躺在沙发上，想象着王美丽怎样鬼鬼祟祟地跟踪他，一定是他走，她就轻手轻脚地走，他停，她就钻进他看不见的黑暗中。但这可能吗？不可能，他否定了自己。他又怀疑这一切是王美丽安排好的，一直是她在控制着。但转念一想也不可能。连他都理不清楚第二次出去走走的动机，王美丽是怎么看出来的呢？

真理不清吗？三姨太问自己，理不清为什么不像往常一样出门，却在口袋里揣上一千元钱？理不清为什么在小街上一味地左顾右盼？理不清为什么会把这个女孩在内心定位为风尘女子？

208

其实一切很显然，他的一举一动没有欺骗得了自己，更没有瞒过王美丽洞察着他一切的眼睛。虽然，欺骗自己比欺骗别人更难。但这一次，他却在诚心诚意地、不遗余力地想欺骗自己，或者说想从心里给自己一个堕落放纵的理由，把这件事情设计成一个偶然。

所以，他在王美丽似乎不经大脑就戳穿了他的画皮后，只觉得脸上发烧，是那种心思被人窥探后的发烧，内心的羞耻感并没有由此上浮、暴露，哪怕是暴露给他自己。他给自己说，只不过他凭自己的诚实劳动所获得的金钱，为自己找了个不一样的感觉。除此之外，什么都没有，什么都不会留下，什么也不可能留下。

往遥远的身后看，将这个偶然放到遥远的身后，三姨太想，也许根本构不成王美丽谴责他的理由、非难他的借口。他和令人窒息的现实捉了回迷藏，但他显然是没有藏好，他感觉如果他的生活是个迷宫的话，在竖起的宫墙上空，对，他逃不过竖起的宫墙上空那双冷静而锐利的眼睛。

这双眼睛看着他在未知中探索，也看着他在曾经走过的路口徘徊，一样看着他走向明知的岔道。这个时候，这双眼睛严厉地盯在了他的身后，对，是这样的，所以，他竟然不自觉地奔跑起来。对，是的，三姨太想，他当时奔跑的初衷并不是在寻找儿时的感觉，而是在冥冥中想用掉盯着他的那双眼睛。但是，他失败了。

三姨太感觉自己掉进了可怕的陷阱当中。

在胡思乱想了一大通之后，他想到，理所当然地想到现实问题。他想着王美丽会和他离婚，当然，他们的离婚一定会闹得沸沸扬扬，因为王美丽从来就不是省油的灯，从来都不是，更何况她一下子抓到了他如此不堪的尾巴。她会当着所有人的面，当然更会到单位当着同事的面儿指控他，让他败坏、难堪，甚至她还会想让他因此崩溃，再抬不起做人的头颅。而后一下子将他抛弃，等到再见到他时翘着手指指着他的后背对她身边的人说："看，那就是我的前夫，一个没用而下流的东西。"

但早餐时，王美丽什么也没说，竟然破天荒地洗了碗。三姨太心想：坏了，这是离婚的前兆，她一定是下了决心想离婚了，下了决心要生活在没有我的世界里。这样想后三姨太又在心里看不起自己——我怎么能这么想，好像以前的家务活全是王美丽的恩赐。想到这里，三姨太拿定了主意，在往后的几天里摆出一副死猪不怕开水烫的架势。

三姨太穿上了昨晚那个女孩为他穿上的大衣，走进了他的办公室，他什么也不说，也不像往常一样跟李梅和巩主任打招呼，一屁股蹲在办公桌前，一动不动。

"三姨。"李小淘进来说，"你订的报纸。"

"嗯，放下吧，谢谢你。请等一下。"

李小淘放下报纸，想也没想在三姨太和李梅对着的办公桌旁边的椅子上大大咧咧地坐了下来。

"小李，你为什么给我叫三姨？我有名字，叫吴振华。"三姨太换着笔芯，轻描淡写地说，丝毫不理会巩主任和李梅直愣愣抬起的脑袋。

李小淘缓缓地将眼睛从李梅养的君子兰转移到三姨太脸上，不认识似的看了好长时间，慢慢地憋红了脸。

"你来有两个月了吧？啊，小李。"李小淘窘迫的样子完全符合他的想象。

"嗯。"李小淘得救似的点着头。

"是谁让你给我叫三姨的？"三姨太微笑着，温和友好地看着李小淘。

李小淘又红了脸，低下头，喃喃道："他们都这样叫的。"

三姨太站起来，走过来扶住李小淘的肩膀，加重了语气说："你撒谎，他们都叫我三姨吗？不，他们都叫我三姨太。"

李小淘差一点被他的话逗笑，但一想到严酷的现实，他脸更红了，更找不出为自己解脱的话来。

李梅转过身看了看巩主任，巩主任也看了看李梅，但李梅没有像巩主任一样缩了缩脖子。所以，李梅说："三……吴振华，你难为小李干什么，他是个孩子。"说着一努嘴，李小淘立即会了意，天下大赦般地逃了出去。

三姨太又盯着李梅，李梅说："你看我干什么，三姨太也不是我给你取的，我来这里时他们已经都给你叫三姨太了。"

三姨太平静地对着李梅笑了笑，用右手食指从鼻梁处往上撮了撮眼镜说："他们？他们是谁？"

李梅看着他，皱了下眉头说："他们就是所有人，神经。"她说了后，感觉很得意。就是，三姨太再怎么发飙，也不能去和"所有人"置气。

可三姨太说："你撒谎，周局长从来没叫过我三姨太。"

李梅张了张嘴，但没说出话来。

211

三姨太又说："我，叫吴振华。"

三姨太感觉很满意。

这个满意在又一天上班时得到了证实，人们路过他时，都说老吴早啊，或者说吴振华早啊，还有说小吴早啊。总之，没有人叫他三姨太或者三姨了。嗯，这让他很满意。

由此他想到，一个人什么样子，真是自己塑造的。人就是自己想成为的那种人。想到这儿，他想，王美丽有时候是对的，嗯，说得对。

他想起他的王美丽来，忽然又想到了即将到来的离婚。他想着自己灰溜溜地从家里滚出来，甚至都没有一只像样的箱子。那时候他怎么办呢，单位里早就没有单身宿舍了。他只好去租房子，一想到租房子，他就想到了那晚由于饥饿蹲在街边而绊倒他的女孩，想到那个女孩他就摸了摸脸，仿佛那个吻还热乎着一样。

租房子？他想，他会和那个女孩一样，租间掩映在高楼后面的小平房，拉根铁丝当衣柜，像老鼠一样溜进溜出过日子吗？他也会在夜幕降临后，孤独地站在街边，遥望着近在眼前却又远在天边的繁华，企盼着一个温暖的身体光临自己吗？不，想到这里，他在想象中跳起来否定道："我不会，绝不会，我不要和她一样，也不可能和她一样。她只是，也只能是我生命中一个偶然的风景。风景？不，一场偶然的风雨。"与风雨不同的是，彩虹是先出现的。

王美丽已经很久没有吻过他了，他也一样。他已经忘了亲吻的味道。想起这个又让他想起了他的初吻，想起了吴乔，想起了吴乔冰凉的嘴唇，初吻是冰凉的，三姨太想，但初恋是热烈的，三姨太又想。

他甚至想象他离了婚，吴乔也离了婚，想到离了婚的吴乔来找他，他娶了吴乔，热热烈烈地开始了他们的爱情生活。他甚至闻到了那股热烈的味道，看到吴乔清晨拉开窗帘时优美的姿态。

所以，三姨太理直气壮地又一次躺在了沙发上，半夜里他的儿子走过来，拿了那条印着苹果和天使的被子给他盖在薄被子上，他闭着眼睛没动。他儿子大概以为他已经睡熟了，看了看卧室的门，迅速地俯下身亲了他脸一下，然后又仔仔细细地借着月光看了他一会儿，轻手轻脚地回去了。

儿子的吻，印在前天晚上的那个吻上。

儿子走后，三姨太在黑暗中坐了起来。他提起大衣，摸摸索索地掏出香烟和火机，抽出一根叼在嘴上，然后想了想又拿下来，他怕打火声惊动了儿子。他将香烟和火机轻轻放在茶几上，躺下来，脸触着枕头的刹那，他发现，他刚才竟然流了泪。

自从那天他再没走过那条小街，每次他都绕着走。尽管每次想起他仍然激动不已。他也无数次想象那个女孩子，想她有什么样的家庭，也许和他一样有几个兄弟姐妹，受过什么样的教育，然后怎样的偶然和必然落到了这种境地，绊了他以后再见他是以一种什么样的心境带他到房间去，握着他给她的一千元是以一种什么样的心境亲了他的右脸一下。现在她想起他来，不知是得了一千元以后对他的嘲弄还是另一种怀想。但有一样让他非常不明白——那晚他们一直亮着灯，但他无论怎样努力都想不起她的样子。他用一天多的忐忑，睡沙发的惩罚，甚至是离婚的代价，还有，一千元钱，换来

213

了一个吻。那个吻还是温热的，非常忠诚地贴在他的右脸上。

但那个女孩的嘴唇冰凉。

时隔十多年，他的心在黑夜里再一次活跃起来。他想起了刚进机关时的雄心勃勃，想起了父母知道他进了这个大机关时激动的泪花，想起了结婚时对王美丽信誓旦旦的承诺——要为她撑起一片没有委屈的天空，当然，想得更多的是吴乔。

上大学时他是学生会的宣传部长，吴乔是他们班的宣传委员，当时他们办着一份叫《理想国》的校刊，他任宣传部长的两年中，几乎每期都有他的稿子，当然，有时候也有吴乔的。他经常鼓励吴乔：要多写，你行的。因为他知道吴乔比他有才情，但吴乔对这个很淡，说写字儿只是为了玩玩。看，多好，为了玩玩。谁写字不是为了玩玩，三姨太现在想。他们后来一起考中了本校的研究生，又待了三年，研究生的第二年他们就恋上了，当然是三姨太追求吴乔，但是他也知道，他们相互爱慕好几年了。

可是后来一毕业问题就来了，三姨太想回他们省，因为现在这个单位到他学校要人的时候，已经基本确定要他了。他们要人的标准很明确：学生干部，党员，政治或中文专业。这条件就像专门为他拟立的一样，定好这样的条件就是为了去套他。所以，他就来了。而吴乔也想回她的城市，吴乔的理由是她是独生女，嫁太远了母亲会想她。他对吴乔说，等咱俩过好了，完全可以接她的父母来一起住。但吴乔还是回了她的城市，尽管，没有哪个单位确立了套她的条件。

后来一段时间，他们还通信，保持着与其他同学无二的联系，向对方说一些不咸不淡的话，再后来他们都意识到了这种不咸不淡，索性就不再联络了。

也许吴乔是对的，吴乔已经看透了他——不可能有能力接她的父母一起住。看来吴乔是聪明的，聪明在早已洞悉了他。幸好，要不这样，到现在连这份美好的怀念也没有了。聪明的女人，也许就是懂得在任何时候，有能力控制自己、给自己和所爱的人留出体面的余地。

所以他又一次坚定了他对吴乔分手理由的猜测，没有一个女孩会在热恋中因为第三方的原因而自觉地收回自己的爱情。只能这样解释。吴乔在与他的进一步接触中，慢慢地改变了当初对他的看法，明白了他并不是她理想中的终身伴侣。这样想对三姨太来说是残酷的，但有几个真实不残酷？况且，时隔这么多年，吴乔还戴着他送的手镯，这说明什么？这又能说明什么呢？

他站起来蹑手蹑脚地走进书房，掩好门，打开灯，抽出那些已经发黄的稿纸，他想给吴乔写封信，一封什么信呢？就算是感谢信吧。

他将纸铺开来，写上"吴乔"，后来想想不妥，太生硬了，揉成一团；又写上"乔"，也感觉不妥，有些肉麻；那写吴同学、吴女士、小吴，显然是太做作了。这个称谓让他发愁了。

为什么不把一切封藏在文中呢，这是他当年告诉吴乔的办法，说自己一向把对于她的爱，藏在他的文中。

对，这样也好。

三姨太想，我大可写篇散文或者小说的。

于是他又急切地拟题目，迫不及待地想为他的小说或者散文开头。

越着急，大脑越是一片空白。这时候他听见王美丽起来去卫生间了。哗啦啦一阵水响之后，王美丽走进了书房，看到他揉皱的稿纸和愁楚的脸吱吱地笑了起来，说："还真想写书了，说你嫉妒还不承认。"

三姨太说："无聊。"

看样子王美丽想发作，只片刻的工夫，又吱吱地笑了一通说："我会给你自由，让你去找有聊的人。晚安。"

三姨太想冲她吐口水，但想到离婚后的"幸福生活"，又沮丧地看着她扭着屁股走出了书房。

三姨太一夜没睡着，第二天心虚地从镜子里照照熊猫眼，披上大衣上班去。到办公室趴在桌子上，一动不动。这天李梅破天荒给他倒了杯茶，让他有了些说不出的小温暖。他看着杯中翻飞的茶叶片，迅速在一张打印纸上写下：三姨太和他的手稿。他想，就以这个为题了。

做了这个决定他很激动，一激动他就想去卫生间。他去卫生间回来，看到李梅拿着他写了题目的白纸左瞅右看，他竟有些得意。见他进来，李梅将纸放回了原处。他坐定后看着李梅，笑了笑，他想这是个得意的笑，但李梅很不解地望着他。

说写就写，他构思了一些现实中他没有经历过的情节。一上午奋笔疾书、文思如泉涌，直到李梅提醒他下班了，他才整理好写满了的几张纸，整理的时候偶然抬头看见李梅在看他，所以他在欲将

216

稿纸塞进抽屉之前改了主意，又将纸对折了两次，放大衣口袋带回家了。

他一直这样写了三天多，他写到一个和他一样有抱负的青年，毕业后进了机关，几年后被现实消磨了意志；与他不同的是，他写这个青年，娶了个斜眼的老婆，还在自己办公室弄了个情人，当然，这个情人的形象几乎是照搬的李梅。

他写道："此时此刻的三姨太，像被现实的柏油路磨损得几欲穿透的旧轮胎，他想象着自己有一天，终会被人生的车主厌弃地替换、丢开，那时他会在拆装车间，痛苦地打几个多余的滚儿，然后无奈地蜷卧在锈迹斑斑的旧铁皮、破零件中苟延残喘—— 写到这里，他仿佛感受到了那个以黑褐色废轮胎为精神载体的自己，他有些喘不过气来。"

在写到三姨太的情人时，他是这样描述的："当然，这样的男人一般会有个情人，三姨太也不例外——乔乔（文中情人的名字）的吻像支强心针，使三姨太在几天前对自己沮丧的想象后，魔鬼附身似的浑身充满了力量。"他写完这一段，反复看了几遍，感觉"魔鬼附身似的"这几个字不大恰当，情人的吻会有这般邪恶的力量吗？我会轻而易举地受这样邪恶力量的驱使吗？写到这里，他已经无意识地将文中的主人公与他自己混同起来，不甘心自己会充满邪恶的力量。于是他下笔改成：浑身充满了莫名其妙的力量。仔细琢磨了一下，也不好，生活中不应该有这么多莫名其妙。这种感觉应该能够准确地表达，这句话中的文字应该是根锋利的金针，一下子将主人公的麻木倦怠刺出血来。但是，该怎么写呢？该怎样表达它呢？

这时，他儿子推开门走了进来，手里举着一张从田字格本上撕下的小白纸，将下巴和一只手靠在他扶在书桌边的手上，另一只手举起那张纸在他面前摇晃，一边喊着："爸爸，爸爸，看我画的怪兽，怪兽，有七条腿、十只手。还有，看，还有能一下举起它的爸爸和妈妈。"小家伙喊着摇摆着，一边要求三姨太仔细看，一边却迅速地后退了几步，指点着三姨太说："你写吧，好好写，我让妈妈看看去。"说着"嘭"一声带上了门。

对，应该是：浑身充满了骄傲的力量。三姨太唰唰几笔写下了这几个字，面对着主人公那身"骄傲的力量"，出了一口长长的气。

三天后的下班，三姨太照例揣好了手稿，推出自行车，去菜市场买菜。如果不去菜市场，他下班后是出门向东拐，去菜市场的话，就得向西，再向北，买完菜再向东向南拐回来。向西的话就和李梅同道了。当然不是第一次，他和李梅已经这样同路了无数次，甚至一起买菜，一起在芹菜、萝卜摊前挑挑拣拣，一起因为菜的叶子有些软烂或颜色发暗拼命与摊主讨几毛钱的便利。但今天不同了，他们俩的自行车时而一前一后，时而并排，同时说着一些无关痛痒的闲话。可让三姨太怎么体会，也不能和以前的等同了。对呀，三姨太问自己，为什么会有这样的感觉？这个下午，三姨太写作间隙，捧着头发呆，想起那个女孩，当然是想不起她的样子，想了会儿，还是想不起，李梅的脸却常常出现在他脑海里。哎呀，三姨太想，这个李梅，都怪她自己，有事儿没事儿在我眼前乱晃。李梅踩着自行车，一侧的头发有些松散，凌乱地向后飘着，三姨太几次偏过头这样看着，后来竟有了些辛酸和感动。

到了菜市场，李梅招呼着他在一辆三轮车前停下，以便挑选一些山药。三姨太本来已经超了过去，听李梅叫他，又推着自行车回来。等他把自行车停放好，李梅已经挑好了两袋，将其中的一袋递给他，说："五块六。"他付了钱。李梅低着头一边将菜放好，一边像无意地问他："你没事儿吧？"李梅问得他有些心虚，倒不是因为他在稿子里头写了李梅，还把李梅想成那样的女孩；而是他感觉刚才他看她头发，她一定发觉了。他抬头直视了李梅说："我有什么事儿？都管我叫吴振华了，我还有什么事儿。"说着掉转过车头说："够了，回家了。"李梅站在原地看着他离开，一脸茫然。

晚上他又走进了书房，拿出手稿，在反面写起来。王美丽走进来两次，后来的一次竟然趴在他肩头看了会儿，无声地走了。

王美丽走后他放下笔，从开头认真地读了一遍。读完他轻轻地摇了摇头，不是太满意，他原本的想法根本不是这样，不是通过这种叙述的方式罗列一些生活细节和场景，他的本意是想反映他自己以及和他相类似的人的生活状态，以及由此引发的精神倾向和意识形态变动。也许他将他的主题订立得太明确，一下笔反倒有些将自己困住了。

多年没动笔，也许是生疏了。他想。

好粥还需细火熬，不急于一时的，他告诉自己。

他到卫生间洗刷一下，准备休息。出乎他意料的是沙发上的枕头没有了，他到阳台上看了看，没有晒着。他明白是王美丽拿走了。

他在去不去卧室之间拿捏了会儿后，直挺挺地在沙发上躺下了，扯过被子盖了头。不一会儿他听见儿子从他们卧室出来了，大概已经讲完了故事，准备睡觉了。又过了十几分钟，王美丽走过来，轻轻地给他掀了被子，说："你打算气死我？"

三姨太闭着眼，心想：女人真是没道理，原本是她将我赶了出来，现在又说我气死她……我难道非得像条招之即来，挥之即去的狗吗？到现在他几乎忘记了那个绊倒他的女孩子和他们之间的一切，也许是让买菜路上李梅的头发冲淡了，所以他感觉有了理直气壮的理由。所以，他不动。

王美丽俯下身，伏在他的身上，很长一段时间，他们都没有说话。末了，王美丽站起来，说："走吧，休息吧。"

三姨太竟放弃了原先的抵抗，像什么都没发生过一样跟她回了卧室。一上床，他就发现他高估了自己，他的腿脚和身体一接触到王美丽，就不听话地蠢蠢欲动。

他们都很尽兴。待他起来去了一次卫生间后，王美丽俯在他的耳边说："我还想。"

三姨太与王美丽温存着，在不急不缓中又一次回味了绊倒他的女孩、吴乔、李梅的头发。

三姨太想，其实写作和做爱，真是有惊人的相似：过程也许是激情四射，花样百出，让人或陶醉，或爆发；但前提往往非常严肃，由此产生的后果往往也意义深远。

从这天后，三姨太好像有了更多的写他的小说的时间。但写了大约有两万字的时候，他感觉卡住了。他无法从现实的表象深入到核心里面去，他感觉自己像个在电影院外面徘徊的幽灵，根本无法真切地体会到剧中人物的喜怒哀乐，甚至看不到他们衣着颜色、容貌神态。面对自己的稿子，三姨太像置身于灰蒙蒙的阴天里，一切影像变得若有若无，迷离疏远。

他想，这可能是自己的思想不深刻所致。写作，与其说是将文字排列组合，将之幻化成能反映事物的队列，还不如说是用文字这把利剑，将自己剖开，把五脏六腑、血管神经无一遗漏地展示，以供参观。他的剑不够锋利，所以，文字软弱无力，无病呻吟——这让他苦恼了。

所以，在他看到李梅时，没有了以往的小心翼翼，因为他的内心在面临着那个巨大的命题，再没有了苟且的盘算。他双肘压在稿纸上，手托着下巴，像个中学生一样看着前面。巩主任是不会在意他的，因为他得一趟趟跑向局长办，做这样那样的请示，再将领导有时候是可有可无的批示奉若神明地领回来，坐在桌前琢磨半天。三姨太想，巩主任的主任，完全是跑来的，巩主任和他一年来的这个机关，巩主任第一学历是高中，不过，也许是技校，字写得跟缺了一条腿的王八似的，刚来时他们俩常常黏在一起，确切地说是巩主任黏着三姨太。当时，巩主任对三姨太几乎可以用崇拜来形容，拿今天的话来讲，那绝对是"粉丝"。想起那时的情境，三姨太就常想起一个词来——"黔之驴"，当时的巩主任像极了那个试探他这个驴的老虎，等发现三姨太也不过了了时，当然很失望。但比失望更多的是惊喜，当然，巩主任不会吃了他，而是毫不客气地"超越"了他。当上主任后的巩主任很是神气，对三姨太倒没有颐指气使什么的，而是把他当成了透明的影子。真的，真是透明的影子，就像办公室从来没这个人一样。当然，他们每天来上班都友好地打招呼。当时，三姨太发现他爱跑局长办以后还问过他，说："你天天这样跑，不怕磨破鞋底？"巩主任很无奈地说："我比不得你，你是研究生，要什么有什么。我一没学历，二没资历，啥也没有。要再不勤奋点，说不过去。"当时三姨太对他这个"说不过去"很是纳闷，什么叫说不过去呢？对谁说不过去？但三姨太没想更多，当王大姐善意地提醒他该往工作上加把劲儿时，他还满不在乎，感觉加把劲儿也是这些事儿，不加把劲也是干这些活儿。加不加劲儿有什么区别呢？可见，这个加劲儿不加劲儿，并不在干活儿上，三姨太后来想。但如果让他和巩主任一样跑，好像他又跑不来。唉！

　　李梅则闲得多，并不是说李梅不上进，而是李梅好像也懒得"跑"，原来李梅一上班就唠叨着下班，常常对着巩主任和三姨太掰着指头盘算：下班后，先和老公去吃饭，后去公园散步，或者去影院，或者去舞厅，或者……但尽管这样，也没妨碍李梅的工作干得出色。李梅是个极有计划的人，大小事情一律列出清单，先干什么，后干什么，几点干什么，达成什么样的目标，她自己清楚得很。所以，干起来也有条不紊，还可以一边干活儿一边唠叨她自己的盘算——办公室里的活儿，大多光累腿脚，却不大累脑子。三姨太也这样想，但他却不像李梅这样快乐和自得。倒不是对工作、生活有太多奢望，而是他告诉自己不能这样"跳跃"，毕竟，毕竟什么呢，毕竟，他是个该对一切负责任的人吧。但是，李梅是不负责任的吗？所以，他这样想也不对，他想，可能是自己天生比不上李梅洒脱，心里负着一些不该负的，或者说负不了的责任。

但自从李梅的老公外出求学，她就不那么盼着下班了，渐渐地也不像以前那么"跳跃"了，而是常常托着腮，若有所思，又若无所思。又兼巩主任对工作越来越充满了高昂的兴致，所以，李梅有时候想跳，也跳不起来，在这个人浮于事的机关，本来就没有那么多实质性的工作。他和李梅对桌办公，所以，这两个闲人越来越、也只能越来越注意彼此。所以，三姨太这几天"超常"的表现，李梅当然是注意了。注意他的李梅连续几天被三姨太弄得红了几次脸，但她确实拿不准三姨太是在看她还是在看她后面的巩主任，如果都不是的话，他还能看什么呢？

三姨太没有注意到李梅的变化，他完全沉浸在自己所构思的故事和场景中，他能感觉到故事中人物的呼吸，能触摸到故事中人物由于激动而发冷的手臂，能尝得出他们流出的眼泪中的咸涩。

一天上午，热电厂的灰尘飘过来，在人们看不到的空气里氤氲，街上的车水马龙像极了电影中的慢动作。在一阵刺耳的电话铃响过之后，三姨太面朝李梅，露出了幸福而激动的微笑——

那时他正构思着一个喜剧式的结局，故事中的三姨太由于诸多原因成为了一个成功的人物，从而妻贤子孝、春风得意、呼风唤雨、门庭若市……

但他仍然卡着，找不到具体而有力的表达方式，确切一点说他还没有想清楚，到底是写成悲剧还是喜剧。因为在他印象中，喜剧空洞无力，不适合表达他所思想的这个深刻主题，但将之写成悲剧，又不符合他对自己的想象。就这样艰难地卡在文中的一个地方，一个情节。卡得他晚上做梦了——

几个同事相约着，到城郊一个餐馆里吃骡肉，模模糊糊地吃完了饭，有人提议说："附近一个村子专门杀骡子，不如我们去看看，有新鲜的肉的话捎点回家，岂不好？"大家都呼应着，三姨太就发动了车，是部灰蒙蒙的帕萨特，就是单位里大刘开的那辆，好像。不同的是没有方向盘，打火还得像旧式的摩托车那样，用脚踹，三姨太双手握着摩托车把手一样的方向盘，用脚死命地踹着发动了车。大家都钻了进来，但他发现人们的脸都变了形，花红柳绿的，不是太恐怖，而是足够奇异。他小心地开着车，向前走着。越走路越窄，到最后他不得不让车几乎是侧着竖起来前进，像电影里的特技一样。走到一个四周尽是沟坎、茅草芦苇的地方，天暗下来，车走不动了。

他们于是都下了车，深一脚浅一脚地往前走。他走在李梅后面，发现李梅长了一条大尾巴，他指着让大家看，但没有一个人理他。他一转头，才发现每个人都长了一条大尾巴，像狐狸尾巴那样，一摇一荡地甩动。他有些害怕，但想到带回家新鲜的骡肉时儿子和王美丽那股高兴劲儿，就硬着头皮往前走。走了足够久的时间，他才看到前面有一簇簇的人家，房子很低矮，墙头很破落，门口无一例外竖着一根很高很高的大杆子，上面用美术体写着：骡肉。

他站住脚，招呼众人，说在这里买吧，早买了早回去。其中一个人说："不在这里买，这里是假的，真正卖新鲜骡肉的是活着割肉的，滴下的血都是热的。"然后他们又往前走，天更暗了下来，忽然看到前面有些马牛羊似的影子在缓缓摇动，刚才那人说："看吧，这就到了。这儿就是，前几天我还来买过，新鲜着呢。"于是他们就兴奋地走上前，一个头上包着块破布的中年男人在那些牲口前的案子上挥着刀，剁着一整个扒掉皮的骡子身躯。众人都说，哎，好哩，我来五斤……我来十斤。三姨太没有喊，而是绕过案子，近距离地看那些牲口。真的，真的都没有死，都站在地上，有缺了条腿的，有在臀部被裂下一块的，都在痛苦地摇动。其中有一头像长颈鹿似的骡子让三姨太大吃一惊，脖子已经被割断了，汩汩地冒着血沫子，但就那样冒着，摇来晃去一直冒，一直没有倒下来，那条长脖子，鹤立鸡群般地戳破众人、众物头上共同笼罩的天空，一直伸到天上去，血沫子在切口的最下端汇成血滴，滴滴答答地往下流——

三姨太说："走吧，走吧，我不买了。"那正剁肉的中年人扯下头上的破布，说："不买不行，到了这里不买骡肉，是不给我面子。"说着咔嚓剁下一条腿，走上前递给三姨太。吓得三姨太说："快跑啊，杀人了，杀人啦。"那些人都说他："你疯了吗？人家是给你称肉。"

三姨太开着车跑了，一边关车门一边一把揪住李梅的尾巴将李梅拽到了车里。

李梅摇晃着尾巴说："三姨太，我到家了，停车，停车。"三姨太一看，可不是嘛，到李梅家楼下了，就停了车。他礼貌地下了车，想帮李梅提着肉送上楼，但李梅伸手拿起一大块肉扔到他身上说："小人，快滚。"三姨太一下子就火冒三丈了，他回头开了车，呜一下将李梅撞进了他老家村边那个臭水坑。

他还梦见李梅的父亲从屋里跑出来，穿着中山装，一头银白的

225

头发，与他的形象不相称的是他竟拿了鞭子，啪啪地抽打着，说："谁是三姨太？谁是三姨太？"三姨太一脚踩住了鞭子，说："我就是。"然后就想夺鞭子，李梅的父亲就大叫："快来人哪，杀人啦。"接着从他小时候的小学门口蹿出很多人，都拿着锄头、铁锨等，照着他的头就打。

他正想抱着头跳到那个臭水坑里去，忽然从天上飞下一个人，一把抓着他飞走了。他们一边飞一边说着话，三姨太说："你怎么来了？"吴乔说："我来救你，我不能看着他们打死你不管。"

不知飞了多长时间才到家，三姨太从怀里掏出一块骡肉，新鲜的，交给吴乔说："炖炖，给咱儿子吃。"

他在早餐桌上给王美丽讲这个梦，当然，他将李梅的尾巴、吴乔什么的都省略了。王美丽说："省省吧，你还让人吃饭吗？"

到办公室又看见李梅，他就想笑，看到李梅没有尾巴，他更想笑。李梅看巩主任拿着一叠文件走出门去，将脖子尽可能地往三姨太这边伸了伸，说："你没事吧？"

三姨太又用胳膊支起头来说："没事儿。"李梅说："没事儿你老盯人家看干吗？"三姨太说："盯人家看？我盯谁看了？"李梅就低下头说："哼！"

他感觉自己有了素材，因为昨晚的梦。他将梦分成了好几部分，发别写出了它们所蕴含的意义——象征意义。他感觉那些场景，灰蒙蒙的天空、恐怖的动物，特别是那些红鼻子绿眼的同事和李梅的尾巴告诉了他，生活和意识有时候是荒诞的，是经不起推敲的。周围的氛围是使人窒息的，他一直有逃跑或者说是逃避的欲望，而吴乔飞来救他，正是说明他在无望的生活中回忆吴乔时，深刻地感受到的那种浪漫和鲜活。

他写道："三姨太不得不在理想和现实之间拉锯，他有限的健康和精力将在这种拉锯中迅速瓦解和消失。刺啦刺啦一阵刺耳声响后，随着锯齿的划擦和温度的升高，他感觉自己很轻易地变成了一堆多余的锯末。如果说还不那么一无是处的话，就是还可以在哪个老头儿的炭炉里死而后已地发一点点可有可无的光与热。"

写到这里，三姨太立即有了种深切的、悲哀的感同身受，他抑制不住地写下："如果说生活是可以享受的话，三姨太已经开始在自身所处的恶劣环境中，握着更加恶劣的斧头，毫不犹豫地劈开自己的胸腔，像小时候在柴房里劈开一段朽木一样。他甚至偶尔趴在劈开的朽木上，试图找出躲藏其中的虫子的遗体。这个过程很艰难，有的时候让他恶心。但是，他试着以残忍的心探索其中的娱乐价值，以便享受在这一切动作之后的乐趣——甘为鱼肉，在某些时候，也许就是一种乐趣。不过，这更多的是一种境界。生活的刀俎并没有赋予我们更多的选择，我们只好在做鱼肉的境界里体会更多作为鱼肉的乐趣。不是吗？"

"人始终在理想、现实和偶然之间徘徊，但也正因了这个偶然，才让我们对生存的世界抱着或多或少的兴趣，尽力探索其赋予每个生命的美感……"

"在这种理想与现实的拉锯中，产生了梦。对，也许就在这种情况下，产生了梦，产生了不甘心作为锯末的梦。梦一边在向往理想，一边摆脱不了现实，所以，醒来之后，他更加焦躁不安和困惑。"

但李梅的父亲怎么说，他既然从未见过这个老人，也从未听李梅讲起过，为什么会梦见他？

　　想到这里，他问李梅，说："你父亲爱穿中山装吗，头发是不是已经白了？"李梅正在端着杯子喝第一口茶，被他问得一怔，说："你怎么知道的？"三姨太说："我做梦梦到的。"李梅半信半疑地说："神经。"三姨太说："你父亲还拿着条鞭子。"他将他拿着鞭子干什么省略了。李梅说："我父亲是文化馆的馆长，从未拿过鞭子。"三姨太说："哦？"

　　这天下午下班，巩主任先走了出去，三姨太还在低着头写他的稿子，李梅走出门去，去了个卫生间，看同事们都走了，踅回来关上门，走到三姨太的桌子旁边，站着不动。三姨太好一阵才抬起头来，说："你怎么不走？下班了。"李梅说："你想把人折磨死？"三姨太说："折磨死？谁想把你折磨死？"李梅说："三姨太，我恨你！"

　　突如其来的恨他，让他摸不着了头脑，看李梅的样子又不像跟他开玩笑。

　　三姨太看着李梅打开门，迈出了一只脚去，迈出去的那只脚犹豫片刻又拿了进来。李梅大踏步走到三姨太身边，俯下身，像那晚儿子亲他的脸那样亲了他一口，跑了。

　　三姨太摸了好几摸被绊倒他的女孩和李梅亲过的右脸。

　　三姨太真真想不通女人了，王美丽说他鬼混，将他赶到客厅几天后，又主动拉他回去；他不回去，她还说自己要气死她。在三姨太默认了自己的荒唐行为后，王美丽竟然没有和他离婚，而是牵着他的手，重温了下久违的旧梦；李梅竟然说他要折磨死她，在他否定后竟然亲了他；还有那个绊倒他的女孩，第一天饿得走不动，第二天竟然设了个陷阱套了他。还有吴乔，死活不肯跟他，但在梦里却飞过来救他。

女人，真是一种奇怪的动物。三姨太心想。

但不管怎样，李梅的吻冲淡了前几天飘在脑袋一侧的头发，重叠在原先那个吻上，抹不掉了。不同的是，李梅和那个女孩不一样，李梅的嘴唇很温软，与王美丽的差不多。

天很快黑下来了，三姨太还坐在桌前，不想回家，他还想将他那个伟大的命题再进行一会儿。当然，这是他的初衷，但他努力了几次，都没有让自己静下心来。他拨通了家里的电话，告诉王美丽今晚不回家吃饭了。王美丽刚想说什么，三姨太挂了电话，接着他拨通了李梅的手机，李梅喂喂了几声后说："你等着我。"

李梅在外面打开门进来，细心地关好门之后坐在她的椅子上，办公室里的光线已经看不清对面桌前人脸上的表情。他们面对面沉默了会儿。三姨太说："我请你吃饭吧。"

他们还是面对面坐着，吃过饭，各自要了杯热饮。李梅看着三姨太说："想什么呢？"三姨太说："和你想的一样。"李梅说："那就好办了，我想下个月出国。"三姨太一惊，说："出国，去陪读吗？"李梅说："不是陪读，而是去读，学校我已经找好了。"

三姨太的笑里就有了些讪讪，说："还是你们幸福，王美丽也想出国，但我帮不了她。"李梅用拇指和食指捻着杯座说："你知道吗？他让我出国读书，只是出了个离婚的价码，是我开口要的。"李梅说得很轻松，一副事不关己的神情。她还平静地告诉三姨太，她已经失去了当初的爱情和婚姻，她得给自己个说法，还自己个公道——尽可能的。三姨太说："你给周局长说好了吗？"李梅看着他笑了，说："你还这么书呆子，你还真当自己是块菜呢？单位里当然是走一个算一个。哪儿都不会当人才留你的。"她轻轻地指着三姨太说："虽——然——你——是——货真价实的硕士。在单位里也就个不合格的奴才而已。"

三姨太感觉自己脸上热起来。李梅接着说："别做梦了你，你来单位十多年，也够兢兢业业了，得到了什么？提拔？奖励？你有收获吗？对，有，你收获了满身心的疲惫和一腔失落，再有的话就是眼角的皱纹和一肚子的不平。是不是？"

三姨太望着她，没有说话，是说不出话来。

李梅说："你没法反驳我，是不是？对，平时你没有机会讨论这个，我们根本没有公平讨论的机会。单位不是讲理的地方，单位里讲权，谁的职位高，权力大，谁放个屁都是香的。大家无不是削尖了脑袋往高处钻，是为了什么？是为多拿几十块钱工资吗？还是为过年过节别人会登门送礼？不，都不是，是为了让自己活得像个人，大家都在努力，为了自己更像一个人、更接近一个人。"

三姨太说："你有些偏激了吧，我们老老实实干活，难道就不像个人了吗？谁也没有揪着我的耳朵说，你不是个人。是不是？"

李梅冲着他摇头，说："吴振华，你太老实了。难道直到别人揪着你的耳朵，说你不是个人，你才肯承认吗？"

"是的，谁也没有说你不像个人，但十年来，年底先进有过你的份儿吗？分新房子有你的吗？你家儿子上的是中心幼儿园吗？你爱人能调到城区上班吗？民主生活会上有你发言的机会吗？麻痹自己的最大害处不只是看不清事实真相，而是让你在久久地看不清事实真相之后，让自己永远放弃了对真实的向往和追求。"

略停顿了一会儿，李梅又说："当然，你自己乐意，那另说。可你自己乐意吗？这是你想看到的、想听到的、想生活于其中的吗？不是，你否定了它。所以，你最终还是麻痹不了自己。因此，你时常在能与不能麻痹自己之间游移，你在这种过程中感受痛苦和迷茫，体验麻木和辛酸。这一点不奇怪，一点都不。"

三姨太摆手制止了她，说："你能保证你正在奔向的新生活，不是这样麻木和迷茫的吗？"李梅坐正了身子，说："振华，这样的问题不应该你问，我们谁也不能保证放弃了的生活比拼命追求到的生活更好，但我们还是朝着我们理想中的生活努力，你，我，所有人，都是这样。这里包含着其他的因素和条件，这包含很多。"

"别骗自己了，振华，我是看着你从意气风发到近年的消沉麻木。是你放弃了当初的理想吗？不，不是，是现实麻醉了你！你在无奈中被现实的强硫酸一点一点地泡软了骨头，你躲避不了，谁也不能躲避现实，尽管，每个人都是现实的创造者，我们却控制不了它，控制不了！"

"既然你也是创造现实的一分子，为什么还要企图躲避、逃离？这不符合逻辑。"三姨太以为这问句足够有理。可却被李梅的一句"那不是我们主动创造的现实"驳倒了。但他还不死心，说："你认为我们主动创造的现实会是什么模样？"李梅想也没想就说："我们的主动创造不了现实，因为我们的主动性从来产生不了创造

231

现实的力量。"三姨太又问:"你认为创造现实的力量是什么?"李梅说:"眼下来讲,创造现实的最大力量是权力。权力!你有吗?我们没有,我们没有,没有发言权,没有主动权,没有主自权,我们什么也没有。"

李梅转过来,坐到三姨太身边,拉了他的手说:"走吧,振华,跟我到国外去。一切有我,我会安排好的,只要你愿意,只要你点一下头就行。"

三姨太幽幽地看着李梅说:"难道你想让我在你的权力下创造自己的现实吗?"李梅笑了,说:"那不一样。我即使有权力,也是爱你的权力。"三姨太说:"一样。"李梅:"不一样,本质不同,我的权力一切都为你好。"三姨太说:"更一样,权力的本身就讲为每个人好,说到这儿,似乎你的为我好,还比不上权力的为每个人好更博爱。"三姨太说完,马上意识到了话里面的牵强和诡辩,于是笑了笑,告诉李梅这样的辩论很傻。就像同秦始皇辩论焚书坑儒文明不文明一样。李梅站起来说:"也许吧,但愿你能遇到比这更聪明的辩论。时间不早了,回见。"

三姨太又一次晕头转向地回了家,王美丽在儿子房间讲故事。他一声不响地到了卧室,躺下了,他脑子里一团糟,像塞满了乱麻的老鼠窝儿。

他搞不清这是怎么了,是哪个环节出了问题。他突然想起来,今年是他的本命年,难道这是一劫吗?从毕业到现在,除了偶尔想起吴乔,他内心平静,生活安逸,没有想过出格的事情,也从未有过非分之想——权力,金钱,女人。是的,他从未有过分的想法。

不到两个月的时间，生活不但拉他浏览了它迷离却说不上精彩的另一面，还似乎想和他开个不能算是玩笑的玩笑。这样的玩笑，他开得起吗？

他想起了儿子深夜的那一吻，此时此刻，儿子的吻像烙铁似的灼着他。儿子，也会是玩笑中的一部分吗？

但李梅那句"只要你愿意，只要你点一下头就行"的话却一直响在他的耳边。他扪心自问，这，确实是个诱惑。看不真切的美好前景在向他招手，是吗？他感觉有些像。但是，毕竟，他看不真切。

王美丽没有开灯，在黑暗中窸窸窣窣地脱着衣服。等王美丽上床躺稳了，三姨太扳过她的身子来，搂了她说："美丽，你想过离婚吗？"

王美丽扑棱一下挣脱了他坐了起来，说："你什么意思？你想离婚？"三姨太也坐起来，重拥了她说："不，不，我没有想离婚，可我毕竟——你不是说过要离婚吗？"

王美丽又噌地一下子在床上站了起来说："什么，难道是真的吗？你真的出去鬼混了？啊，你真做了不要脸的事情。"王美丽一站把三姨太站醒了。他拉着王美丽坐下来，说："别，别多想。"王美丽哪儿听得进去，说："三姨太，这么说你真出去鬼混了！你真做了不要脸的事情。"说着，呜呜地哭起来。

三姨太恨不能自己把自己掐死，心说：这可好了，越描越黑了。不过到现在他才清楚，王美丽那晚说他鬼混，真只不过是女人任性的气话而已。

三姨太不知道该怎么安慰她，听她越哭声音越大，就说："别哭了，当心把儿子吵醒了。"王美丽一听他提儿子，一下子指了他的脸说："无耻，你还知道儿子，呸，你不配说儿子。你走吧！我再也不想见到你了。"三姨太拿不准王美丽这次是真是假，所以他坐在床上没动。王美丽见他不动，说："你不走，好，你不走我走，我带着儿子走。我们娘俩拖累你了，对不起。"三姨太说："求你了。别这么激动，你听我解释。"王美丽说："你省省吧，我倒是想听你解释呢，但我还要脸，儿子也要。你不走我走。"

三姨太说："好，好，我走，我走。你别激动，我走，你休息吧。"一面说着一面下了床往外走，王美丽扯了个枕头砸到他身上，吼道："滚！"

三姨太出了门，在小区门口值班房门前的台阶上坐了下来。他想抽烟，几个口袋摸了个遍，忘带了。他往后挪了挪，倚在墙上，裹了裹大衣。

裹大衣的时候他手碰到硬邦邦的手机，他将它掏了出来，他想，如果这个时候，他拨通李梅的电话，后果会是什么呢？对，李梅一定会接纳他的。但他不能打，他要是打了，李梅会怎么看他？再说，他并没有答应她，也从未想过答应她。

生活像个魔鬼，至此向他露出了狰狞的一面。

太冷了，三姨太想，如果真是这样坐着，不到天亮他就会冻僵的，但他实在想不出能到哪里去，同事那儿不行，丢不起这个人，本城没有能留宿的朋友，老家远在五百里以外的山区。怎么办？

他甚至想到了去网吧，去电影院，但摸遍了全身没带一分钱。最后好不容易老天帮他，让他想起了他家的地下室。

234

他打开地下室的门，将他俩的自行车贴墙放好，抽出几片箱板纸铺在地上，然后躺上去，盖上大衣，最后竟迷迷糊糊睡着了。

第二天三姨太被王美丽进来搬自行车惊醒，王美丽没有开灯，她摸索着搬出自行车，而后轻轻地带上了门，但三姨太还是听见了——王美丽的抽泣。

三姨太打了个电话请好了假，到楼上洗了个澡，换了衣服，拿床被子到沙发上想好好睡一觉。但他没睡着，因为他看见了茶几上的那封信，确切地说是一页纸，是王美丽留给他的。

亲爱的振华：

请允许我最后一次这样称呼你，我一直爱你，是的，一直爱。

首先我得做自我检讨。自从嫁给你，我一直盼望跟你过上好日子。我承认，这是我的私心，但试问哪一个女人不以自己的丈夫为大树，企图享受一片幸福的阴凉？

是的，我很霸道——这是我刚刚意识到的。以前我不以为这是我的霸道，而是有些无知地将之作为爱你的方式。我只是一个小女人，不懂也没想让自己懂一些大道理。我崇尚的幸福生活也许包含着夫荣妇贵的成分，所以我督促你上进，虽然在你看来有些无情。但是，我真的没有别的意思，我只是想生活得更体面一点，让我们的儿子依仗着他的父亲，也能有一个好的将来。我的这些想法，也许伤害了你。但是，这并不能作为你这样报复我的理由。

亲爱的，请原谅我，原谅一个叫王美丽的俗人。如果你没有不方便，我们离婚吧。一切事宜可以商议。

曾经爱你的：美丽。

即日

三姨太颤抖的手，拂去了掉落在纸上的泪滴。

他将信团成一团，攥在手心里，缓缓地躺下去，这样昏昏沉沉一上午。他在等王美丽，等她回家，他得好好和她谈谈，他不能就这样放弃了他的婚姻，放弃了他的家，放弃了他的儿子和美丽。

但快一点钟了，王美丽还是没有回来。他也懒得动，就这样一直躺着，除了中间去过三次卫生间，他就这样躺到了傍晚。

快六点钟了，他早做好了饭。但王美丽还是没有带儿子回来，三姨太于是知道，王美丽今天不会回来了。

中间李梅打过一次电话，说是不是吓着他了。他苦涩地笑了笑说："哪有，感冒了，不舒服。"李梅嘱托他不要硬挺，实在不行了就去输液，还说那件事情不着急，说他可以慢慢想。说完就挂了。慢慢想，什么叫慢慢想？三姨太问自己，他有慢慢想的机会吗？三姨太苦笑了。

他听着钟表当、当、当——，敲了七下，他想不能再等了，他得去找王美丽。想着就来到街上，打了的，这是他不多的打的旅程之一。在到王美丽娘家十多分钟的时间里，他盘算见了她父母该说什么。也许王美丽已经完成了对他的控诉，三个人正在一致地声讨他的无耻和败坏。唉，有什么办法呢？要不怎么说叫一失足成千古恨，他想。错误，最终会由制造了它的人来承担。没有办法，世界就是这样的。

他想着来到门前，轻轻叩了两下，岳母慈祥的面孔出现在了门缝里，看见他来，几乎是欣慰地说："振华来了，快进来，刚才还在说你呢。美丽正想带儿子回去呢，我没让她们走，我知道你一会儿就会来接她们的。呵呵。"

气氛似乎一如既往地祥和，三姨太想，王美丽一定没有将他的事情、她的决定说出来。这样一想轻松了许多。三姨太坐了一会儿就起身招呼着回家，王美丽拉了儿子的小手，给他穿戴暖和，一家三口就出门了。岳母捏着外孙子的小鼻子说："小白眼儿狼，记得常来看姥姥哦！"

回到家，王美丽还是坐上沙发看电视。三姨太却再也无法在心里对她撇一下嘴，对她的"无聊"行为嗤之以鼻。他甚至感觉，王美丽坐在那里，曾经的坐在那里，何等孤独和落寞，她如何对一个在她眼中不大成器的男人恨铁不成钢地再而三咬牙之后，无奈地坐在沙发上，在剧中人的喜怒哀乐里放逐自己。也许，这对她来说，是一种秋风后的寄托，是一种挣扎浮出水面的欣慰。可是，三姨太从来没有认真地想过她，从来没有敞开心扉对待过她，从未企图进入过王美丽的内心世界，关照过一下她的精神需求。

王美丽说得对，没有一个女人不向往以她的丈夫为大树，享受一片幸福的阴凉。为了他的枝繁叶茂，王美丽曾经倾心注力，施肥浇水，甚至想修枝捉虫。但遗憾的是他从没在意过她的感受，更没在意过她对他的感觉。这是一种云过看云的悲哀。深邃的苍穹里，曾经的那朵花絮，再不会恣意地为他而飘。如果他还有些了解王美丽的话，他已经意识到，他的婚姻不可挽回了，虽然，在心里，他到现在也不肯承认它的不可逆转。

哀莫大于心死，他已经毫不留情地突破了王美丽于他的底线，残忍地撕裂了她想象中最后的温情。

李梅的电话不能算是频繁，但话里总包含着希冀，三姨太不能说服自己，把李梅对自己的想法看成是一种误会下的产物；也没有更深入地去探究这段莫名其妙的情感从哪儿萌芽，到何时枯萎。因为他知道，他和李梅不会孕育出炫丽的花朵，就像水晶和玻璃永远也不能相互温暖一样。也许他们已经看清了彼此，甚至看清了对方清晰的脉络和透明的心肠。

三姨太想到这儿，在心里已经拿定了主意。既然谁也不是谁的谶语，所以只能让一切从它来的方向终结。但他自己不会做终结者，让李梅吧，三姨太拿出手机，让李梅来做终结发言吧。

但他没有拨出那个号码，因为王美丽的电话过来了。他同巩主任说家里有事，需要他回去处理。巩主任说："那你打电话给李梅让她早回来，处里没人值班不行。"

他与王美丽一人拿回了一个小蓝本儿。王美丽先是嘲弄地笑，而后就哭了，说："你真这样决定了？不会后悔？"他说："不后悔。就这样了。"王美丽冲着太阳仰了仰脸说："嗯，你的书也不要了？"他说："不要了。"王美丽低了头，看了会儿自己的脚尖，抬起脸看着他说："你可以随时来看，来看咱们儿子。"他说："嗯。谢谢。"

王美丽转身走了。三姨太望着她的背影喊："今晚我请你吃饭吧？"王美丽站住，回转了身，低头从包里翻了翻，拿出张存折折回来塞到他左边的口袋里，说："不用了，差点忘了，密码是你的生日。"说着扭头在他的右脸上亲了一下。接着后退几步，扬起手晃了晃说："再见。"

——如少女般昂扬和清丽。

李梅没有当面问过他，所以，他感觉，他得找她，当着面，让李梅将一切终结，三姨太瞅了个周五，下午下班时，他说好请李梅吃饭。李梅很愉快地答应了。

当听说他已经离婚后，李梅过了好长时间才说："离婚，你真离婚了？这么快？"三姨太说："不是你想的那样？"李梅又过了好长时间说："嗯，不是我想的那样，嗯，明白了。我下个月走，澳大利亚，阿德莱德。我会等着你的，当然，如果我改变了主意，我也会告诉你。我也有你的重大决定知情权，这样，好吗？"

李梅歪着头，看着他，说："振华，这几天你的头一直朝右斜着，能告诉我这是为什么吗？"三姨太晃了晃脖子，说："是吗，我自己没感觉。"李梅说："没感觉？不会吧，你的脸老朝右歪着，我当你落枕呢。"三姨太仔细感觉了下，似乎是的，他感觉他右边的脸好像比左边要重一些。想起最可能的原因，笑了笑说："可能是偏头疼吧。"

三姨太说："我去送你。"

三姨太将李梅送回了家，直到看见她家客厅里的灯亮起，他才往回返。

李梅走的那天阴沉沉的，他担心飞机穿不透那么厚的云层。在候机厅里，李梅的最后一句话是："你永远也不会答应我的，我从

239

一开始就没戏，是吗？"三姨太说："我不是你想要的那个人。"

在目送李梅跨过安检门时，三姨太看见了那个好像曾经熟悉的女孩，那个说饿得走不动路绊了他的女孩。那个女孩也看见了他，他看见这个女孩子拖着个很大的箱子，一副即将踏上征程的踌躇。她在缓缓向前的人流里回过了头，显然是已经认出了他，冲他嫣然一笑。

那个笑像滑入湖面的水珠，只一晃，不见了。三姨太使劲揉了揉眼，想看得更清楚一点。可是，只有灰蒙蒙的人流、各式各样的旅行箱和若有若无天各一方的诡秘氛围。

王美丽打来电话问他还要不要那几页手稿了，他想了想，说要。王美丽说："那你来拿吧，儿子说想你了。"三姨太去超市买了儿子喜欢的零食和玩具，去原来的家里陪着儿子玩了两个多小时。临走的时候他拿上了王美丽早给他盛在文件袋里的手稿。

走出楼道，三姨太被阳光刺得闭了会儿眼，他打开文件袋，抽出里面的稿纸，捻着看了会儿，在心底无声地叹了口气。三姨太往前走了几步，回过身来，环视了一下无人的四周，一扬手，那几页纸就翩翩飞舞着，一起恣意在让他一生难忘的冬天里。

三声蛙鸣

绣春在入海口无边的秋色里再一次爬上了防潮坝。

坝南边是青绿的草和蓬菜，偶尔点缀几棵野生绵柳树，绵柳树非乔非灌，又似乔似灌，三两根明显的树干支起一丛馒头状的冠盖，这片苍茫、真实得生出了些许庸俗的大地因此平添了许多迷幻和与周遭不太协调的浪漫色彩。大坝的另一侧，金黄一片的黄河滩里刚刚被刈起的豆棵堆成的一个个金字塔，使这块土地遍布起了某种丰饶的神秘，像极了绣春此刻正在朝向看坝人老丘的屋子靠近的腰身。绣春跃过了一侧的碧绿，但并不踏入另一侧的金黄，而是沿着作为分水岭的大坝徐徐西行。她的身后，泥河镇像条搁浅的鱼，阴暗绝望地卧在老河道里。镇东北角废弃的水塔像刺入鱼下腹的一根荆棘，东南边离镇子稍远的水库在长秋里浮现成不规则带状而平

241

缓的微蓝，成了对搁浅的鱼的讽刺。镇南边泥河水汩汩东流，形状是一连串一笔而就且首尾从不相交的英文字母的组合，中途鼓出个硕大的河肚子，像只填不饱的胃。这样一来，从黄河主河道分流而出的泥河在麻家湾打了个滚儿来到泥河镇后，就变成一挂刚刚从某个人或者动物腹中拖挂而出的消化器官。泥河与黄河隔坝而相绝，是一对发誓永不相见的母子或母女，小的浅薄放纵，时而玩出奇诡的花样；老的恢宏厚重，喘着不太均匀的浑浊。绣春正走在她从未多想也不可能真正明白的古老景致里。

　　老丘站在东屋山上，身后是垛成长方形方垛的防洪青石，身旁站着一条和此时坝上的黄土、坝下的原野一色的黄狗。老丘手里象征性地拄着一杆锄，却没有待劳作的振奋与劳作过后的沉实，而是显得有点无精打采，懒塌塌地侧起脚蹬想象中粘在光亮的锄刃上的草菜梗叶与黏土，时不时抬起眼皮斜睨一下渐渐走近他的绣春。日近正午，强劲的热力蒸发着坝两边护坡草地里的水分，使老丘眼里正在走过来的绣春有些不真实地袅袅然然。老丘让自己不断地低头闭上眼，然后在自己算定的时间里睁开，以验证绣春在他预先设定的时间段里是不是正走到他事先认定绣春一定会走到的坝上的一棵马齿苋或蓬菜旁边。在绣春不来、谁也不来的日子里，他和他的黄狗在坝上行走，常常玩这种游戏，并且时常为没有到达预定之处或者多走出几步而沮丧不已，像错失了某种约定，失掉了信誉。有时候老丘会为此很长时间舒展不开心情，直到再一次准确验证。

　　绣春看到老丘在她越走越近、在刚刚看清了他的眉眼的距离时将锄抵到山墙上，转过墙角走进了他的屋子。黄狗跟紧它的主人，使自己的轮廓在一片静态的浑黄中剥离出来，让绣春看清了它饱满的肚腹。绣春看看头顶的太阳，抬起挽至上臂的袖筒抹了把额头的汗，释然的眼神仿佛瞬间明了了这片土地的丰盈与神秘。绣春站在老丘的坝屋子前面，转身望了望来处，来处此刻无比寂寥，羊肠样的土路连带起那条卧鱼。绣春像往常一样，从不过多想它对于她自己的任何意义，她没有关注视野中的村镇，镇政府院中高高挑起的国旗和镇南的泥河，以及由它生出的一畦畦规整的稻田，也没有看到突兀的废水塔和水库，跃入她眼帘的，是镇东北角伸出的一条通往入海口的土路拐弯处的一丛坟包，她甚至从中分辨出了新丧的海的坟墓——尽管刚过了九月九，每个坟头上都有新盖的奠纸——并且在脑海里重新温习了一遍在海的葬礼上谷米让人难以捉摸的表情和动作。在绣春的印象里，海是位沉默尊重的长者，黑方脸上均匀布满皱纹，不轻易笑也不轻易怒，而谷米，则像一只幽灵。谷米已经好多年不在街面上走动了，但有人见到她深夜里走出家门，在镇西口小石桥上站半夜。见到她的人说她面朝西，一动不动，像只镇桥石兽。斜对过大同鞋店的老板娘张敬说她婆婆马秀银说谷米是在盼她的独生女儿梅，梅从十六岁离家出走，已经有二十年没有回来了。泥河镇上的人都知道谷米与张敬的婆婆秀银很知心，但也已经多年不见她们在一起拉个呱、照个面儿了。不说话，连个面都不照怎么能说是知心，绣春一点也不明白。生活中的这些事，对于绣春来说，乱得模糊，她历来不能看清它们的纹理。泥河镇的一切都像片断，这头和那头互相不能呼应。海的坟包此刻在绣春眼里像只土黄色的跳棋，或者像一只藏在野草里的坑。绣春发现，离得足够远，就奇异地颠倒了凹凸。绣春下意识地整理了下衣裳，从坟茔处收回目光放到老丘晒在门前草苫子上的三十几只刺蘑菇上。是床新草苫子，老丘又新收割了菖蒲。老丘每年都到河滩里收割菖蒲，宽韧齐整的叶子编成草席，下脚料做成苫子，草席分送给常落脚或者不常见面的亲朋好友、旧乡邻，甚至是只在他屋子前稍站一下，搭话或者并不太搭话的路人，拿老丘的话说都是"有缘人"；苫子一部分披盖在他"辖区"的防潮坝"险工"处遮雨护土，一部分冬季雪天被他放在坝面上防滑，很少一部分被罩在坝屋子上，防雨防雪防风化。新草苫子泛着暗绿的光，刺蘑菇一只只码放得均匀齐整，半开的伞朝向一头，伞盖儿上满布均匀的钝刺，被小心剥离了腐土的蘑菇腿朝向一头。绣春蹲下，一只只，小心地将蘑菇翻了个个儿，刺蘑菇特有的香味被绣春一次次吸入胸腔，让她有种莫名的满足感，一种快乐。绣春站起来，向北用视野罩起收割后的裸地和远处若隐若现的黄河，视野的边缘是只滑翔的白鹳，近处，一群羊后面的牧羊人将右手竖在胸前，握住的鞭杆头上鞭梢儿在不紧不慢地画着圆，数不清的半径在绣春眼里是个半透明的伞盖，让绣春想起电视里摇着转经筒的信徒。牧羊就是牧羊人的宗教，绣春不会这样总结，但那个半透明的伞盖确实让她心头一热，在她已经坐在老丘的原木茬柳木板凳上缝完一只袖子，翻卷开半成的棉袄整理一下，捏起腋下的两条里缝，用针往里划一下冒出的棉絮，开始缝另一条袖子突然想起这幅情景的时候。

绣春从羊群上收回目光，推门进到屋里。

二

老丘已经编开了席。

满屋都是蒲草叶子。老丘背靠着北墙低头盘腿坐在一只蒲团上，手不停地捻动，蒲草上下翻飞，黄狗跳起来追逐着翻飞的叶尖，正被老丘有一声没一声地呵斥。"大有！"老丘这一次真恼了，黄狗到角落里趴下，晃着耳朵，伸出舌头，鼓囊囊的肚子偏到一边，是一种低调的得意。绣春在鱼肠子样的屋里转身掩上门，到里屋抱出她前天捎过来的针线笸箩和缝了一半的棉衣。老丘一直低着头，一声不吭，待绣春往门口安好木凳，并不轻松地坐下暖地出了一声浅气后，抬头看了两眼绣春明显鼓起的肚皮。须臾，老丘扯了下嘴角，再次低下头去。黄狗跳过半截蒲席依着绣春趴住，用挑衅的眼光看着老丘油光锃亮的头皮。

"你怎么剃了这么个头？真难看。"

绣春纫好线，捏着针往头发里擦了一下。老丘这时停了手，抬头看了已经低下头干活的绣春，摸起旁边小折叠桌上的烟卷点了放在嘴里，深吸一口，再吸一口。老丘的动作满是与他年龄不相称的缓慢，绣春低着头就能感受得到。老丘这样缓慢和迟疑着吸完一支烟，又从椅子上拿起上面烧有"为人民服务"字样的搪瓷缸子喝了口酽茶。茶水上浮着一层发着微光的茶皮子，现在，这层茶皮子稳稳当当地趴在了老丘的上嘴唇上，老丘抬起手擦了一把挂了茶皮子的上嘴唇说：

"咋了，毛昌不也是这样的头！"

"毛昌是毛昌，你是你。"绣春说。

毛昌昨天一大早去了黄骅卖他打了十几天的鱼。毛昌因为天天长在河汊子里，已经荒了自家的地，绣春眼馋乡邻秋收时的忙碌与充实，捡两个蛇皮袋子到收割后的原野里捡豆荚。毛昌看不上绣春干的事，认为她这是自轻自贱，毛昌认为自己虽不种地，但也没少赚钱，绣春又怀上后，两万的计生罚款他已经另存好了。他对绣春说："你甭这里那里地蹿，有爷们儿在，还能饿死你？睛着在家下仔儿就是了。"说这话时是在晚上，毛昌扳过绣春欲成好事，绣春说："你不怕弄坏了你儿子？"毛昌说："不怕，干不过老子，要这样的儿子干啥。"绣春说："睡吧，蹿了一天，累死了。"毛昌被绣春推开时一甩头，看到了墙角的半袋粮食，明了了一切的毛昌败了兴。最后，毛昌说："你个没出息的婆娘，你天天踅摸人家那几个豆荚子，真是丢我的人。"绣春打了个哈欠，没理他，径自睡着了。睡是睡了，但没睡实，恍惚间，绣春知道毛昌爬起来打开门出去了。绣春当毛昌起夜，翻了个身，舒展开刚才被毛昌扳得别扭的腿脚，一觉睡了个踏实。第二天才知道毛昌一夜未归，绣春起来到天井里洗脸，摩托车在，网也在，绣春的心一下子沉到了脚后跟上。

"毛昌又去洗头房了。"

绣春说。老丘放下缸子，张开嘴又慢慢合上，摸了摸自己光亮的头皮。他在心里说：个龟孙子。

"我就琢磨不明白，你说，你就这样，他就那样，人和人，咋这么不一样呢？"

绣春又说。绣春说这话时停下了手中的活，巴巴地望着老丘，好像老丘一定能给她个说法。毛昌去洗头房不是什么稀罕事，自从去年冬天那个外来女人租了刘少凯家临巷的偏房开起了洗头房，哪个男人去洗头房也不是什么稀罕事儿了。一冬天各种闲话像春天的柳絮一样在老丘的坝屋子里刮来刮去。有时候说得老丘心惊肉跳，厉害的时候，让他晚上睡不着觉，冲动着第二天要外出寻他的大辫子寡妇。不断带来各种消息的是开录像厅的大波，随着电视机迅速地普及，大波的录像厅开不下去了。干惯了轻省的营生、再无心弄田的大波弄了兔子套儿到冬天的旷野上套兔子，傍晚出发，弄着摩托车骑上半个钟头到黄河口广阔无边的野地里找兔子道儿。兔子是有道儿的，有经验的猎兔人一眼就看得清楚，大波是半路出家，没有多少经验，只东一葫芦西一嘴地听人说来，所以，技术上不把准儿，十有八九放空，少有收获的状况让他更一点也耐不了深夜的东北风，常常布好套子后钻到老丘的坝屋子里来，掏出怀里的马场散酒，与老丘坐在黑暗中对酌。刚开始大波受不了这个黑，就说"你个死老丘，咋能在这种地方待下去，让我早疯了"。老丘就在黑暗中笑笑，大波看不到老丘笑的表情，其实老丘笑起来很灿烂，只是很少有人见，这时候老丘笑，只是一股从膈肌处一波波蹿上来的气流，在喉咙处隔一下，然后冲进口腔和鼻腔中回旋，回旋带动着声带和舌根抖动，有种喘不开的沉闷。老丘的笑是啥也没说，又像啥也说了。因为听完老丘的笑大波往往会滔滔不绝地说下去，大波的话也有问有答，很自然流畅，虽然老丘大多时候只用这种气流与他呼应。老丘在这种特殊的交流中知道泥河大街中部朝南的巷子里的刘少凯家偏房租给了一个外来女人，女人说她叫依依，还对看新鲜的男人们补充说"就是依依不舍的依"，挤在窗户或者门口的人堆里发出阵阵促狭的笑。第二天，人们发现小房的两扇玻璃门上贴了五个桃红色的美术字：依依洗头房。一侧窗扇上贴着小字：服务周到；另一扇上贴着：依依不舍。人们对洗头房的底子心照不宣，这时候南边几十里外永安镇的饭店已经开到了后院的仓屋里。起先，不太出门的人都对经常光顾的人嘴里说的"没有厨师的饭店"心怀疑窦，有了依依洗头房后，人们终于相信了，因为依依洗头房根本没有大街上理发店里洗头的椅子和热水器，更没有剪刀梳子推子等理发的家什，只一块很大很大的镜子，两个对着镜子的单人沙发，一块粉色的布帘子将一间偏房分成了内外。人们听出依依的外地口音，依依说："我是东北那旮瘩的。""哎呀，东北呀！"人堆中有人惊叹。泥河真成了大地方了，有上海女人来开过布店，有苏州的章先生在学屋里教着书，现在又有东北女人来开洗头房了。王小建往前挤了挤，说："东北呀，你真是来对地方了呢。东北山东人多呀，当年俺二舅姥爷，就带着一家去闯关东了。现在在虎林，混得很阔呢。"依依听到这儿就哈哈放肆地笑了个没完没了，伸出涂着鲜红的指甲油的手指着王小建："啊哈哈，你二舅姥爷真爷们儿啊。咋了，你也想闯闯关东了吧，那，进来吧。"依依的话引起哄堂大笑，一齐推着王小建往门里走。王小建掣着架子往后退。这是开头布阵，真布好了阵势有人闯了关东之后，就再无人挤到门口看热闹了。男人们走到门口悄悄梗着脖子往里睃，姑娘媳妇的则尽量躲得远点，低头匆匆而过。大波告诉老丘："哎呀，受不了那个闹腾，现在，刘少凯一家人已经搬到镇府东边他娘的老院子里去住了。"老丘在黑暗中发了言："为啥不赶她走？"大波"切"了一声："那东北娘们儿一年给他的租金赶他家种两年的地。"大波咕咚咽下口酒，拿手摸起折叠桌面上散放着的一根腌螃蟹腿呷摸了半天说："老丘，你也去闯闯关东呗，看你这……"

绣春对老丘的沉默叹了口气，低头开始缝袄袖子。这时候远处传来机动车响，老丘一改平日慢吞吞的模样，迅速闪到门口，推开门朝两边看。

"春儿，你先到里屋去。"

老丘伸在身后一只胳膊摇着示意。绣春不耐烦地站起来到了里屋。不一会儿，车停到了屋子前面，绣春躲在窗边往外看，看到是后林村收羊的大老刘，大老刘是老丘的相好，拿老丘的话说是"俺俩啥隔设也没有"。大老刘开着三轮摩托车突突突来到门前坝沿上，停车跟老丘打招呼，指着门旁晒的刺蘑菇大声对抗发动机的轰轰声：

"老丘，老丘，你这蘑菇卖吗？现在这个价了！我给你卖了换瓶好酒呗。"

大老刘朝向门口张开一只手。绣春猜可能老丘做了什么不卖的动作，大老刘摇摇头吆喝：

"哼，不卖个好人吃，到你肚子里还不是都糟蹋了。"

见绣春没好气地往门旁地上把笸箩一摔，老丘赶忙解释：

"我是怕人家看见你，引起猜疑，再传到毛昌耳朵里让他生啥心思。"

绣春本来没想说话，老丘的话让她火冒三丈：

"我是来给你做衣裳，又不是闯关东，能引起啥猜疑？毛昌会生什么心思？你把我当啥哩！还毛昌，现在毛昌还不知道在哪家的炕上哩……"

绣春知道自己说得放肆，有些惊悸地摸了摸嘴唇。绣春把老丘说愣了，老丘从来没见绵软的绣春发这么大脾气，绣春的话让他无言以对，老丘嘴里喃喃着：

"我不是，我不是——"

老丘越说越低，最后低下头去，慢慢拾起面前的蒲草叶子，开始编席。绣春缝了两针，终感觉解不了气：

"我这是什么命，你说，看你那早去的娘吧，倒是我哪门子十八杆子打不着的表姨？算什么近亲？你说俺娘要活着，能让人这样折腾？俺爹也是个没数的——毛昌是什么人，他心里不清楚？到现在说起来倒一股脑推到黄大有身上，说人家黄大有收了我那老公公的一身涤卡衣裳，我是他闺女又不是黄大有的闺女——嗯——"

绣春气噎，老丘从里屋拿出一只干净的大海瓷碗倒了水吹了几下递给绣春，绣春接过碗，不往嘴边凑，只盯着碗底那两条大红鲤鱼。老丘会错了意，说：

"你只管喝，真不脏，这只碗除了你，谁也没用过。你放心，这不是老单的三用盆儿，早扔了。"

"三用盆儿"是泥河镇的一个典故，是老丘的前任——老单的惊人创举。老单是比老丘更纯粹的老光棍，据说一辈子没碰过女人，一说起这个来，老丘就理短。前几年，大老刘给老丘说了个他们村的寡妇，是个青州女人，扎两条不合时宜的大辫子，老丘看着别扭，但老单对他说："你早就该成个人儿，成个人，也免得人说你还对春儿留着啥主意。"老伙计最后这句话让老丘点了头。当晚，青州女人就晃着两条大辫子住到了他坝屋子里。青州老丘没去过，但老丘领教过了青州女人的厉害。一夜过去，老丘这个黄花老男人让这个长辫子女人搓摸得彻底没了精神气儿。可第二天一大早起来，那女人穿好衣裳，梳了头，站在炕沿前对老丘说："老丘，俺得走咧。大老刘骗了俺，说你对俺有意，但俺知道，你心不在俺这里。俺这就走咧，咱俩的缘分就这一黑的露水夫妻。"女人前脚走，老单后脚就闯进来了，老单说："哎呀，坏了，坏了，我的盆儿呢？直接坏了。"老单在墙角上抄起了他的盆端在鼻子底下打量，闻闻嗅嗅好不仔细。老丘忙天失火地穿上衣裳跳下炕来问他缘故。老单说："完了，完了，你咋不早说。完了，可惜了的，这一只好盆。"看老丘歪着头，老单一屁股蹲到地上，说："你让那寡妇破了童子，这只盆是再不能用了，不能用了。"

三

老单从不到村里去，更不赶集上店，原来用着的乌盆烂了后，托人在集上买来这只洋瓷盆，老单从来没见过这么光滑的盆，像宝贝一样伺候着，还发现它一点都不渗水，拿把水一抹就干净。那年月，没有摩托车拖拉机，赶个海、搂个柴草、打个青草啥的都赶着畜力地排车外出，地排车慢，有时候一天到不了地头，半路就在老单的坝屋子里落落脚。半路上能有个地方喝碗热水，吃餐热饭，几乎是每一个外出赶脚的劳力的奢望。但自从老单来看坝，一切大好了。老单又是个那么大方的人儿，还领着河务局给的工资，在周遭村众的观念里，工资是国家给的，国家的理该每个人有份儿嘛——老单自己也是这样宣讲的。老单还说他又不拖家带口的，工资咋花也花不完。老单话说得仗义、昂扬，让每一个听到的人都更加感觉不吃他一餐饭，简直是无论如何都过意不去的。久而久之，能赶回家的不能赶回家的都在老单的屋子落个脚儿，打一回牙祭。自从有了这只新瓷盆后，老单"服务"得更是周到，发完面蒸完馒头拿两把水一抹，接着炖大锅菜，切上自种自窖起来的大白萝卜和自己套来的野兔子肉，扯两只干辣椒，咕嘟咕嘟炖上两三个小时，停了火，老单拿那把大铁勺子舀到白瓷盆里端出来，几个人就着蒲墩子一坐，甩开膀子——这一口，那年月里，谁不天天惦记着。

但最终，老单还是落了个骂名。不是老单退休后失了功德——泥河镇上的人可不是没良心——而是因为他的新瓷盆。当然，这事儿绝对与老丘有关，要不是老丘来接他的班，不是老丘找了那个大辫子女人，也许，人们一辈子都不知道这老单从不当秘密的秘密。

老单抱着他心爱的瓷盆在地上坐了老大一会子，老丘看着老单，丈二和尚摸不着头脑。老单后来站起来，含泪拎起盆甩在了坝底下。老丘跟着他走出二里多地，才找到答案。找到答案后老丘到坝腰里把胃清了个干净，跌跌撞撞好半天，才回到屋子。在坝上，老单对着老丘痛心疾首："这小瓷盆儿跟了我这么多年，你是不知道它的好，白天拿它和面盛菜，睡前拿它掺热水洗脚，夜里再尿一晚上，清晨起来拿水一抹，愣是没一丁点味儿。你知道这都是为啥

252

吗？因为我是真童子，从没被女人祸害过，我浑身没邪味儿（当然，尿也没有）！你完了，完了，盆也完了，三用盆儿呀，三用盆儿——我就不该把它留给你。"最后，老单摇着头说："真是，人不长前后眼哪！我——老单说不该把盆留给他时，老丘的胃已经在翻腾啦。"

绣春端着碗听老丘说不是三用盆儿更感觉添堵，索性将水泼到了旁边的蒲草叶子上。老丘懵懂地接过碗，当绣春还生着他的气。老丘到里屋放好了碗回来重新坐在蒲团上对着绣春说：

"甭管他去哪里，回到家，好好过日子就是了。哪个两口子，过到一处都不容易——"

老丘的话让绣春更堵，绣春不说话，堵着气穿针走线，把袖子缝完塞老丘怀里。

"你爱惜穿吧，要不，就赶紧找个人成个家，我是再不揽你的针线了，还得躲躲藏藏的，见不得人似的。"

老丘见绣春要走，赶紧到里屋拿出个塑料袋，到门口旁盛蘑菇。赶绣春在屋里整理了一遍没什么可整理的衣裳和头发来到门外，老丘已经将刚才晒蘑菇的苫子卷起来倚在了墙上。老丘两只手小心翼翼地撑开塑料袋的带子，撑成个环状，以便绣春顺手提起。可绣春看也没看他就走到坝上，绣春说：

"哎呀，我带蘑菇回家就不让毛昌多想啦？你留着炖炖拿你的三用盆儿吃吧！"

老丘看着绣春越走越远，正要悻悻地转身回屋，不料黄狗不赶眼神地从门里钻出来，老丘哐地一脚踢过去：

"妈的黄大有，给我滚！"

四

绣春走到下坝的路口，站住脚喘口气，捋着胸口看已经转到镇西北角磨坊顶上的太阳。心想，慢慢走吧，老大放了秋假去了下河他大姑家，毛昌还指不定哪个点儿回来，按往常的经验，得近半夜。她们家又不像别的农人家，院子里又没有等她伺候的庄稼。想到这里，绣春心里生出了一些落寞，绣春在这些落寞中慢慢走下大坝，斜穿过正直往南的柏油公路，穿进朝东南的小土道里。道两旁是大片大片的水洼地，水洼地里长满茂密苗壮的芦苇，不时有被她惊起的小雀扑棱一下飞起来，在她头顶上盘桓几圈落到苇荡里她看不见的地方。

呱、呱、呱——

水洼里传出含混的蛙叫时，绣春正在小道一侧的芦苇丛中提裤子。蛙声低沉、孱弱，绣春边扎裤腰边循着声音走到小水沟边上。水沟清浅，靠近绣春的一丛苇草根处泛开水花，一只半大的青蛙前腿儿抱紧了草根，正奋力往上爬。绣春慢慢靠近，见它总也不跳到远处起了些疑，绣春弯下腰发现蛙的一条后腿被什么别住，腿上挂着绿色的水藻，脏兮兮一团，绣春折一根粗壮的苇秆，伸出上身轻挑那团水藻，一挑，没动，再一挑，还不动。绣春更加纳闷，索性扔了苇秆，卷卷袖子拿手捞，水藻处连带着东西，绣春试探着慢慢连同那只蛙提出水来，原来是只盘子大的河蚌，闭着壳的河蚌"咬"

254

住了一块蛙腿上的薄皮，那蛙被倒提起来，正绝望地伸直四肢，鼓着肚子周身颤抖。绣春一只手托住蛙，一只手小心地托住那只蛙后退着回到小土道上，找块平整处摘掉绿藻后将两只活物轻轻放下并试着从蚌壳缝里往外拽蛙腿上的那一小块皮肤。没成功，撕扯之下，青蛙被夹住的腿开始痉挛，绣春吓得赶紧住了手。寻思想个什么办法使蛙脱身，绣春看看四周，除了水洼就是苇荡、野草野菜，似乎啥也指望不上。绣春略微想了想，双手小幅度地搬起河蚌往地上轻磕，希望震荡能使它张开壳子。可事与愿违，河蚌壳子闭得又紧实了许多。绣春干脆坐在地上，心想：等着它自己愿意张嘴吧。这样想时绣春又不得不站起来，托起两个活物放到小道旁的浅水里，绣春想：在干处，河蚌该是不愿意张开嘴的吧。绣春退到小道上再次坐下来。一坐下来绣春才想到那个根本的问题，绣春心说：怪不得一开始就感觉怪呢。一只活蹦乱跳的青蛙，怎么会被一只连路都不会走的河蚌夹住腿呢，真是黄河倒流，日头西出。但确实就是夹住了，就是这么没理可讲。绣春又想：可能是这只河蚌正张着嘴纳食时，这只不长眼的青蛙将腿伸进了它的"嘴"里，只能这样解释了。

绣春默默地抗拒了几次想拔腿离开的念头，她知道这么大个的河蚌不知道老成了什么样子，肉一定和轮胎一样又柴又老。但如果它一直或者很长时间不张口呢？那蛙一定是没救了。想到这里绣春又急躁起来：不行，得想办法。绣春又一次从水里把蛙和蚌搬出来摆在道上，这一次，她一定得采取某种措施。后来，绣春想：她怎么没有立即决定将蛙和蚌都带回家呢，那样的话，那件事也许就不会发生。生活中的许多个如果这时候一齐跳到了她的脑海里，她想，如果她娘活着呢，如果黄大有早死了呢，如果她让老丘带她私奔了呢，甚至，如果她爹早死了呢，如果她婚后第一次发现毛昌不老实就同他离婚呢，如果毛昌幼年时得个天花出个麻疹不治呢？如果不是生活，但生活中却往往飘浮着数不清的如果，那些层层叠叠数不清的如果和天上的浮云一样，一阵风来就吹个干干净净，或者像南瓜蔓子上的谎花，开的时候像模像样、热火朝天，到末了白费功夫，半个瓜丫子都结不下。

绣春最终采取的措施简单而粗暴，她取下头上的钢丝发卡子，闭着眼划烂了青蛙腿上的皮。绣春怀疑自己这样干会谋杀了那只蛙，但她睁开眼，发现那蛙已经蹦到了水里，一个猛子扎到了刚才那丛芦苇处，水面上沾染了几丝鲜红，正在一缕烟似的往下沉。

绣春在水里洗了一下发卡和河蚌上的血迹，站起身走向那许多的如果落空处。

她真是不稀罕这么个东西，尽管它那么大，抱在手中那么沉实。走到巷子口时，她甚至动了要送给瞎碳儿的心思。但最终没有，这个最终绣春不能解释，但有如果，她如果真走进瞎碳儿的天井里，瞎老太太一定会拉她坐一会儿，至少会问问外边的秋收，问问今年的黄河水有没有泛到坝根儿下，这样，就会说到她被洪水卷走的干儿子，势必会说到她男人陈顺参加的那场惨烈的战斗，陈顺将两条腿"扔进了那个半下晌"。瞎碳儿就是这样形容的，时间和空间在瞎碳儿嘴里、在说到她早已故去的男人陈顺的腿时出其不意地融化成一体。一段或一股在战斗中流动的时间吞没了陈顺的腿，有幸的是陈顺赶在时间前面，抽出了将被吞没的身子。她还会说起海的死，绣春就会告诉她怎样在坝上看到了他的坟，她们还会猜测是谁给他填了土。这想的猜想势必会带出海与他的女人、他女人的前男人、前男人的后女人等四个人的复杂关系。这样，人物在时空中，组成了一张奇怪的网，要想理清楚，可以一个网眼一个网眼地摸索下去，是一种简单又无限的扩张。听瞎碳儿拉呱的人经常会借着这种扩张产生千奇百怪的想法，人们常常奇怪他们这些走过世界的睁眼人的"脑子"竟然被一个瞎眼人牵着转。无异，绣春要走进她的天井，也会被她牵着转的，转来转去，也许就会转过接下来将要发生的事。

她怎么就没有走进去呢？

瞎碳儿有的是闲工夫，啥样的轮胎炖不烂，也不至于糟蹋了东西。

就是在她推开家门时，还想起了家里已经没了菜油，她还摸了摸装着七块五毛钱的右裤袋，想是不是接着去大街上的云强百货店打上二斤豆油。但她的腿已经有点酸了，她还想喝水，在老丘的屋子里她一滴水都没到嘴里，这样想时她又想起了她带过去的针线笸箩，光顾着和老丘赌气，竟然把东西落在他那里了，也罢，他又不会弄坏，改天再去时捎回来就是了。这时候绣春又想起了老丘的光头，心想老丘怎么也剃个光头，真是太难看了，比毛昌的还难看——好人哪有剃那样的头的。这时她又想起了去年夏天毛昌到县城时买回来的那把电推子。电推子对于绣春是个新鲜物，围绕着它有很多的想处，但绣春没有来得及想完。进到屋里的绣春听到了里

257

屋的动静，挑起门帘儿朝里屋一探头，看到了炕上如鲜艳的谎花一样开得热火朝天的毛昌和小唐。

<h1 style="text-align:center">五</h1>

小唐是毛昌的堂叔毛三的后老婆。马春葵死后的第三年，毛三花三千块钱从下河村人贩子张顺子手里把她买了回来。那时毛三已经年近五十，小唐却还不到二十，毛三将这个当闺女都显小的川妹子眼珠子似的供在头顶上，恨不能把心掏出来喂她吃。就是这样，小唐还是隔三岔五地弄顶绿帽子扣他头上。有一阵子，毛三甚至怀疑他儿子毛北京勾搭了小他两岁的后妈，一杨树杆子把毛北京扫地出了门。

小唐刚来到泥河那会儿，自称四川广安人，叫邓丽君。泥河镇又小又偏远，但毕竟已经改革开放了许多年，小唐的话一出口惹得人掩嘴不及。靠谱一些才叫撒谎，不太靠谱就叫吹牛，暗着吹还有闲人听个响，这样西瓜皮舀水豁着裂的吹法，不只忽视了泥河人的智商，更污辱了人格。但没有一个人恼，因为小唐是四川媳妇，背井离乡地被卖到这里，更何况还卖给毛三这样的老憨犊子——人们想小唐用啥法作贱毛三，都不为过。邓丽君就邓丽君吧，泥河人开始大度而亲切地叫她小邓，一点也不搭理大波非说邓丽君是个歌星，前几年刚投了台，还接见了刚刚驾机投台的王学成。那时候大波还没娶媳妇，正是溜溜酸的年纪，烫着卷发头，穿着喇叭裤。漫说是大波这么个二痞子，泥河人在天生实惠的心理驱使下，对外边那些乱七八糟的事儿一点也不感兴趣。这样小邓小邓地叫了大半年，突然从车站走出来个头上盘着一圈辫子、胸前五颜六色的拼布兜里挂着个婴儿的毛三他丈母娘。过后知道是被卖到下河的小唐的表姐给他丈母娘通的消息。那是个仲夏的傍晚，毛三看着丈母娘胸前挂着他六个月大的小舅子走进了布店时以为是个要饭的，毛三抠得下铁公鸡上的毛，常常因为一指半指的短头被街坊邻居找到门上指着鼻子数落，但骨子里的乐善好施却使他对流浪乞讨的人充满了怜悯。毛三放下手里的米尺，打开通往后院的门，一路小跑拿来两只小麦和着高粱的混合发面馒头和一棵大葱，并看着他将要相认的丈母娘一通狼吞虎咽。他丈母娘吃完馒头一抹嘴，冲着后面大喊："猫呢？"一嗓子把毛三吓了一跳，毛三看看他丈母娘周围，又打量了一眼柜台后面，什么猫？哪有猫？不对呀，毛三想，要饭的哪有还带着猫啊狗的，毛三一时纳了闷，不知道他丈母娘闹哪门子阵仗。毛三挓挲开两只手，做着轰人的架势劝他丈母娘出去，原话是"快走吧，快再去赶个门儿吧"。他丈母娘虽听不懂他的话，但凭着对他手势的准确理解火冒三丈："猫呢，猫呢？龟儿子躲一边咯，老子要找猫呢，快出来吧，猫呢？"正在毛三拽住他丈母娘的胳膊想拉她出去的时候，小唐猛地拉开通向后院的门扑了进来，久别重逢的母女没有按照常理想象的那样抱头痛哭，在毛三愣愣怔怔的目光中，小唐比毛三生硬一百倍地将他丈母娘推了出去。

小唐闩上门，嘱咐毛三别让那个龟孙子闯进来。说完回了后院，毛三从中看出了端倪，尾随在小唐屁股后头问缘由，小唐一骨碌躺在炕上，指着熏得黑透的屋梁："拉过（那个）龟孙子把老子卖起（了），还有脸来见老子。"噢，毛三想，原来是张顺子的同伙。后来见小唐边骂边哭天抹泪儿，细问之下才知道刚才被赶出去的那位原来是比他小一岁的丈母娘。这才忙天失火地跑到外头，把丈母娘连同他正吃奶的小舅子请到了后院。

毛三的丈母娘在泥河待到腊月，临走时毛三把吃的穿的用的塞了个满满实实，还带上了一千块钱。车将开动时他丈母娘朝着毛三不断点头，泪水满脸。不知道是哭她女儿的命运还是感动于这个老女婿的孝顺。

毛三的丈母娘在泥河的这段日子里，人们，也包括毛三，才知道小唐不姓邓，原来姓唐，是家中的老大，叫毛妮，往下是毛丫和毛囡，再后来是抱在怀里的这个毛蛋。毛三在一个夜晚摸着小唐丰满的乳房说："呀，怪不得你跟了我，原来是一家呀。"他丈母娘之所以千里迢迢来投奔，是因为盛夏的泥石流冲塌了房屋，把丈人老唐、毛丫和毛囡都砸到了里面。他丈母娘是因为带着毛蛋回了娘家才幸免于难。了解了真相的人们打趣毛三："毛三，你应该留下你丈母娘，你们才般配。把小邓，噢，小唐调给北京呗，这样，你们爷俩就全和了。"

毛三没见到他丈母娘之前，非常害怕丰满娇嫩得像朵花样的小唐会趁他不注意跑掉。他对自己霜打的老茄子般的相貌深深自知，但自从见了他丈母娘，他再也不怕了，再也不将小唐天天看守在后院里了，小唐也像颗在沙土中埋了许久的珍珠，一见天日便耀得人睁不开眼。故土与亲人的血液是最高的道德约束，命运参差中远离了这一切的小唐像匹脱缰的野马，在泥河镇上放荡不羁。对这一切，毛三束手无策，因为小唐说："你骂吧，反正不痛不痒，但你不能打，你要打老子一下，老子就叫起野汉子在大街上睡，老子说得做得。"毛三一点办法也没有了，毛三知道小唐做得出来。谁也说不清楚毛三经历了怎样的痛苦与蜕变，或者说是某一种升华，因为毛三有一天站在街边对水产店的石光磊说："唉，玩玩就玩玩吧，她年小，只要不把家里东西鼓捣出去，也没啥。"作为一个男人，毛三已经退无可退。

话不知真假，但一经散布，就变作漫天飞扬的邀请函。那些老实男人也在逼近他们口鼻的微微甜腥中蠢蠢欲动。泥河镇的东三巷因为一个四川女人开始变得声名狼藉。直到有了依依洗头房，小唐才在"闯关东"的浪潮中渐渐隐了光芒，不再那么让人惦记。

六

毛昌与小唐显然已经发现了挑起门帘的绣春。被小唐骑在身下的毛昌神色慌张，毛昌欠起身，伸出一只手够旁边的衣裳，小唐看了绣春一眼，俯下身将毛昌伸出去的手抓回来放到了她的胸脯上。毛昌连忙缩回手去，挣扎着嘴里发出呜呜的声响。"你还不出去！"小唐动作着，朝绣春尖叫。

绣春在一阵阵眩晕中放开了门帘。走到天井中冒出的主意让绣春突然清醒起来，腿脚变得强劲有力，绣春跨出大门顺着巷子向南小跑，她要到毛三布店叫毛三，让他看看他不要脸的老婆正在干什么好事。绣春一口气跑出巷子口西拐，远远看到毛三扯到门外个

261

炉头，腰里系着带粉色蕾丝边儿的淡紫围裙，端着个不锈钢盆在忙活。绣春走近了，看清楚旁边还有钢丝捞笊篱和一只描红花的搪瓷盆，一盆底黄澄澄的，毛三坐着个马扎，拿着个长柄汤匙在盆里的面芡子中翻搅团挤，麻利地将成形的小面剂子放到炉头上一只小铝锅的热油里。毛三看到绣春，抬起右胳膊肘擦了下汗，毛三说："绣春哪，快，来，快尝尝我炸的绿豆丸子，俺家小唐最爱这口儿。"

街上人来人往，绣春看到吕平安拄着根拐棍同杀鸡的老高打着招呼朝这边走过来。绣春看着毛三冒着汗珠的额头退了几步，突如其来的眩晕让她扶住街边的一根线杆。绣春定了定神，在毛三十分不解的目光中转身往回走。边防站的老何在街对面朝她喊："毛昌呢？是不是又去河汊子了？你让他赶紧给我送几条寨花鱼过来，不然我要去逮他啦，哈哈哈哈。"老何长得矮墩墩胖乎乎，像个弥勒佛，没事老爱站在街面上同来往的人打哈哈，绣春平时对这个和气又体面的公家人颇有好感，但今天不一样，绣春在急着回去，虽然她也不知道究竟回去干什么，不是每个人都有经验面对这样的事。绣春也一样，她知道毛昌有几次"闯关东"，但只是别人捎话，何况这样猛生生的场面，她是想也没想过。绣春抬头看了看老何，扯着嘴角算是招呼过了。老何在街那边歪歪头，大概是心想这小娘们儿神色不太对头哇，又见她扭带着已显笨重的身子，心里想，原来是害喜。绣春在老何错误的释然里低头朝巷子走去，并且在张殿成家门口与小唐撞了个满怀。

老何后来向毛三和毛昌叔侄俩叙述了事情的经过，并挖空心思要平息一场在他看来必定要闹得没完没了的乱子。他先是对毛三说："你得好好管管你家小唐了，不管谁对谁错，人家小柳怀着身子，人家走得那么慢，就算撞也撞不疼她，她上来就抢过人家手里的河蚌照人头上来这么一家伙，了得么？真出了事儿，毛三你吃不了兜着走，派出所老李要不敢管，我管，我非抄杆枪把你突突喽。女人们抓个头发挖个脸的也就罢了，差点开了人家的瓢儿，老毛我知道你是不敢拿你那小媳妇怎么着，你要朝她张嘴，她还不把你吃喽！但说啥你也得看看事，补偿一下人家，老婆惹了事儿，你不打扫谁打扫？"

后来在水库边上遇上毛昌，他又对毛昌说："你家小柳就这件儿不好，我那天看她皱着眉头想和她搭茬搭茬儿吧，她还不喜地理我，要站住和我拉几句，还能出得了这个？嗯，流了点血，不要紧吧，女人们哪，怎么说哩？照理说，她还管小唐叫婶儿，是不是？这娘俩儿能有什么地方不对劲？也八成，是你家小柳啥地方没做到她心里。唉，四川娘们儿，你拿她什么办法？你还能找你三叔说理去？回家哄哄得了！"

一前一后，毛三和毛昌爷俩儿，硬着头皮听老何说话，一个个点着头赔着笑，硬着头皮愣愣地揣着明白装糊涂。老何说得一本正经，语重心长，配合着他自己特别引以为豪的喜乐佛儿样的胖脸，唯恐自己哪个地方打点得不够周到又另牛出枝杈。一个边防大队的副队长要一心想把自己打造成居委会大妈，任凭哪个是一点招儿没有。谁都打心里感激着老何的好心——老何看不了有人受一丁点委屈，他经常说的一句话就是："我的心哪，软得和面儿似的。"说这话时老何往往眯着眼睛，胖脸上罗列起各式各样的无辜，拇指、食

263

指和中指轻轻碰在一起伸到听者面前，让人活脱脱地看到了他的心，看到了他三根手指中捏起的怎么也捏不起的一个小面团儿。把这两者放到一起比较一下，就连最爱抬杠的人也说不出别的。

可谁能挡得住绣春委屈？她不但委屈，而且出奇地愤怒，两种不同的情感压得她喘不过气，压得她想大喊大叫，或者骂街也好，或者找一只像面粉厂路北洗车店那样的水枪放肆地到处冲，逮谁算谁。极致的愤怒变成了迷狂，让她舍弃了最明确的报复对象，将满满一腔情绪在想象的时空中随处泼洒。也许，在她心底，是不屑和小唐置于一处也未可知，也对毛昌这样不自重不成器的"惯犯"早由失望变成了绝望。绣春从来都不善于收集和分析自己的情感，从未想过，自从她爹与黄大有联手将她嫁与了毛昌，她就有意无意地让自己变成了一只泡沫网漂子，任凭雷电风雨，潮来潮去。倒也不是抱定破罐破摔的心思，绝不是。一个认了命的人，想平平静静过日子的人，生活和头脑中就不会有那么多的花招，当然也就不可能见招拆招。

七

猛然被小唐抢了河蚌的绣春"啊"的一声，声音不大，仍旧站在原处的老何没有听到。当时，巷子里还有几个行人，抬头不见低头见的熟脸庞们突然地见一个盘大的河蚌抢到了绣春头上，都感同身受地陪着绣春"啊"了一声。有个提着菜篮子的明眼人弯腰从地上捡起河蚌递到绣春手上，待老何像只肥鸭子一样跹拉着走到绣春跟前，小唐已经挑着下巴扭着屁股，趾高气扬地消失在了巷口。

绣春再也想不起来自己往回走时低着头在想什么，这样想时绣春想起她平时走路，好像很爱低着头，还想起当时她看到了右边墙根处的一棵歪斜的灰菜。这样想来想去，她在院子里围着夏季里临时搭的锅台转时，抬头也不是，低头也不是。整个脖颈和肩胛满满的不自在。绣春已经去诊所包了头，并且在进门时与毛昌撞了个对面，毛昌看她头上的纱布一惊，手扶着门板启了下嘴唇。绣春梗着脖子，奋力地往回吞着眼泪与毛昌擦肩而过。

天渐渐暗下来，西邻家一架葡萄的残影从墙头无力地爬过来映到了东屋檐上，一片拉伸过许多倍的葡萄叶子在绣春的眼里随风瑟缩，最后伸向门口慢慢消失。绣春将河蚌放到锅台上，拿手摩挲着蚌的边缘，没破，一点没破，绣春摸到了一小处黏黏的地方，绣春拿不准这是没洗干净的青蛙血还是来自她的头。她擦了擦泪，摸着自己的肚子，细心体察身体最深处的讯息。天色从灰向黑慢慢过渡，黑中掺杂了一线橙黄。绣春听到腹腔中一阵阵咕咕的回鸣，但胸口却像堵了一团藻。是的，就是当天下午那缠在河蚌上边的绿藻，暗暗地散发着腥臭，让她直想张嘴吐个干净，但弯腰干呕几声，却又吐不出。

直到把天坐到黑透，绣春才搬着这只造了两次孽的河蚌来了灶屋里。绣春决定了，今天晚上，她说什么也要把这只蚌吃到肚子里。已经受了受不了的气，死也要饱着死。当绣春好不容易把蚌壳撬开，河蚌在白炽灯泡下展开它白嫩的内心，斧足微微颤动时，毛昌进了门。

绣春没有想毛昌今天会不会回来，就是既没以为他回来，也没以为他不回来。这样简单的问题对于绣春来说极为复杂，作为在一个炕上睡了近十年的两口子，绣春从来就不知道毛昌在想什么。刚开始绣春发现了他的不规矩后，曾经想毛昌是不是要和她离婚。绣春想离了也好，尽管丫头已经好几岁。不过，绣春倒也不是为了孩子在忍毛昌的气——毛昌没有提离婚，后来绣春想他做了亏心事，为啥等他提，她提也是一样地离。但她也没提。没嫁之前，绣春感觉自己同别人哪儿都不一样，她在这世上，是独特的。独特就是有了某种不自觉的矜贵，绣春就缩在这只矜贵的壳里，做着也说不上十分绚烂的少女梦。那时人生这两个字对于绣春来说，是遥不可及的，仿佛身在天外，懵懂地看着眼前的芸芸众生。但一脚踏入了婚姻，绣春就感觉一下被抛进了生活的内里，先前对于人生的神秘荡然无存，每个人都在同一时间穿衣、下地、伺候男人、生孩子，每个人都一样，生活像泥河水面上的稻壳皮，在有一搭没一搭被推着向前——绣春也没感觉出多么不好来，渐渐地，她不知道为什么不再想这些离日常生活轨道更远一点的事。就像毛昌回不回来，日子都得过，她都得吃饭，睡觉，都得等足了月将腹中的孩子生下来，眼泪和叫喊是没有用的，她不能像小唐在毛三面前那样把眼泪当成一种表演和仪式。本乡本土，就算她不要脸也得为父兄留点面子。这些活生生的麻木和妥协一天天渗入绣春的内里，让她像一盘搭上了墙的老南瓜藤子，尖上还吊着顶花的瓜秧，却不知身后已经枯死了大半截。毛昌当然不会上心这身后枯死的光景，毛昌眨巴着眼看看绣春，又弯腰看看剥开的河蚌，毛昌还拿一根手指在蚌的斧足上

266

戳了戳放到了嘴里，毛昌一连串的动作让绣春更加作呕。绣春站起来走进里屋，心想不吃了，还吃什么，守着这样的男人，吃饭像种笑话。绣春拉开里屋的灯，满眼是半下晌里弄皱的床单和夹被子，平日里板板正正的机织方格布堆在炕上，像团搅缠得正上劲的糨糊。绣春跑到门外，弯下腰干呕起来。

八

泥河深秋的夜晚，凉意中有股斩钉截铁的爽利。现在别看还穿着单褂子，一场秋雨后，一家人就忙不迭地翻找加厚的棉坎肩和毛衣。绣春对上学时教科书里管历史叫"春秋"的做法感觉很不可思议，春秋那么短，历史那么长，该叫"冬夏"才恰当。绣春读书时，成绩不好不坏，老师们对这种不冒尖不垫底儿、不突出也不惹事儿的学生一向不太留意，所以，读到初二她母亲去世辍了学后，也没有哪个老师到她家做个教育动员啥的。她父亲也乐得这样，要不，还显得他薄待了这唯一的闺女。绣春在散漫地想这些事时毛昌拉起了天井里的灯，一团蚊蚋立即围笼上来，绕着灯泡团团飞舞。

绣春拿手遮了下眼，她想毛昌一定是要去河汊子里照毛蟹去。但毛昌并没有走向东屋门口的摩托车，而是在门口稍停了会儿向她走来，绣春又想可能毛昌要自己烧点饭吃，绣春还看到了毛昌手里托的已经剥开的河蚌。绣春心想：真不要脸。正想着，绣春离开坐着的木墩子，拿着锅台前的小马扎想坐到檐下去。

"你又到老丘坝屋子里去了？"

毛昌手托着河蚌站在她面前。她抬头看了看毛昌，站了起来。她感觉那样仰望着毛昌不太舒服。也许，毛昌将她的站立当成了心虚和不安，毛昌又往前逼了一步。

"你还要不要脸！"

毛昌又说。

"但凡你要点脸面，咋会天天往一个光棍子屋里头钻！"

毛昌的话惊得绣春张开嘴。

"吓！"绣春惊叹着，"吓！你不要——你不要血口喷人！"

绣春从来没有想过她去老丘那里有什么可让人指摘的，毛昌也不是不知道她每年都要去给老丘缝棉衣，有时候还把老丘的被褥拿回家来拆洗。突如其来的发难让绣春发蒙，绣春倒退了一步，抬手指着毛昌，好半天，却说不出一个字，只眼泪闷闷往外淌，淌到下巴上。从东屋和北屋未连接处的墙头上翻过来一阵风，毛昌身上衣裳的影子在北屋门口的墙上剧烈地晃荡。绣春提起一口气，指着毛昌嘶哑地喊：

"姓毛的，你、你不是东西！"

毛昌鼻子抵到了绣春的食指上，毛昌往前拱了下头，表情说不出是狰狞还是诡异。毛昌咬着牙，上嘴唇的一角朝斜上方吊起，露出右侧的两三颗牙齿，绣春倒退着缩回了手。毛昌又赶上前一步，盯着绣春的脸，嘴里散发出浓烈的酸馊。

"好啊，我不是东西！"毛昌头一磕一磕的，"我不是东西也不能让你给我戴绿帽子！"

毛昌嘴里的气味让绣春的胃再一次剧烈翻腾，绣春双手揉了下前胸，绣春听到自己的胃里咕的一声，一口闷气还未出来，毛昌抬起手，绣春后退不迭，毛三手里剥开的河蚌已经糊到了她脸上。

"作死吧！不过了！"

毛昌像个骂街的泼妇一样拍打着自己的胯部叫道，声音和动作中充满了绣春从来都无从发现和不能理解的做作和夸张。毛昌叫完在灯底下转了个圈，看着绣春倚着墙向下滑时，伸出一只手不解气地朝她点划了几下，摔了院门出去。

绣春捂着脸慢慢往下蹲，蹲来蹲去被自己的肚子挡住，绣春再也攒不齐站起来的力气，索性由着满身心的沉重不堪坠到地下去。绣春在地上坐实，拿手抹着一脸黏腻。河蚌扣在她脸前的地上，朝向她的一边笼着月牙状的阴影，绣春看着这块阴影号啕大哭。

在绣春意识到她的哭声会惊动左邻右舍、招人笑话压抑成啜泣时，看到瞎碳儿摸索着来到她家院子里。瞎碳儿循着她的声音被锅台前的木墩子绊了下后再次直起腰，两只手在身前挥来挥去。绣春扶着地撑起身子将瞎碳儿扶到了屋里。

"唉——"

瞎碳儿长长地叹口气坐了下去，扶住椅子面板往前挪了挪屁股，然后提着一条腿搭到另一条腿上。不了解她的人会以为她不是失明，而是腿有毛病。瞎碳儿坐实，准确地朝坐在门口小马扎上的绣春挥了挥手。

"闺女呀，听你奶奶一句话，甭埋怨他啦，毛昌也不容易。俗话说留得青山在，不怕没柴烧，他有的是力气嘛，这些鱼扔了就扔了吧，咱们再去打，是不是？打来再卖，又缺不着你娘儿几个吃

269

喝，是不是？当婆娘的，千万别让男人太作难，毛昌不就是想多卖几个钱嘛。要不，谁不愿意在家守着老婆孩子，赶那么远路，辛苦哪！男人们的辛苦，有时候，咱们做女人的，没法知道，没法知道，你听我的没错——"

在瞎碳儿的描述中，绣春的哭是为了毛昌上了北风林山根儿的当：毛昌不辞辛苦，一心想把家中的咸鱼卖个好价钱，在山根儿的蛊惑下一同去了黄骅。山根儿同当地常交易的老相识做了局，出高价买了毛昌的鱼，在毛昌跟着他们去取款时人生地不熟地跟丢了人，积攒了大半年的鱼款被山根儿坑了去——绣春是在哭那些填了一肚子盐粒子的咸鱼。

瞎碳儿朝着绣春摆着手，直到把绣春的手攥在手心里才站起来，边往外走边补充：

"闺女呀，听奶奶的话吧，咱庄儿里，有几个跑外的没上过山根儿的当？别让他再把你这肚子坑了去，身子是自己的，孩子是自己的，别想不开了哈，孩子。那个死鬼活着时，我就从不和他生这些无谓的气，他腿不好，就不好吧，我有腿呀，他说上哪儿我推他上哪儿，他说买啥我就去买啥。过日子嘛，不是两国扛上大炮争地皮，有啥可计较的？"

瞎碳儿在大门口推开绣春扶着她的手，说：

"你甭送了，回吧，啊。小心身子！赶毛昌回来甭给他气受啦！男人在外面跑跑颠颠的不容易，不容易！"

绣春"哎哎"地应着回头，转身关大门时感觉下腹部有点不舒服她一只手扶着腰，一只手轻轻地抚摸小肚子。绣春回到屋里，慢慢地坐在适才瞎碳儿坐的椅子上，怀疑毛昌拿河蚌扣她脸时在她倒退中碰墙的时候就疼了一下，疼了吗？绣春拧起眉头仔细地想，又好像没疼，那是不是碰在墙上震了胎气？不会吧，那一下不重，根本说不上是碰，毛昌用的力也不大，是绣春向身后伸出一只手摸到墙后才轻倚着墙往地上滑。这样琢磨后绣春找不到一处能致使她肚子疼，或者动了胎气的依据。但肚子却越发地疼了，绣春想得赶紧到大街上诊所里找人睄睄。绣春快走到大门口时，感觉脸上紧绷绷的，才想起还沾着一脸河蚌黏液。她赶紧到锅台旁边的缸里舀出水，一只手往下倒着，一只手洗脸，绣春小心翼翼地避着缠在头上的纱布，拿手指肚将黏液轻轻地往下将，凭着感觉一寸寸地清理。洗到眉心左边眉根处的时候，右手的中指肚儿触到了一小块皮，绣春想，毛昌这个王八蛋把她脸刮花了，她放下水瓢，轻倚住缸沿，拿手指轻轻触那块皮，没感觉到疼，皮的一头翘了起来，绣春拿拇指和食指甲盖轻轻将这翘了的一头掐住，试探着把它撕了下来。

不错，是块皮，绣春把那块两个大米粒儿长短的皮肤举到天井里的灯底下细瞅，颜色挺深，绣春想，她的脸一定肿了。要不，不会掉下一块颜色这么深的皮。摸了摸眉根处，没感觉太疼，绣春想自己一定是气糊涂了，一时间忘了疼，转身举着手指到屋里照镜子。镜子在门后，离房间中央的灯光远，又是背着光，尽管快凑到了玻璃面儿上，绣春还是不能确定眉根处破了没有，最后她把椅子搬到灯底下，脱了鞋站到了椅子上，将那块皮举到了炽热的灯光里。

这块皮极薄、稍稍卷起，凑着灯光看像只泡开的半透明的嫩茶叶芽儿，只不过一头是不均匀的灰，一头是惨淡的绿。我怎么会掉下这么一块皮？绣春纳闷着再次摸了摸自己的眉根处，有点痒。是不是流了太多的血，麻木了？正在百思不得其解的时候，绣春低头看到了自己的肚子。肚子突然又疼了起来，对伤口出血的猜测加重了腹痛。一股不祥的感觉让绣春弹掉粘在食指上的皮肤，小心地扶住椅背先伸出一只脚，后搬着另一只脚稳稳地站到了地面上。

九

拐过巷子口朝西走的时候，绣春发现街上人迹寥落，尽管店铺里还敞着门，开着灯，但出来进去的，也只是店主和靠近店铺的邻居。武上海的奶奶拿着把蒲扇，一边呼呼地扇着风，一边朝街心里正匆匆走过的绣春喊："哎呀，娜娜她娘啊，你今头晌也去看石光磊家上梁了？他奶奶那腿儿的，我也差点砸着头，哎——你站在哪里来？我咋没看见你！"

武上海的奶奶一喊，斜对过不太明亮的槐树底下立即有人回应："你说这事儿怪的，钢钢新的砖，十二块钱一袋的博山水泥，你说咋会塌了呢？咱当着老石的面儿不好说呀，可是呀，不吉利，不吉利呀！"

武上海的奶奶又接过话茬："娜娜她娘啊，我说呀，你就到石光磊家里，坐在他家炕头上，吃他半月二十天的鸡蛋，哈哈，他家的票子哈嗒哈嗒的，去吧，去吃个狗日的。"

话音未落，又有人抢了话头去："唉，甭说了，刚才我走过老石家门口，听到老石家在屋里哭哩，遇上这事儿，怪堵心的。娜娜

272

她娘，哎，这不是小柳么？我一听娜娜她娘，还以为是春生家。小柳，这么晚了你干啥去？你可千万别真去找石光磊的不是啊，他一家人，糟透了心了！"

泥河大街上弥漫着友善的自以为是。绣春沐浴其中，不知不觉，感觉心里轻快了好多。绣春含糊不清地敷衍着街两边一唱一和的对话，心想还去诊所吗？要不，算了吧，到云强家店里买两块点心吃吧，真是饿得前心贴着后心啦。绣春伸手摸摸裤袋里包在手绢中的七块五毛钱，掉头朝东走去。

云强百货已经上了门板，绣春借着微弱的灯光看到里边还有人，敲了敲窗户递进钱去，得了三块烧饼那么大的桃酥。桃酥一拿到手里，绣春先是贪婪地吸了几口香气，然后毫不客气地打开袋子掰一块填进嘴里，咔嚓咔嚓的咀嚼声摩擦着她的耳鼓，一种由衷的愉悦和满足从心底升起。她转过镇政府大院，沿着院西的一条小道儿往西穿，想从小斜巷中直接穿回家。走了几步之后她想起斜巷里的李济生家正在盖房子，砖头和沙石堆了一路，还是朝北走吧，在瞎碳儿家北边的小道儿上拐回去。绣春又拐回来，重新沿着镇政府西的小道儿向北，这时候她听到了镇南边的泥河水响，哗啦啦的泥河水在轻拍河岸，绣春能想象得到水流轻快欢实的样子，在脑海里重构着泥河两岸的稻田和荷塘，看到了浅滩上芦苇丛中贼头贼脑出没的小䴖䴖和抓在苇秆上的树鹨，还有单腿立在浅草丛里将脖子蜷成扁"S"状的缩脖子老等，她想起娜娜告诉她说老师说了，那不叫老等，叫苍鹭。什么苍不苍鹭的，老等就是老等——还有一团团黏糊糊的胶质裹起的黑芝麻一样的青蛙卵——具体细致的想象使绣

273

春忘记了白天发生的一切，沉浸在通过对一条河的回忆关联而成的纷繁庞大的自然世界里。绣春仿佛看见树鹨从苇秆上飞起时迅速朝后顺直的小爪子，看见老等凶狠而笨拙地吞下一条鲫鱼，看到青蛙卵在慢慢胀起、变淡，最后变成浮游的小蝌蚪——小蝌蚪——小蝌蚪——在脑海中接连重复着小蝌蚪的绣春刹那释然，天哪，天哪，那块灰绿的东西，就是那块被河蚌撕下的青蛙腿上的皮。

真是太好笑啦，太荒唐啦，绣春哑然失笑：天哪，我竟然将一块青蛙皮当成了自己的皮，还被它吓得肚子疼，简直是太出洋相啦。吞下第一块桃酥的绣春决定，现在就去坝上，把这一切告诉老丘去。

绣春加快了脚步，在瞎碳儿家西北角的路口朝芦苇荡里走去。明水暗道，明水暗道，绣春嘴里絮叨着她母亲在世时教她走夜路的诀窍，循着黑漆漆的小道儿朝坝上走去。夜风摇曳苇丛，唰唰声一片，绣春扬着头迎着夜风，望着坝屋子里昏黄的灯光掏出了第二块桃酥。第一块桃酥已经暖暖地卧在了她的胃里，她感觉她什么都不怕，也不怕苇丛中跳出来的那种叫"半截墩儿"的鬼魂。绣春没办法独享这样强大的快乐，她一定要说给老丘，越快越好。

绣春又一次站在了防洪坝上，现在已经分不清了坝南的翠绿和坝北的金黄，只有清凉的夜风和圆盘似的月亮。绣春第一次站在坝顶看泥河的夜，零落的灯光连接起天上的明星，头顶的月亮和她手中的桃酥一模一样。绣春咽下第二块桃酥，向西朝老丘的坝屋子放开脚步。

作为一个急于和别人分享快乐的人，绣春走得平稳轻快，没等想起吃最后一块桃酥，已经到了老丘的屋子前，门旁还倚着白天晒刺蘑菇用的苫子。绣春趴在门上往里看，外屋除了编了一小半的蒲席就是横竖乱放着的蒲叶子，黄大有卧在老丘的蒲团后边，在光线的变化中它敏锐地捕捉到了绣春的影子，只稍有警觉地动了动耳朵，抬了下眼皮后又趴了下去。绣春打开门，看到门里边是她白天做针线坐的木凳和针线筐箩。绣春拿脚踢着蒲叶开着路敲了敲里屋的门，没人应。绣春推开门探头进去，屋里空着。

也许，老丘出去方便了。绣春想没关系。她再一次坐上门旁的木凳，将最后一块桃酥递到嘴里。绣春边嚼着桃酥边想象老丘听她讲了青蛙皮的事后开心的样子。老丘开心的时候两眼眯得线一样细，厚嘴唇张开像只离了水后愤怒的鲶鱼。绣春还想，老丘一定笑她要笨死了。

但左等右等，老丘不回来。绣春在渐生的焦急中闻到了屋中哪里散发出来的腥膻。

绣春捏着鼻子走出小屋，站在坝沿上喘了一会儿气后才听到了屋后老丘的哭声。

绣春循着墙根儿拐了过去，惊讶地看到老丘正跪在地上，压抑着喉咙痛哭流涕。

"孩子们哪，你们就安息吧，后天，八月十五，我给你们烧纸钱，我不该呀，我不该——"

老丘哭得语无伦次，绣春大气儿不出，躲在墙角处听老丘片断而重复的哭诉。

"黄大有啊，我对不起你，你说我这该死的脚——我该死呀，

275

我怎么不踹我自己来！你说除了你，还有谁拿我当人？我真不是东西，我不是人，黄大有，你原谅我吧！我不是人哪，你放心，每年这一天，我都忘不了给你的孩子们烧纸钱——"

是黄大有拖着疲惫的身子循着墙根蹭过绣春的腿去拱老丘的腰才让老丘发现了绣春，老丘扑棱一下从地上站起来。好长一段时间，老丘和绣春都没有说话，任凭皓月当天，河滩里谷豆香气氤氲。

绣春转身离开：

"你出你的狗殡吧，毛昌陪我来拿针线笸箩子。"

绣春一扬手，把没吃完的桃酥扔到了坝那边。

图书在版编目（CIP）数据

重点怀疑对象 / 杨袭著 . —济南：济南出版社，2019.7
（2024.3 重印）
（文学新势力 / 张清华，邱华栋主编）
ISBN 978-7-5488-3966-8

Ⅰ.①重… Ⅱ.①杨… Ⅲ.①短篇小说—小说集—中
国—当代 Ⅳ.① I247.7

中国版本图书馆 CIP 数据核字（2019）第 156880 号

出 版 人	谢金岭	
责任编辑	宋　涛　张慧敏　姜天一	
封面设计	璞　间	

出版发行	济南出版社	
地　　址	山东省济南市二环南路 1 号	
邮　　编	250002	
印　　刷	山东百润本色印刷有限公司	
版　　次	2019 年 7 月第 1 版	
印　　次	2024 年 3 月第 3 次印刷	
成品尺寸	145 mm × 210 mm　32 开	
印　　张	9	
字　　数	171 千	
定　　价	69.80 元	

（济南版图书，如有印装错误，请与出版社联系调换。联系电话：0531-86131736）